NF文庫
ノンフィクション

隼戦闘隊長 加藤建夫

誇り高き一軍人の生涯

檜 與平

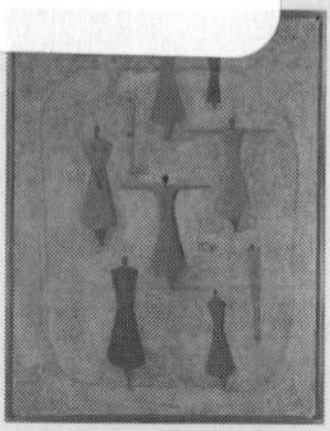

潮書房光人社

昭和5年の陸軍記念日、甲式4型戦闘機の前で撮影された加藤建夫中尉。少年時代からあらゆるスポーツに秀でていた加藤中尉は、少尉時代の陸軍飛行学校での成績も優秀で卒業時には恩賜の銀時計を拝領、その操縦技術は抜群であったという。日華事変、太平洋戦争と戦闘機隊を率いて赫々たる戦果を重ね、6度の部隊感状に加え、戦死後には個人感状も授与されて中佐から2階級特進し、陸軍少将となった。

大正14年、陸軍士官学校を卒業(37期)、任官した加藤建夫歩兵少尉。加藤少尉は任官直後に航空に転科、パイロットへの道を歩みはじめた。

日華事変当時、北支の飛行場に立つ加藤大尉。昭和12年、事変が勃発すると加藤大尉は飛行第2大隊第1中隊長として写真の九五式戦闘機を駆り中国大陸に出陣した。

やはり北支戦線での加藤大尉。昭和13年6月に陸軍大学校に入校するまでの約1年間の出征中に、加藤大尉は2度の部隊感状を受けている。このとき所属した飛行第2大隊は、のちに指揮することになる飛行第64戦隊の母体となった。後方の機体は当時新鋭の九七式司令部偵察機。

昭和 14 年 7 月、寺内寿一大将 (中央) の独伊訪問の際、実戦体験の豊富な人材を同行することになり、当時、航空本部部員だった加藤少佐 (左) が選ばれた。右は八里知道中佐。

太平洋戦争開戦当時の加藤少佐 (前列左から 2 人目の航空帽姿)。昭和 16 年 4 月、飛行第 64 戦隊戦隊長となった加藤少佐は、一式戦闘機隊を率いて仏印、蘭印、ビルマと転戦した。

昭和17年5月22日の朝、ビルマのアキャブ飛行場での加藤戦隊長(左)と武村太郎中尉。戦隊長はこの日の午後、邀撃戦に飛び立ち、ベンガル湾の海の底に没した。大谷益造大尉撮影。

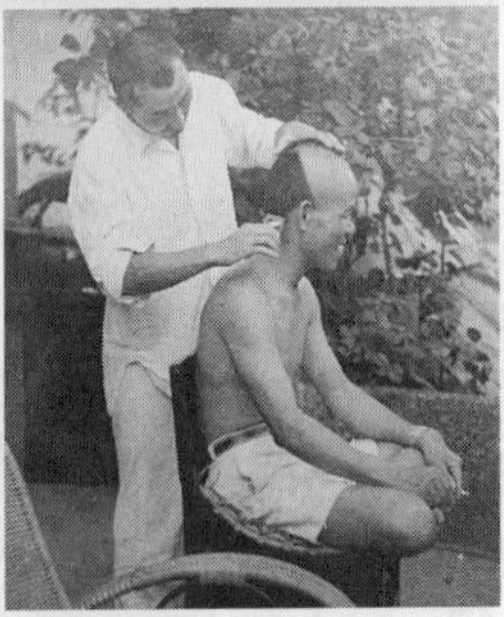

昭和17年3月、スンゲイパタニ飛行場の宿舎前で散髪中の加藤戦隊長の「半刈り姿」。バリカンを使うのは遠藤中尉。著者・檜中尉撮影。

昭和17年3月ごろ、スンゲイパタニ飛行場で撮影された飛行第64戦隊の「隼」戦闘機。当時著者が所属していた第2中隊の機体で垂直尾翼の矢印の戦隊マークは赤で描かれている。

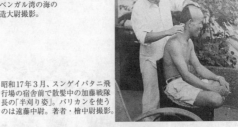

隼戦闘隊長 加藤建夫——目次

第三章　隼は征く雲の果て

第四章　桜花の散るごとく

第五章　ベンガル湾の波間に消ゆ

桂林
台北
台湾
石垣島
宮古島
沖大東島
広東
マカオ
香港
高雄
太平洋
バシー海峡
海南島
南シナ海
ルソン島
フィリピン諸島
マニラ
ミンドロ島
サマール島
レイテ島
セブ島
パラワン島
スリガオ
スル海
ミンダナオ島
ダバオ
サンダカン
ブルネイ
セレベス海
タラカン
モロタイ島
クチン
メナド
ハルマヘラ島
ボルネオ島
マカッサル海峡
セレベス島
ポンチアナク
バリクパパン
セーラム島
ケンダリー
ブールー島
ジャワ海
マカッサル
バンダ海
ジャワ島
スラバヤ
マラン
バリ島
ロンボク島
スンバワ島
フロレス島

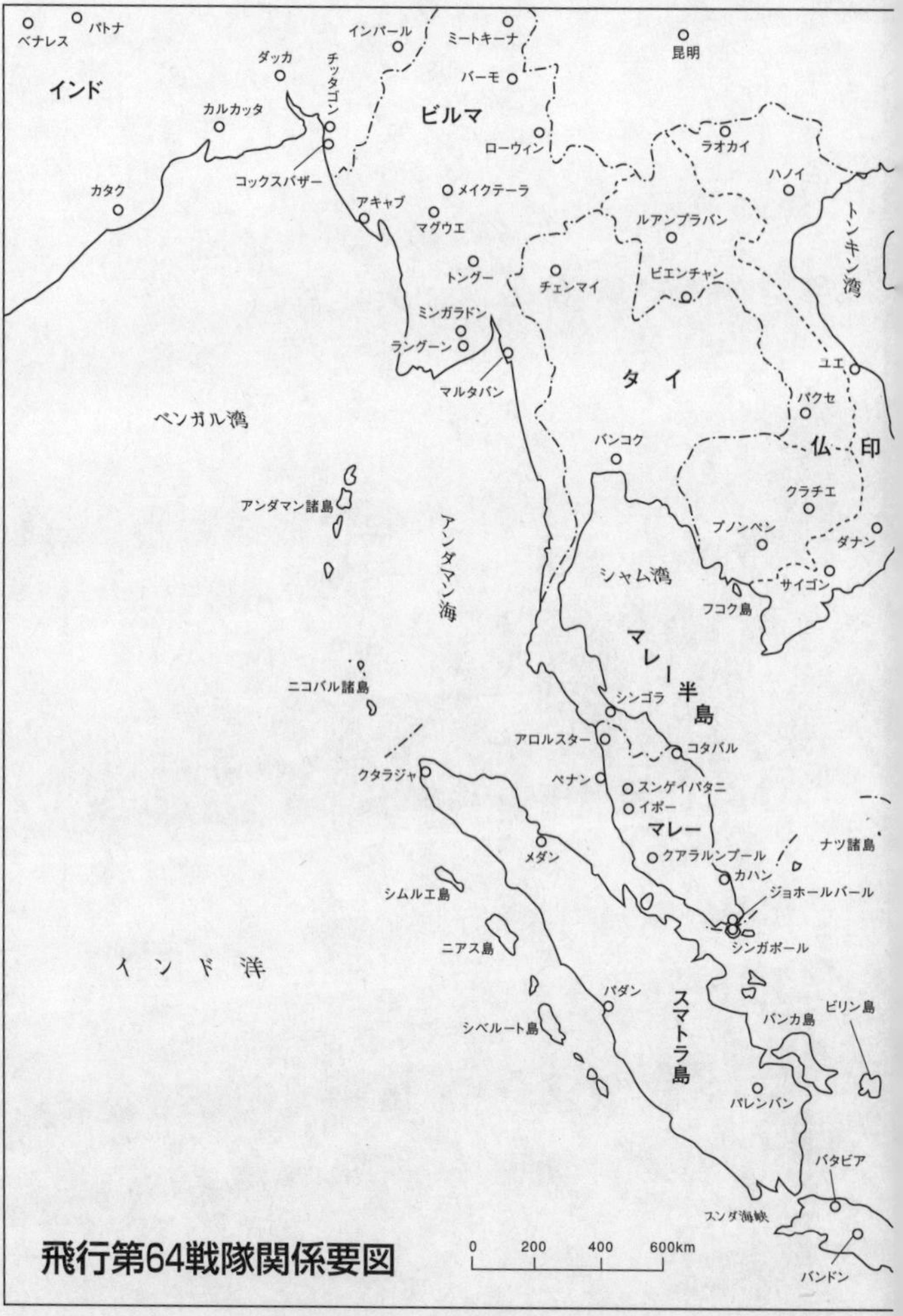

飛行第64戦隊関係要図

地図作成・佐藤輝宣

隼戦闘隊長 加藤建夫

誇り高き一軍人の生涯

第一章　積乱雲のかなたに

大空のエース

真夏の空に積乱雲が現われる季節になると、きまって私の心は暗く囚われていく。そのむくむくと広がる夏雲を見つめていると、言い知れぬ想念の世界に次第に引きこまれてしまう。私の脳裏には、あの苛烈な戦場での想い出が、時の流れを遡って、いまもなお鮮烈に広がっている。

そこには、栄光の翼の影に、惜しくも散華していった戦友たちの顔、顔、顔があり、さらにそこには、雲間に乱舞する翼の光芒が彷彿としてあり、さらにまた、紅蓮の炎となって雲中に突入する僚機「隼」の最後の姿となって見えるのである。

まさにその雲こそが、空で戦う者にとって往事茫々の哀歓を語り得る無二の友なのである。

マンゴーの実が色づく頃、ビルマの長い雨期がはじまる。五月末のその雲は、日本の夏の雲とまことよく似ていた。空に浮かんだ雲を見ていると、一瞬、いまでもビルマにいるような錯覚にとらわれて、その頃のことが切々と胸に迫ってくる。見れば心が痛むが、逆にどうしても見たくてたまらない衝動に駆られるのも、この夏雲である。

当時、二十一歳の私が、上司とも師とも仰いでいた加藤建夫戦隊長が、乱雲の中で飛び立ち、ふたたび帰還することがなかったのも、同じこの空と雲の下である。

ときに昭和十七年五月二十二日――その日、ビルマのアキャブ飛行場を発進した加藤戦隊長機は、敵機ブレニム爆撃機をベンガル湾上に追い、そこで敵機と刺しちがえて壮烈なる自爆を遂げた。

その後、私はかつての戦隊長の墓地を訪れたが、そのとき、大雪山を仰ぐ遙か空のかなたに輝く星を見て、それが加藤戦隊長の星座のように思えてならなかった、という記憶がある。

戦いに明け暮れたあの激しい長い死闘の日々――最愛の部下を、つぎつぎと失っていく状況下の戦隊長の苦悩に満ちた顔。その心境はまさに禅僧のごとくであったろうが、そのみたまは、ビルマの空から故郷へ帰り、新しい星となられた。きのうのことのように思われてならない。

加藤戦隊長は、明治三十六年九月二十八日、大雪山の麓、上川盆地の東旭川村で兄妹三人の末っ子として生まれた。その誕生日の日に、加藤家にちょうど建て前があり、それにちなんで、「建夫」と名づけられた。

元来、加藤家は吉野朝に仕えた南山武士の末裔として、京都府綴喜《つづき》郡に住んでいた郷士であった。明治七年、ときの政府は北海道屯田憲兵制を設けたが、父の鉄蔵は、これに応じて明治二十五年八月に屯田兵として北海道に移住した。入植してまもなく、鉄蔵氏は旭川市の北、士別町の藤田家の娘を妻に迎えた。それが加藤戦隊長の母堂キミ刀自（昭和四十四年一月十九日・九十四歳で逝去）であった。

明治三十七年、日露戦争が勃発した。このため父鉄蔵氏は、明治三十八年三月十日、乃木第三軍に加わって奉天大会戦に参加し、大寒屯の激戦で壮烈な戦死を遂げた。ときに三十一歳であった母堂は夫の遺言に従って、残された二人の男子を立派な軍人にすることを固く誓った。キミ刀自は、このとき三人の子供を夫の仏前に正座させ、「さあ、お父様に約束するんですよ」と、剃刀で自分の黒髪を惜しげもなく切りとって、三人の子供に決意をうながした。なかなかの女丈夫であった。

長男の農夫也氏は非常な秀才で、仙台陸軍幼年学校から陸軍士官学校へ進み、士官学校卒業時の成績は二番であった。また、亡父に代わって弟妹の養育を細やかに見たという。加藤戦隊長はこの七歳年長の兄に、大きな感化を受けていた。だが、子供のころの戦隊長はきわめて平凡で、なに一つ逸話らしいものはなかった。ただただスポーツが好きで、テニス、野球、鉄棒、スキー、スケートなど、なんでも人より勝れていたくらいである。中でもスキーの技術は格別の腕前で、運動神経は学友の中でも群を抜いて秀でていた。その勘のよさが、後年、抜群の操縦感覚と結びつき、天稟《てんぴん》の才と不撓の努力によって、みごとに開花したのである。

建夫氏は、大正七年——十六歳のとき、旭川中学校三年生の一学期を終えると、仙台陸軍幼年学校に入校した。この頃から、めきめきと逞しさを増し、また頭脳面でも、ぐんぐん頭角をあらわしていった。が、そういう時期に彼はまた、人生はじめての悲運に遭遇した。それは父のように尊敬していた兄の急逝であった。

兄農夫也氏は、陸軍士官学校第二十九期生で二番の成績をもって卒業した。大正九年、砲兵少尉として砲工学校に在校中、スペイン風邪と称された流行性感冒のため二十五歳の若さで急逝したのであった。この悲報は、十六歳の少年にとっては、あまりにも大きな衝撃だった。数日間は虚脱状態となり、その放心落胆ぶりは傍目にも痛ましいものがあった。建夫生徒は、このときの生徒監であった菊地米三郎大尉から、「人間の力では、どうすることも出来ない運命の定めがある。自らが本分を尽くすことが故人に報ゆる唯一の道である」と諭された。戦隊長の後年における死生観は、このときに培われたといっても過言ではないだろう。

大正十四年、陸軍士官学校を卒業した建夫候補生は、十月二十六日、陸軍歩兵少尉に任官して歩兵第二十五連隊付となった。が、翌二十七日には、志願によって陸軍航空少尉となり、平壌の飛行第六連隊付を命じられて、勇躍、空へ向かって羽ばたくことになった。

航空兵科を志願した加藤少尉は、大正十五年の六月より昭和二年の五月まで、第二十三期操縦学生として、埼玉県所沢の所沢陸軍飛行学校へ入校した。このときの学生仲間に、のちの新藤常右衛門中佐（第十六飛行団長）や吉岡洋中佐（飛行第七十七戦隊長、第二十一飛行団長）らがいた。また、この飛行学校卒業のおりには、加藤少尉は成績優秀とあって、ただ一人、恩賜の銀時計を拝領した。卒業後、ただちに原隊に復帰し、中尉に進級して、昭和三年三月、所沢陸軍飛行学校の教官を命じられた。

この所沢時代の昭和四年六月二十五日、加藤中尉は、平壌時代に飛行第六連隊の上司であった菅原道大中佐（後年の航空軍司令官、中将）夫妻の媒酌で、庄野直道氏の四女田鶴女と結婚した。そして、さらにその翌年、昭和五年の三月には陸軍士官学校本科の区隊長として、東京牛込の市ガ谷台に赴任することとなった。加藤中尉は、それからの二年余を、市ガ谷台上で第四十二期生および四十四期生の教育に専念し、昭和七年の夏、明野陸軍飛行学校の教官に任命された。

明野飛行学校の所在する明野は、陸軍戦闘機隊のメッカであり、当時のすべての「戦闘機乗りの故郷」ともいうべき地であった。加藤夫人にとっては、夫がこの地で教官をしていた時代に三重県の伊勢市で暮らした日々が、もっとも充実した時期であったに違いない。また長男の正昭氏（のち、東京大学理論物理学教授、理学博士）が生まれたのも、この地であった。

明野飛行学校では、先輩、後輩、同僚の団結と和は、他に見られぬほど強いものがあった。だが、将校集会所の正面高く掲げられた「不惜身命」の額――この校訓のもとに学んだ者の約九十パーセントが、後に、中国大陸の上空や南溟の空の果てに散華することとなるのである。戦闘機隊の空中訓練は、戦時も平時も、その犠牲の出ることには変わりはなかった。空中接触がもっとも多く、エンジン故障による不時着もときどきあった。

当時は、まだほとんどの将校宅には電話がなく、事故が発生したときには、学校のオートバイが留守宅に走って、急を報《しら》せることになっていた。

加藤夫人は、ある日、突然、このオートバイの訪問を受けた。それは、加藤中尉が不時着して、入院したことの報せをもたらしたものであった。加藤中尉は、搭乗機のエンジンが故障したため伊勢市郊外の水田に不時着し、その際、着陸時の衝撃で前額を座席の前部に打ちつけ傷を受けたが、入院もせず気丈にもその日のうちに帰って来た、というものである。それからというもの加藤夫人は、オートバイの爆音を聞くたびに、ドキリとした、と言っておられるが、これはパイロットを夫に持つ妻たちすべての恐《おそ》れであったろう。

当時の飛行学校長・徳川好敏少将は、戦闘機乗りの教官たちに対して、とくに熱心に釣りをすすめていた。

これは、戦闘機乗りにとって必要な忍耐力が、釣りをすることによって養われると考えていたからである。釣りには周到な準備と、魚が喰いついてくるまで心を静めて待つ忍耐力とが要求されるが、この忍耐力と、喰うか喰われるかの空中戦における粘りと忍耐力とが共通なものであったからだ。

当時の空中戦の主流は格闘戦であったが、いったんこれに突入したら、どちらが苦痛に堪えられなくなるか、弱気になるか、あるいはまた情況われに不利と見るか、いずれにせよ、攻撃を断念して先に回避すれば、回避した方が負けである。空中射撃に際しても、敵に肉薄し、距離を思いっきり縮めるまでは、〝待て、待て〟と逸る心を押さえねばならない。その粘りが敵機撃墜の秘訣なのである。

加藤中尉は釣りが好きであった。休日の朝は、暗い中に夫人が弁当をつくると、鳥羽の海へ嬉しそうに出かけていった。当時、鳥羽には「浜辺屋」という釣り宿があり、そこが明野飛行学校の専属のように利用されていた。加藤中尉は、操縦はもとより、スキー、テニスと万能選手であったが、釣りでも名人で、競技会ではいつも賞をとっていた。また、夫人にとっても、釣りにいっている間はオートバイのくる心配がまったくないので、夫人の心は安らかであった。そういう日は、夕方になるとカイズ（黒鯛の子）を百匹近くも釣って帰ってくるが、その料理もさして苦にならなかったようである。

この釣り競技会も、昭和九年に、校長が徳川少将から春田隆四郎少将に代わってからは、しだいに廃《すた》れていった。しかし、加藤中尉の釣り熱心は相変わらずであった。

昭和六年九月十八日、柳条溝の鉄道爆破に端を発した満州事変は、中国各地にしだいに拡大していったが、同じその年の十二月、新鋭の「九一式戦闘機」が陸軍に制式採用された。もちろん、新鋭機とはいっても、それは四百五十馬力、最高速度三百キロ、航続時間わずかに二時間ていどのものであった。そのため、満州の各部隊へ飛行機を補給するには、分解して船舶輸送し、現地で組み立てる方法しかなかった。これではとても緊急の場合の役には立たない。

こうしたことから、加藤中尉が明野飛行学校教官のとき、九一式戦闘機の空輪命令が下った。その輸送先は、ハルビンに駐屯していた関東軍航空部隊の飛行第十一大隊（大隊長、長沢賢二大佐）であった。空輪部隊の隊長は青木武三大尉（のちの第十二飛行団長、第二十飛行集団長）と決定し、僚機には岡部貞大尉（飛行第十一戦隊長、ビルマで戦死）、寺西多美弥中尉（のちの第十四飛行団長、ウエワクで戦死）、加藤建夫中尉、奥山清蔵中尉（少候五期、中佐）、の五機であった。いずれも錚々《そうそう》たる人たちであったが、ことに加藤中尉にとっては最初の長駆でもあった。

当日が来て、五機が、明野飛行場を出発し、途中で燃料を補給したりして、つつがなく京城飛行場に着陸したが、このとき、不運にも、加藤中尉の飛行機は、車輪がパンクして主脚が曲がってしまった。ただちに修理にとりかかったが、つぎの予定地である平壌までいくのさえ危ぶまれた。油でまっ黒になった加藤中尉は、その事故に責任を感じて、

「青木大尉どの、加藤は後から参りますから四機で前進してください」

と申し出て、一人だけ残って修理にあたった。ところが、修理が予想外に早く終わったので、約一時間遅れて、加藤は単機で平壌に向かった。

その夜のことだった。同行のほかの連中は、みんな街へくり出していったが、加藤中尉は、謹慎して外出することもなく、ただ一人だけ宿舎に残留して読書にふけっていた。加藤中尉の任務を果たすまで自重する、そういう姿を見て、このとき同行した奥山中尉は、その責任感の強さに打たれ、「この人はただ者ではない！」と痛感したと、後に語っている。

その後、昭和八年八月一日、加藤中尉は陸軍航空大尉に進級し、さらに昭和十年一月三日

には、次男の進英氏（のち、日本航空株式会社営業本部予約管理部長）が誕生する。このときまだ伊勢市で暮らしていた加藤夫人にとって、これは明野時代の忘れられぬ一コマであろう。また、この頃、中国の留学生が休日になると、度々、加藤家を訪れた。

彼らは中国広西省から来た中国軍留学生で、十一名が明野陸軍飛行学校へ入校していた。階級はいずれも中尉くらいで、優秀な青年ばかりであった。担当教官は佐藤猛夫大尉（陸士三十八期）で先任教官は寺西多美弥大尉、主任教官は加藤建夫大尉であった。言葉も習慣も違う彼らを迎えて、加藤夫人は、手厚くもてなし、その無聊を慰めた。これに感激した留学生たちが中国の刺繍の額を、夫人にプレゼントしたのもこの頃のことであった。

当時、中国では、大小それぞれの軍閥が群雄割拠して、覇を競っていた。わが陸軍は日本に好意的であった広西省の白崇禧に九一式戦闘機を売り、対抗する蒋介石を牽制していた。そうしたことから、彼らは昭和九年になると、半年間の予定で、九一式戦闘機の取り扱いと空中戦闘技術の習得を兼ねて、明野飛行学校へ留学してきたのである。

留学生たちはいずれも柳州航空学校の学生で、李膺勛、呂天龍、何信、朱嘉勲、温啓鉤という、いずれもやがては中国空軍のために、活躍することになる人びとであった。彼らは真面目に熱心に教育を受け、直接、その教育に当たった檮原秀見中佐は、

「――彼らはみな性格がよく、その上、熱心で、操縦技術はきわめて優秀。いずれも、やがては中国空軍を背負って立つことになるだろう」

と語っていたという。

その後、中国大陸での戦火がひろがるにつれて、なんとも皮肉にも、彼らはかっての教官だった寺西少佐や加藤大尉と、空中戦を交えることとなる。だが、そのときはもちろん、たがいに神ならぬ身のそんな運命を知る由もなかったのである。

一方、加藤大尉は、昭和十一年の四月から三ヵ月間の予定で、陸軍通信学校で通信教育を受けた。

近代戦には通信が重要な役割を果たす——彼は生涯この考えを持ちつづけていた。だが、無線機の性能の向上は遅々として進まず、太平洋戦争に突入してからの加藤戦隊の作戦に大きな支障となったのである。

昭和十一年十二月一日、加藤大尉は、東京府下、立川の飛行第五連隊第一中隊長を命じられた。加藤大尉にとっては最初の実施部隊での勤務でもあり、この古い伝統をもつ部隊は、戦闘二個中隊(九五式戦闘機隊)と、偵察二個中隊からなる混成部隊だった。

ある日、加藤大尉が柴田連隊長に従って、営内巡察をしているときだった。衛門に近づいて、ふと見ると、中隊の歩哨兵が立ったまま、銃を支えて居眠りをしているではないか。大尉は腰の軍刀を鳴らして警告したが、その甲斐もなく連隊長の目にとまり、その兵隊は厳罰をうけ、営倉入りとなってしまった。立川市内に住んでいた大尉は、毎夜、軍服に着替えると営倉を訪れて、

「どうだ、寒くはないか」

と部下を見舞った。

「部下の過失は、中隊長たる自分の指導の過ちである」

つねにこうした考えを抱いているため、その兵隊が営倉から出されるまで、夜やすむとき

も暖かい寝具を用いなかった。自らを厳しく律し、部下を愛することの篤い、慈父の心が、あの豪快な空の勇者の胸の中にたたえられていたのである。

さて、加藤家では、こうした軍務繁多の中で、あくる年——昭和十二年の四月四日に、三男の雄三氏（昭和六十一年三月十五日、オランダ日産副社長として活躍中、四十九歳で急逝）が生まれた。この三人目の男児の誕生は、加藤夫妻にとっては望外の喜びであると同時に、格別であったようだ。

ところが、それから日ならずして、その年の七月七日、北京郊外の盧溝橋で日中両軍の衝突事件が発生した。そして、これがついに本格的な戦争の糸口となっていく。

立川の飛行第五連隊にもあわただしく動員令が下り、近藤三郎少佐（陸士二十八期）を大隊長とする飛行第二大隊が編成された。これは戦闘二個中隊からなり、第一中隊長に加藤建夫大尉（陸士三十七期）、第二中隊長に佐藤主計大尉（陸士三十八期）が当てられた。

こうして、万全の手筈をととのえて待機中の七月十九日、出動命令が下り、五日後の二十四日には奉天に集結を終え、さらに二十七日には天津へ前進して、いよいよ数日後には、陸軍戦闘機隊として最初の大空中戦が、この北支の空で展開されることとなったのである。

しかし、加藤中隊は、どうしたわけか、出陣いらい、なかなか敵機と遭遇するチャンスに

恵まれなかった。隊員たちは、敵機撃墜の意欲に燃えて出撃してきただけに、いくぶん拍子抜けの体《てい》であったが、十月六日、初めて敵機に遭遇する。保定に来襲してきた三機の敵機に対し、沢田中尉の編隊がこれを邀撃して、その一機を撃墜した。中隊の空中戦による初戦果だった。

その後、加藤中隊は、海軍中攻隊の対地攻撃を掩護したり、地上部隊に協力して対地攻撃にたずさわったりしていたが、空中戦の機会はなかった。

明けて昭和十三年、一月も末の三十日、加藤中隊の八機は、陸軍重爆撃機編隊の洛陽進攻に対してこれを掩護し、洛陽上空において、われに倍する敵のイ-15戦闘機と大空中戦に突入し、一挙にその十二機を撃墜した。この戦闘で、加藤中隊長自身も敵機二機を撃墜して大いに気を吐いたが、この功績と、それまでの活躍にたいして、北支方面軍最高指揮官寺内寿一名の感状が、加藤中隊に与えられた。これは「加藤戦隊歌」の一節にうたわれている〝七度《たび》重なる感状の勲の陰に涙あり〟の中の第一回目の感状であった。

三月に入ると、西安方面に対する航空作戦が開始された。三月八日、加藤中隊は、前進基地の運城を離陸して西安攻撃に参加した。西安上空では、佐藤大尉指揮下の第二中隊の八機が、三機のグラジエーターと、二機のイ-15を撃墜したが、第一中隊である加藤中隊は、その帰途に遭遇したイ-15と空中戦を演じ、またしても敵四機を撃墜した。

こうして中国空軍の動きもしだいに活発となっていったが、その一方で、〝陸軍戦闘機隊に、名手加藤建夫あり〟と刮目されるにいたった。

ちょうどその頃、立川飛行場を出発していらいの近藤大隊長が内地へ転出し、代わって近藤少佐より八期も後輩の、新進気鋭の寺西多美弥少佐（陸士三十六期）が着任した。大隊の意気は上がり、新大隊長を中心に好機をねらっていたところ、敵もまた新しい兵力を集結しつつあり、期せずしてここに彼我がその雌雄を決する日を迎えた。以下は、加藤中隊長が、当時、心血を注いで認めた「陣中日記」を基にして再現した空中戦の模様である。

第一次帰徳攻撃が三月二十五日に開始された。第一中隊長加藤大尉は、部下四機を率いて帰徳上空をへて碭山方向に向かったところ、敵イ・15型八機を発見したので、ただちに攻撃を開始した。ところが、このとき別の敵機約十機が新たに戦闘に加入してきた。そのため敵機はわれの約四倍となり、困難な戦闘を強いられた。しかし、加藤中隊長機以下、味方の四機は、大空狭しとばかりに駆け回って、たちまち敵機十二機を撃墜した。加藤中隊長自身も二機を撃墜し、この日の沢田編隊の撃墜一機と合わせて加藤中隊の撃墜数は十三機となり、大隊合計では、じつに十九機撃墜を記録した。

しかし、この戦果のかげには尊い犠牲があった。加藤中隊長の最愛の部下である川原幸助中尉（満州事変で有名な川原挺身隊長の息子）機が未帰還となり、さらに関口曹長が負傷し、田中曹長機がエンジンに被弾して戦場を離脱した。加藤中隊長は、その後、ただ一機をもって奮戦しつづけたという。

つづいて第二次帰徳攻撃が実施された。四月十日のことである。

この日は、この方面の戦場へ初めて配備された新鋭機の九七戦三機が加藤中隊に到着した直後で、九七戦の北支での初陣でもあった。寺西大隊長は、九七戦を一部使用機とした加藤中隊の第一中隊と森本重一大尉の第二中隊、あわせて十五機を率い、帰徳上空へ向かった。よく晴れた日で、帰徳上空に進攻したところ、行く手の青空の中に、敵戦闘機約三十機を発見した。ただちに攻撃開始が下令され、加藤中隊の九七戦三機は、敵の退路を遮断するごとく行動し、他の機は、大隊長を先頭に突入隊形となって突進した。

敵機も戦意旺盛で、空戦の渦がたちまち大空いっぱいにひろがった。激闘数刻、敵機はつぎつぎと黒煙を吐き、炎の尾をひいて撃ち落とされていった。

かなわじと見て、敵機は遁走に移る。その退路を、加藤中隊の九七戦が遮断して、襲いかかり、みるまにその五機を撃墜して、すばらしい性能を実証した。この五機をふくめて、その日の大隊の戦果は撃墜二十四機であった。これは出現した敵機の八十パーセントに当たる数字で、それまでは中支方面における海軍航空隊のはなばなしい戦果のかげに打ち消されていた陸軍戦闘機隊の実力が、初めて世に伝えられることとなった。しかし、戦果のかげに犠牲はつきものであった。隣り中隊（森本中隊）の福山米助中尉が、この空中戦のさ中に重傷を負いながらも屈せず、ハンカチで操縦桿をしばり、それを口にくわえて操りつつ、かろうじて基地に帰り着いた。ただちに病院に運ばれたが、まもなく息絶えた。

この功績により、第二大隊は、航空兵団司令官徳川好敏中将から二度目の感状を授与された。

その後、北支方面の航空戦はしだいに終熄に近づいていった。

五月二十日、「敵戦闘機十機、周家口に前進」との情報を受け、大隊の全機が、早朝に緊急出動した。蘭封東南方を旋回しながら敵の出現を監視していたところ、沢田編隊が敵十機を発見、接敵を開始した。

一方、森本中隊も、これと前後して、下方に敵編隊を発見し、上空からこれを捕捉して、たちまちその七機を撃墜した。

そのころ、沢田編隊も、敵十機と空中戦に入り、組んずほぐれつの格闘戦が随所に展開された。しかし、それもほんの数刻だった。一機、二機……と火をふき、黒煙につつまれて落ちていった。その数は全部で五機だった。

北支上空の戦いは、この開封空中戦をもって、一応の終止符が打たれた。そして、この日の空戦には、加藤中隊に新たに配属されてきた安間克己中尉（陸士四十八期）が、沢田編隊の一機として出動し、イ-15一機を撃墜して初陣を飾った。この安間中尉が、のちに加藤戦隊長の最も信頼する相談相手となり、第三中隊長として活躍することとなる。

中山雅洋著『中国的天空』と題する手記によると、これらの加藤中隊と戦った中国空軍の大半はソ連義勇軍パイロットであった、と述べられている。

第一次帰徳攻撃における加藤中隊長の『戦闘録』には、三月二十五日の空戦の模様が、つぎのように記されている。

三月二十五日、七時十分、川原中尉以下四機を率いて、勇躍、袞州を出発、帰徳上空に達せしも、空地ともに敵機なく、「今日もまた空撃か」と落胆しつつ、碭山をへて帰還するに決し、東進を開始せり。碭山西南方に達するや、はるかに一編隊群を発見、敵機なれかしと祈りつつ急上昇、約七百メートル高位に達すれば、懐かしきイ・15なること判明、奇襲の可能性あるに、欣喜雀躍、高鳴る胸を押さえつつ全機に攻撃を令す。時に八時十六分なり。このとき、敵第二編隊の僚機やや動ぜるを目撃し、「しまった」と思わず叫びつつ、寸刻を争うの要あるを察知して、直下の第三編隊に突進、一弾必中の信念の下に引き鉄を引けば、無惨にも二、三発にてハッタと停止す。あまりの無念に、一瞬、呆然たりしも、憤然として急上昇すれば、時を同じうして敵第一編隊全機の反撃しくるを目撃す。ここにおいて五機対八機の奮戦を惹起し、さらに戦闘開始後の数分、新たに敵十機の戦闘加入ありて、爾後、五機対十八、九機の戦闘となる。奇襲不成立に切歯扼腕、機銃を修治しつつあるや、猛烈に機首を起こして反撃し来たれる敵機が、あたかも良し、直下、二、三十メートルにて失速状態となれるを目撃し、ただちに上昇反転して一連射を加うれば、瞬時にして火焔につつまれ、操縦者の落下傘降下せるを見る。このとき、上方よりさらに敵二機、突進し来たりしをもって、旋回戦闘により急追すれば、一機は遂に降下逃避せしむ。機関銃故障のため徹底的の効下を挙げ得ず、他の一機を監視しつつ故障を修治し、敵に一連射を浴びせて上昇しつつありしに、下方約二百メートルに田中曹長機が敵に追躡せられあるを目撃、ただちに救援、急降下攻撃すれば、敵は垂直降下により逃走せり。さらに上昇しつつある上方に、敵四機あり。高度不利なる旋回戦闘となり、旋回十数回、なお敵に脅威すら与え得ず、やや焦燥の感にかられたるも、「我が戦闘機をもってし、この腕をもってせば、絶対に負くるはずなし」との信念、勃然として脳裡に浮かぶとき、闘志、湧然として起こり、無理に機首を敵機に指向すれば態勢一時的に有利となり、敵は周章狼狽、右に旋回を切り替え、ために死点を構成せり。好機このときとばかり後方より猛射すれば、黒煙を吐くとともに、背面錐揉み状態にて墜落す。

時に八時二十九分なり。さらに上空に、敵二、三機の旋回中なるを監視しつつ、故障排除に努めありしに、下方約二百メートルに敵機二機に追尾せられある関口曹長機を発見、ただちに急降下攻撃を指向すれば、敵はたちまち離脱逃走せり。なおも故障を修治せんとせしとき、上方より突進する敵三機あり、ふたたび態勢不利となりしをもって、憤然として衝突の気勢を示して突進すれば、衝突の直前にて敵機は機首を下げしをもって、態勢がぜん一変、追躡に入り、故障を修治して一連射を加えれば敵は火ダルマとなりて墜落す。時に八時三十三分頃なり。見れば、付近に機影なく、上空に三機を発見、友軍機ならんと思い、この掩護下にて故障を修治せんものと、直下に進入せんとするや、その一機はわれに突進せしをもって振りかえればいずれも敵機なり。軽率な判断に思わず苦笑し、機銃修治の余裕なく、ただちに再度、衝突戦法を試みしに、敵は降下逃走を企てしをもって、この間にようやく故障を排除す。時に、下方に友軍機追躡せられあるを目撃、攻撃せるも効果適確ならずして敵は降下逃走せり。上昇姿勢に移らんとするや、上方に敵三機を見、内一機突進し来たりたるをもって、斜め宙返りを行なうこと、二、三回にして尾部に追躡連射すれば、黒煙を吐きつつ墜落す。時に八時四十一分なり。上昇しつつ敵機を索めけるに、視界内にまったくなく、友軍機の姿も見えず。一抹の悲哀を感じつつ戦場付近を捜索すること約二十分、いぜん部下を見出し得ず。激烈をきわめし戦場も、転々荒寥、敵機撃墜の感激もなく、戦闘指揮思うにまかせざりしため、幾多の部下を損傷せしめしかと思うとき、胸は掻きむしらるるが如く、敵機さえあれば、たとえ燃料欠乏すとも、弾丸のある限り全機鏖《みなごろし》にしてくれんと固く決意するところありしも、いかんせん復仇するに敵手なし、止むなく、機首を北に転じて、ひとり黙々として帰還の途につきたり。飛行場をはるかに眺むる地点に到着せるとき、若しや先着しあらずやと思えば、はるかに一種の希望湧然として起こり、居ても立ってもいる能わずして飛行場上空に馳せ帰る。おそるおそる機数を数うるに、懐かしき中隊の愛機はわずかに一機のみ。ああ残る三機への望みも消えたるかと着陸せるに、先着せる関口曹長は負傷入院とのことにて報告する者もなく、ただ数多の弾痕を受けし愛機の独り寂しく奮戦を語るのみ。待つこと三十分にして、嬉しや一機上空に現わる。見れば斉藤曹長機にして、その報告により田中曹長は臨城に不時着してあるを知る。ここにおいて川原中尉のみ独り帰らざるを知り、ただちに病院に馳せて関口曹長を見舞いしに、その報告により、川原中尉の奮戦ぶりと、敵機十二機を撃墜し得たりといえども、われまた至宝ともいうべき川原中尉を失えるは、遺恨中の遺恨にして、本日の獲物をもってしてもとうてい償い得ざるものあり。　（新仮名づかいに変更）

私は、この血のにじむような手記を読むうちに、加藤大尉の部下を思う心情に感動し、滂沱として落ちる涙を拭うことができなかった。この生々しい戦闘の中で、機銃の故障で戦闘能力を失った中隊長が、衝突戦法で、敵にくいつかれている部下を二人まで助けた「チームワーク」のよさと、混戦、乱闘の渦中で、全般の状況を把握しており、そのとき、そのときの時間まで正確に記入されているのには、驚嘆のほかない。太平洋戦争における全員参加の気持を徹底させた部隊の団結は、この戦訓によるものであろうか。

こうして、北支の空を血汐に染めて大激戦を交えた空戦も、加藤中隊の大勝利のうちに、ついに終局を迎えた。

昭和十三年の五月、加藤大尉は、六月十一日付をもって陸軍大学校専科学生として入校するようにという命令を受けとった。当時、加藤大尉の名は、すでに「大空のエース」として内外に喧伝されており、凱旋するとなれば、賑々しく迎えられるはずであった。しかし、加藤大尉の表情はいま一つ暗かった。

加藤大尉の四月十一日の日記に、つぎのようにある。

『――亦モ悲シキ便リヲ書ク。何処迄天ハ我ニ試練ヲ与ヘントスルカ。中川、川原、斉藤、中村、川井ト中隊長就任以来ノ部下ヲ失フ。何ノ面目アッテカ家族ニ見《まみ》エンヤ』(原文のまま)と記されている。

またその頃、加藤夫人は、大尉が北支へ出征した後も、なおしばらくは立川に住んでおられたが、やがて世田谷区祖師ガ谷の借家へ移り、そこで夫の凱旋を待っていた。一方、凱旋してきた加藤大尉は、原隊の立川連隊へ挨拶に出向いたまま、すぐには自宅へ帰らなかった。川原中尉をはじめとする戦死した部下たちの遺族宅を、つぎつぎと訪問して自らの不徳を詫び、それぞれの墓参をすましてから、やっと家族のもとにもどってきた。

その中の一人、川原中尉のことについて、加藤大尉はその日記に、

『川原中尉ノ遺品整理、遺髪及ビ遺書アリ。覚悟ノ程歴然、而モ心掛ノ高邁ナル、感服ノ至リナリ』

と記している。

加藤大尉は、さらに川原幸助中尉の遺稿を自分の手帳にていねいに書き写し、いつも肌身離さず所持して心の戒めとしていたという。

「辿り来シ径」 川原幸助(原文のまま)

一、我生ヲ皇國ニ稟ケタリ、予ハ茲ニ絶大ノ喜悦ヲ覚エ、且ツ予ノ使命ヲ悟レリ。

二、十有六歳ニシテ軍籍ニ身ヲ投ズ、ソノ日ヨリ既ニ大元帥陛下ニ捧ゲ奉レル身ナルヲ知レリ。
三、昭和七年十月、予ハ航空兵ニ決定セリ、以来、空ニ散ランハ期スル所ナリキ。――
（以下、略）

右の一事からも、加藤という人は、たとえ部下であっても、範とするに足るものなら、すすんで部下をも師とする謙虚さを持ち合わせていたことがわかる。自分に厳しい人であった。加藤大尉はこの時期――陸軍大学校在校中に、陸軍航空少佐に進級した。三十六歳の夏であった。

日中の戦火はますます泥沼化の様相を呈し、拡大の一途を辿っていた。そういうさ中の昭和十四年三月九日、加藤少佐は陸軍大学校専科を卒業した。そして同時に、陸軍航空総監部部員兼陸軍航空本部部員となった。教育部で学校教育にたずさわる一方、新機種の制式採用判定等の多彩な業務をも担当して大いに手腕を発揮することとなる。

さらに加藤少佐は、その年の七月二十日、寺内寿一大将が独伊を訪問するに際して、空、地の実戦体験の豊富な人材を同行することとなるや、空では加藤建夫少佐に白羽の矢が立てられ、地では戦車隊の金田長雄少佐が選ばれて随行することとなり、神戸港を船出した。

ドイツでの加藤少佐は、ドイツ空軍の新鋭戦闘機に試乗をゆるされると、手軽くそれを乗りこなしてみせ、ドイツ高官と居並ぶドイツ空軍のパイロットたちを驚かせるという一幕もあった。

一行は、この訪欧旅行の帰途、アメリカを経由したが、加藤少佐の最大の関心事は、アメリカという国の規模の大きさと、その生産力の強大なことであった。加藤少佐は、年次毎の将来性を予測したアメリカの軍需生産量の天文学的な数字の大きさを、詳細に手帖に記入して帰り、上司に報告しており、このときすでに、「アメリカの食糧、エネルギー、工業生産の卓抜した潜在力に対し、けっしてアメリカとはことを構えるべきではないと考えます」と強く進言している。

加藤少佐は帰国後、夫人にただ一と言、「アメリカは恐い国だよ」と漏らしていたという。

だが、この頃すでに、国際情勢は複雑にからみ合い、やがて風雲急を告げる事態へと突入していきつつあった。そういう重大時局に、加藤少佐は、南支・広東の天河飛行場に駐留していた飛行第六十四戦隊長に任命された。昭和十六年四月十日のことである。加藤夫人はこのときのことをこう語っていられる。

「前に北支に出動したときは、さして気にしていなかったようでしたが、この出動のときには身辺の整理をしたり、不要の書類等を焼却していたようです」と。

そういうことから考え合わせてみると、加藤少佐は、このとき、やがて迫りくる自分の運命を、それとなく感得していたのかもしれない。

歓迎の宴

昭和十六年四月十五日――その日は私たちの飛行第六十四戦隊に加藤建夫少佐が、戦隊長として着任する日であった。広東の航空基地天河飛行場の上空は、早朝から雲ひとつない快晴で、まばゆいばかりの太陽がキラキラと頭上に輝いていた。汗ばむほどの気温の中で、兵士たちは午前中から、新戦隊長の歓迎準備に余念がなかった。戦闘指揮所の二階にある戦隊長室には、色とりどりの南国の花が生けられていた。

加藤新戦隊長の着任は、前任戦隊長の佐藤猛夫少佐（陸士三十八期、飛行第二十二飛行団長、台湾沖で戦死）が、内地へ転出するための後任であった。将兵たちの間では、この加藤新戦隊長の話題で持ちきりだった。

「きっと鬼のような少佐殿に違いないぞ。なにしろ北支では、敵空軍を相手に戦い、二度までも感状を賜わった武将だからな」

「それになあ。そもそもこの六十四戦隊は、加藤新戦隊長の古巣と言ってもいいんだ。こいつは、うかうかしていられんぞ」

「そうとも、古巣に帰れば気合いが入るのが当然だぜ」

「すると、鬼戦隊長の着任というわけかい。となれば、気合いが入るのも格別だぞ」

将兵たちはいやが上にも緊張して、航空本部から新たに着任してくる加藤少佐を待っていた。

ちなみに、この飛行第六十四戦隊は、加藤中隊が活躍した北支の第二大隊と、平壌の飛行第六連隊から独立した独立飛行第九中隊とが合併して、昭和十三年の八月一日に編成された部隊であった。初代の戦隊長には第二大隊長であった寺西多美弥少佐が当てられた。そして、二代目の戦隊長となった横山八男少佐（陸士三十六期、第二十四戦隊長としてニューギニアで戦死）は、北支、ノモンハン事件などで赫々たる名声を博した。自分の古巣に帰ってくる加藤少佐は、三代目の佐藤少佐についで第四代目の戦隊長ということになる。ちなみに記しておけば、初代の寺西中佐は、陸軍士官学校在校中に陸軍士官学校の校歌を作詞するなど、文才に長けており、この飛行第六十四戦隊は、そういう面からも、かねがね異色の戦闘隊として知られていた。

さて、待つこと久し、十七時すぎであった。太陽が白雲山に傾きかけたころ、東の空にポツンと黒い点が現われ、みるみる飛行場に近づいて来た。

「来たぞ。戦隊長機だ！」

「よし、迎えにいくぞ」

第三中隊長の安間克己大尉は、そう言うがはやいか待機中の部下を指揮して、中隊全力の九機が離陸し、編隊を組んで、近づいてくる戦隊長機の方へ一目散に飛んでいった。数分後、安間中隊は、一機の九七戦の後に従って、飛行場の上空に現われた。先頭の九七戦は嬉しさのあまりか、いくどもいくども翼を左右に大きく振って旋回していたが、やがて鮮やかな手並みで着陸の態勢にうつった。

飛行機から降りてきた加藤少佐は、軍服の上に航空服の上衣だけといういでたちであった。

私たちが整列して出迎えているのを見ると、顔いっぱいに笑みを浮かべて近づいてきた。私は挙手の礼をしながら、じっと戦隊長の顔を見つめた。なにしろ中国空軍を震撼させた〝荒鷲〟である。さぞかし精悍な人であろうと想像していたのだ。が、私たちに答礼したその人は予想に反して、温和で親しみやすい感じのする人であった。肩幅のひろい、がっちりとした体躯がきわめて印象的だった。出迎えている旧加藤中隊、つまり第一中隊のほうに歩を進めると、加藤新戦隊長は、気さくに声をかけた。

「やあ、みんな元気そうで、何よりだ」

旧知の安間大尉、田中林平准尉、関口寛准尉や整備兵たちと、握手をしたり、肩を抱いたりして再会を喜んでいた。

着任そうそうの加藤戦隊長は、その日のうちに、直属上官の第七飛行団長・河辺虎四郎少将のもとへ出向いて、申告をすますと、私たち将校団が待ちかまえている宿舎へ帰ってきた。

さっそく、第一中隊長の丸田文雄大尉が音頭をとって乾杯が行なわれ、歓迎の宴がはじまった。丸田大尉（陸士四十四期）は、戦隊長が陸軍士官学校の区隊長のときの教え子であり、操縦については直接の指導も受けており、とくに深い子弟関係にあった。

第二中隊長の坂井菴《いおり》大尉もまた、北支駐屯時には第二大隊の隣りの中隊の将校であった。ましてや第三中隊長の安間克己大尉は、加藤中隊生え抜きの将校として、蘭封上空で初陣を果たした最愛の部下である。こうした人びとにとり囲まれた加藤戦隊長は、

「まるで我が家に帰ったようだよ」

と、笑い、笑いの連続であった。が、しばらくすると部屋の中を見回しながら、かたわらの安間大尉に聞いた。

「ところで、この宿舎はずいぶん立派だが、いったい誰が住んでいたんだね?」

「はあ、ここは支那空軍の将官の家で、〝適園〟と言う名がついています」

それを聞くと、戦隊長は、いかにも実感をこめて言った。

「ずいぶん、ぜいたくだねえ、我々には、もったいないくらいだな」

と、申しわけないような顔になった。ちょうどそのとき宿舎の給仕のアモイとシュウチャンが挨拶にきた。アモイは非常に美しい姑娘《クーニャン》であった。戦隊長はやさしく頭を下げて、

「世話をかけるが、よろしく頼むよ、しっかりやってね」

と、まるで父親のようなやさしさでねぎらった。姑娘たちは、新しい戦隊長がこわい人かどうか、心配していたらしく、「はい」と嬉しそうな笑顔で答えた。この二人の娘は、良家の子女と見えて宿舎へ通ってきて着替えするのにも、きちんといちいち鍵をしめるような行儀のよさがあった。

やがて宴も酣《たけなわ》になると、朝日六郎中尉(陸士五十一期)が、

「戦隊長、自分の弾く曲をお聞き下さい」

と、宿舎備えつけのピアノに向かった。そして、新しく作曲された部隊歌の演奏をはじめた。私たちも全員起立して合唱した。戦隊長は椅子に深く座りなおして、ひとり静かに聞いている。

目を閉じて聞いていた戦隊長が、「干戈交ゆる幾星霜、三度重なる感状の勲の蔭に涙あり……」のくだりになると安間大尉のほうへ目を向けた。北支で散った幾多の部下のことや、当時の戦闘を偲んだのか、肩を落とし、黙禱を捧げているようにも見えた。ちなみに、この戦隊歌は、丸田中隊で募集し、同中隊の田中林平准尉の作詞が採用になった。作曲は、南支派遣軍楽隊の岡野正幸、原田喜一、森屋五郎の各氏であり、寺岡真三の編曲によるもので、加藤戦隊長が着任する数ヵ月前に完成したものだった。

戦隊長は翌日から、丸田大尉と朝日中尉から、熱心にこの歌の指導を受けたが、歌のほうはかなりな音痴とお見うけした。私は合唱が終わると、戦隊長に酌をして挨拶した。

「やあ、ありがとう。檜、これからも、よろしく頼むぞ」

戦隊長は笑顔で盃をあけると、じっと私の顔を見つめた。そのとき強烈に焼きついた印象は、戦隊長の瞳がすこぶる清澄だったことだ。私は心から、このような清らかな眼をした人を今までに見たことがないと思った。

さて、加藤少佐は、戦隊長の発令を受けたとき、その出発準備をしながらも、ひそかに考えつづけていたという。

「戦隊長の職務はどうあるべきか、戦隊をどう指導したらよいか？」

そのことで頭がいっぱいであった。北支では中隊長として戦ったが、今度は三個中隊を指揮しなければならないのだ。

「これから赴こうとする飛行第六十四戦隊は、果たしてどのような部隊なのであろうか？部下をどう掌握すればよいのか？」

すべてが未知のことばかりであった。加藤少佐は、日ごろから尊敬している加藤敏雄大佐を大刀洗に訪ねて、指導を仰ぐ決心をした。多忙な日程を割《さ》いて立川飛行場を出発したのは、四月十一日の十三時二十五分であった。前日の午後、命令を受けてからわずかに二十時間のあわただしさだった。

黄砂が全天をおおう中を飛び、大刀洗飛行場に加藤大佐を訪ねたのは翌十二日の早朝であった。加藤大佐は、かつて第一戦隊長としてノモンハン事件に出撃し、四十四歳という年齢にもかかわらず戦隊を指揮して敵機撃墜八十機以上の戦果を挙げ、しかも友軍の損害は皆無という完勝を誇る名戦隊長であった。加藤大佐は少佐の悩みを聞くと、

「戦隊長として一番大切なことと言えば、部下を殺してはいけないということだ」

と諭しただけだった。

こうして、戦隊長は着任早々、休むまもなく、広東市内にある西本願寺に戦死者の霊を弔い、その足で兵站病院に入院している戦隊の戦病者を見舞うなど、精力的に活動をはじめた。とくにわが空中部隊に専属で協力してくれる地上部隊の第九十四飛行場大隊の幹部と、合同会食を行なった意義は大きかった。

この協力大隊は、戦隊の飛行機整備、飛行場警備、燃料、食糧の補給、被服の供与まで、

家庭における女房の役割を受け持つ部隊で、航空部隊が戦果を挙げる原動力でもある。したがってこの協力大隊と戦隊との精神的な結合は不可欠なものであると、加藤戦隊長は考えていたのである。

戦隊長には多忙な日々がつづいていた。戦隊の全般の状況を観察し、戦隊の陣中日誌に克明に目を通し、その考課表によって、各将校たちの性格とか身上状況の把握につとめてもいた。この指揮官交代を機に、旧来の陋習《ろうしゅう》を打破しようと懸命であった。そして、北支の経験を生かし、少しずつ加藤色を打ち出していったのであった。

それは、「チームワーク」と「体力増強」と、「危急のときも自信を持つ」という、この三つの項目を、戦技訓練の基礎として打ち出したのである。

それまでは、夜毎に広東市街へ外出して、飲み歩いていた将校たちの外出を、週二回だけ、と制限した。また私たちが遊びの資金源としていた航空加俸を、毎月九十円を経理部で天引きし、強制的に留守宅へ送金させたりもした。さらに戦隊長は、日ごろ武人の嗜《たしな》みとして、万一の場合、飲み屋へ借金を残すようなことがあってはならぬと、軍用行李の底へ、十円から三十円ほどの金を入れて置くことを指示した。そのほかに、私的制裁の禁止もあわせて厳命したのである。

整備兵の精神の安定があってこそ、精密な飛行機の整備がまっとうできる――というのが戦隊長の信念であったのだ。そしてまた、これを保つには具体的な方策が大切であるとし、戦隊全員が洗濯をし、昼寝の時間をきっちりと定め、これを厳重に遵守するように通達した。

また「体力の増強」をはかるために各中隊対抗の角力大会をひらいたり、将校、下士官対抗の野球リーグ戦や、将校によるテニス勝ち抜き戦などのスポーツが、戦隊長を先頭に、いろいろと実施された。いずれも戦隊の全員が参加して行なわれるので、チームワークを盛り上げるのに大いに役立つこととなった。もちろんスポーツばかりではなく、中隊対抗の射撃大会、航法、無線訓練、中隊対抗の空中戦など、激しい訓練が行なわれた。

このため私たちは、市街への外出が少なくなるとともに、おのずと体力の増強に精を出す時間が増え、身体の調子も以前にくらべて、ぐーんとよくなった。

戦隊長はその日の飛行訓練が終わると、宿舎へ帰り、すぐに上半身裸になって、

「おい、出かけるぞ」

と、私たちの宿舎へ誘いにくる。私たちは戦隊長にくいついて、広東郊外にある中国軍の航空墓地までマラソンをするのが日課になっていた。

この墓地には中国人の墓参者が後を絶たず、いつも線香の煙がただよっていた。中国全土で戦死した多くの中国人パイロットを集めて祀ったものだった。墓地の中央には、コンクリートの柱に屋根をのせただけの建造物があったが、それが、ひときわ美しかった。中にある墓碑の一つには、「勇猛三輪少佐撃墜の殊勲を挙ぐ」と記されていた。表記のこの三輪中佐は、陸軍士官学校二十九期生の老練なパイロットだったが、昭和十二年九月二十一日、飛行第十六大隊長として太原の空中戦に参加し、名誉の戦死を遂げた人であった。そして、この墓碑の主は、その三輪機を撃墜した中国人パイロットなのである。したがって、その墓石の

前に立った私の気持は、なんとも複雑であった。

しかし、加藤戦隊長は、マラソンでこの墓地にやってくるたびに、墓石の前で深々と頭を垂れていた。これを見た私たちには、

——なぜ戦隊長は、わざわざ敵のパイロットの墓に来て、頭を下げるのだろう？

と、いささか奇妙にも思えたし、その心根を理解もできなかった。が、戦隊長自身としては、かつて明野飛行学校で、自分たちが教えた中国軍留学生がそこに祀られているものと信じていたからであった。それにはこんな経緯があった。昭和十三年の十二月、当時、加藤戦隊長は北支を離れて陸軍大学校に在学していたが、そのもとへ広東の天河飛行場に在った飛行第六十四戦隊の寺西部隊の寺西少佐から、つぎのような手紙が届いたのである。

宛　先　東京市赤坂区青山　陸軍大学校専科学生　加藤航空兵少佐殿
差出人　南支派遣安藤部隊　藤田明部隊気付　寺西部隊　寺西少佐

御機嫌如何。今度は南支に来て居る。近く白雲山麓に支那空軍勇士の墓地ありと聞き、早速、一同揃ってこれを尋ね、戦友第三大隊長呉汝鎏、副大隊長林佐の墓に面会す。おたがいに懐かしからんと思い、坂井の撮った写真を貰っておくる。我等一同、相変わらず無事、元気なり。
十二月二十七日　寺西

当時の諸般の状況から推察して、寺西中佐は、自分と加藤戦隊長が教育した留学生を、北支の空中戦で撃墜したものと考えていた。加藤戦隊長もまた、それを信じていたのである。かつての教官とその学生――戦争とはいえ、その両者が敵味方となって、非情にも戦闘を行なうとは、なんという宿命だろう！　加藤戦隊長はその悲しみを噛みしめながら、深々とその霊前に頭を垂れていたのだった。

寺西夫人は、現在でも呂天龍、何信、朱嘉勲、温啓鉤たち四人のサインのある写真を大切に保管されており、また加藤夫人の手元にも、李膺勛とサインのある写真が保存されている。おそらく寺西、加藤のかつての教官たちは留学生のことが脳裏に灼きついて、忘れられなかったのであろう。いずれにしても加藤戦隊長は、この寺西中佐の手紙と、呉・林両氏の墓標の写真を手帖の間にはさみ、肌身離さず持って冥福を祈っていたのである。

加藤戦隊長が着任してまもなくのことであった。第十六野戦航空廠長の安田利喜雄大佐（陸士二十六期）の招宴を受け、部隊の将校全員が戦隊長とともに参会した。場所は私たちがしばしば出入りしていた広東市内の偕行社だった。給仕の女性たちも顔見知りの者ばかりで、最初から雰囲気が盛り上がっていた。アルコールに弱い私もいつのまにか、酒豪に伍して飲みつづけていた。やがて部隊の歌、

　エンジンの音轟々と
　隼は征く雲の果て……

合唱がはじまった頃は、足もとがよろめくほど酔っていた。いよいよ宴も酣となってきて、次は、

　万里の頂上で小便すればよ
　ゴビの沙漠に虹が立つよ……

と一斉に合唱の渦が巻き起こった。いままでメーンテーブルで安田大佐とニコニコ楽しそうに座っていた加藤戦隊長も、立ち上がって手を叩いて歌いはじめた。

　霧の晴れたるロンドン橋でよ
　高く揚がった鯉幟りよ……

加藤戦隊長の得意の歌であった。この歌が終わると、こんどは、どこからともなくビールかけの応酬がはじまった。逃げる者、追いかける者、会場は大混乱となり、喚声と怒号で満ちあふれた。これはビールの噴水と称し、壜の口を親指で栓をして、半分ほど残っているビ

ールを振って噴射させる方法である。振りかけられてビショ濡れになった者こそ、とんだ災難というもの。私は眼前朦朧として安田大佐のほうへ近寄っていた。

大佐は堂々とした体軀で豪快、加藤戦隊長の大先輩であった。が、その丸い大きな頭には一本の毛髪もなく、みごとに光っている。泥酔していた私は、

「安田大佐どの、よく輝いていますね」

と言うと大佐が、

「これから生えるところだよ」

と、つるりと自分の頭を撫で上げた。私はすっかり図に乗って、

「では……毛生え薬を上げましょう」

と言うなり、右手に隠し持っていたビールを、大佐の頭の上から注いだ。これを見た朝日六郎中尉が飛んで来た。

「檜、なにをするんだ！」

と、私を突き飛ばした。その場は、一瞬、静かになった。が、そのときこれを見ていた加藤戦隊長は、ゆっくり立ち上がって、

「朝日、今日は無礼講だ」

と、朝日中尉をなだめた。しかも加藤戦隊長はなだめただけではなく、つかつかと安田大佐のほうへ近づくと、

「安田大佐どの、この薬はよく効きますよ！」

白いハンカチを出すと大佐の頭を拭いたのである。すると安田大佐も、

「やあ、ありがとう、ありがとう」

と立ち上がり、

「さあ、みんな、もっとやれ！」

自分から踊りはじめたのである。このため、しゅんと白けかけた会場はそれまで以上の盛り上がりを見せた。私はことの重大さに気づき酔いも醒め果てた。もしこのとき、そのまま事態が進展して朝日中尉が私を殴り、安田大佐が不機嫌になったとしたら――宴席の楽しさは一瞬にして吹っ飛び、和をはかるためのこの会食も、逆の結果を生んだにちがいない。が、加藤戦隊長の温情あふれる、とっさの処置に私は救われたのであった。

その後も戦隊長は、このことについては私に何も言わなかった。その部下を思う心づかいに私は、さらに深く反省し、

――この戦隊長の下でなら、いつ生命を捨てても惜しくはない！

と、心に誓ったものだった。

加藤戦隊長が着任して一ヵ月近くがすぎた五月十一日、最初の作戦が開始された。南支派遣軍が中国福州の恵州平野の敵地上軍を、包囲殲滅する作戦であった。

その作戦は、牟田口兵団が行動を起こし、それをわが航空部隊が空から支援することになった。加藤戦隊長からは、

「平常の訓練の延長と思って、出撃するように……」

と指示された。私は南寧作戦に参戦した先輩の朝日中尉から呼ばれ、

「檜、貴様が今日の出動で、敵兵を一人でも見つけたら、今晩は一杯おごってやるぞ」

と言われた。そのため張り切って敵の陣地と思われる辺りを銃撃したり、目を皿のようにして飛び回ってみたが、遂に、偽装のたくみな中国兵を一人も見つけることができなかった。が、戦隊長や中隊長は激しい地上攻撃をくりかえし、友軍の進撃を援助して多大の戦果を収めた。


この作戦で加藤戦隊は、南支派遣軍最高指揮官後宮淳中将から感状を授けられた。これは戦隊にとって四度目の感状となった。ただし、加藤戦隊長はノモンハン事変に参戦していないため、三度目の感状を受けたことになる。


ある日のこと、私が週番士官勤務についていると、戦隊長がやって来て、

「檜、今夜はおれも泊まるよ」

と言う。兵営の状況視察のためであった。


私は戦隊長に、士官室の寝台に寝るように何度もすすめたが、

「おれは飛び入りだよ。かまうな、かまうな」

と聞き入れなかった。こうして、その夜は、廊下にアンペラを敷いて休むことになった。


私は自分だけがゆったりした寝台に休むのが心苦しく、むしむしする狭い廊下に座っている戦隊長に扇風機と果物の罐詰を届けた。が、それは拒否されてしまった。兵隊と同じ体験をしたかったらしい。

やがて消灯ラッパの合図で、兵隊たちはいっせいに眠りについた。営内を一巡した後、私は入浴のため浴場へ赴いた。裸になって湯舟のところまでいったが、湯が汚れて悪臭を放っているので、諦めて服を着ようとしていると、湯気の奥から、

「檜、こっちへ来いよ」

と声をかけられた。驚いて湯気を透かして見ると戦隊長である。汚れた湯にゆうゆうと入っている戦隊長に、私は自分が恥ずかしくなった。

「こんなに酷い状態だとは思わなかった。早く改修しよう」

戦隊長は兵隊たちに申しわけないと言っていた。さっそく、翌日には大工を呼んで改修工事をさせた。また、夜半すぎてから、何度も兵舎を見て回り、兵隊たちの手や足が蚊帳の外へ出ているのを、いちいちやさしく蚊帳の中へ入れてやっていた。それは本当に慈父の姿さながらであった。

このころ、私たちの間ではさまざまな噂が流れていた。それは、「もし、将来南方作戦があった場合には、九七式戦闘機ではとても役に立たないから海軍の零戦を借りるか、新司令部偵察機に機関砲を取りつけて戦闘機として使用する」というものであった。さらにこの噂を助長したのは、杉山元参謀総長が伊勢神社参詣の道すがら明野陸軍飛行学校に立ち寄り、

「もし米英と戦端を開いたら、現在の九七戦で敵機と戦闘可能か？」

と質問した。明野飛行学校の回答は、

「敵機を撃墜することはできないが、落とされることもない」

そんなやりとりが遠い広東まで、聞こえていたことにもあった。こうした騒然とした噂の飛び交う五月十八日、航空本部の補給関係を担当する清水亀中佐と頼富美夫大尉（陸士四十三期）が、突然、加藤戦隊長を訪ねてきたのである。

頼大尉は、加藤戦隊長が陸軍士官学校区隊長のときの生徒であったが、この久しぶりの再会も、頼大尉にとってはなんとも心が重かった。それは、つい一ヵ月前まで航空本部にいたときの加藤戦隊長は、キ43戦闘機の制式採用に猛然と反対していたからであった。ところが、皮肉なことに、その機種改変部隊が当の加藤戦隊と決定したのである。そのため頼大尉は怒鳴られることを覚悟の上で、戦隊長の前に出た。

「戦隊長、反対されていた一式戦を制式採用することになり、まことに申し訳ありません」

頼大尉は、恐る恐るそう伝えた。

戦隊長はしばらく無言だったが、やがてこう言われた。

「頼、いくら反対しても、それは航空本部にいたときの研究段階のことだよ。いったん決定したら、どのように使うかが勝負だ。なあ、君、この加藤がかならずモノにするから安心してくれ」

一言の不満も漏らすどころか、逆に頼大尉を慰めたという。

頼大尉（昭和五十六年、急逝）は、一式戦の採用に直接たずさわった苦心を、つぎのように記している。

「隼戦闘機の生まれるまで」

空将補　頼　富美夫

昭和十五年夏、北支にいた私は、航空本部総務部部員を命ぜられ東京へ帰って来た。北京でのんびりと不正規軍との作戦に従事していた私にとって、東京の空気は驚くほど緊張していた。参謀本部では、日支事変の行きづまりを打開するため南方作戦を考えていたのである。南方作戦の山は、シンガポールの攻略であり、これがためには、南部タイに上陸し、マレー半島を縦断する以外に策はない。当時、日本軍は、南部仏印に進駐し、航空基地の建設を計画していたのであるが、南部タイとの間には約一千キロのタイランド湾が横たわっていて、陸軍航空が保有していた九七式戦闘機では、この上陸作戦に協力することは極めて困難であった。もとから陸軍航空は対ソ作戦を考えていたので、航続距離を犠牲にして専《もっぱ》ら空戦性能に重点を置いていたのである。九七戦も例外ではなく、増加タンクをつけても行動半径はせいぜい六百キロ、速度も四百キロ程度で、とうてい南方作戦の要求には応じ得られないのであるが、戦闘機パイロット達は、ノモンハン事変における九七戦の赫々たる戦果が忘れられず、次期戦闘機については、あまり熱心でなかった。キ四三、キ四四、キ四五等の戦闘機がつぎつぎと試作されていたのであるが、いずれも審査結果不良のまま技研の格納庫の片隅に埃にまみれて放置されていた。当時の航空本部総務課長原田貞憲大佐から、つぎのような命令を受けたのはそういう情勢の中であった。それは行動半径一千キロ、速度五百キロ以上、機関砲装備の戦闘機を至急探し出せ。時期は来年（昭和十六年）五月までに五コ中隊の装備を目途とするという難問題であった。着任したばかりの私は、なんのことかさっぱりわからず、理由を聞こうと思ったが、課長の命令は至上である。他のことはどうでもいいから、お前はこれだけやればいいんだと大きな目玉でにらまれて引き退がった。一晩考えたがよくわからない。しかし、前述したような省部の空気は皮膚に感じていたので、何か容易ならぬことが起こるのではないかと考えながら、とにかく当たって砕けることにした。思い切って技術部補給部の高級部員の所へ行って事情を告げ、協力をお願いした。その結果、つぎのようなことがわかった。目下、海軍でテスト中の零戦が一番いい。しかし、これは海軍に話しても見込みはないであろう。つぎは、川崎で試作中のキ六一であるが、これはおそらく時期的に間に合わないであろうということであった。さっそく海軍、および川崎に連絡し、様子を打診してもらったが、案のじょう芳しい返事は得られなかった。困り果てているところへ、補給部の高級部員から審査不良のキ四三、キ四四、キ四五をもう一度、取り上げて見たらどうだろうかという話が持ち込まれた。

「溺れる者は藁をも掴む」気持で当たってみると、案外、脈がある。もちろん、これらの飛行機も前述の対ソ作戦重視の思想で設計されているので、相当の改修を必要とするが、増加タンクをつけることによって、いちおう一千キロ程度の行動半径は得られるし、強度上、若干の疑問はあるが、機関砲の装備は可能である、速度は五百キロ以上出せるという結論であった。しかし、これにたいしては、教育部の猛烈な反対があった。教育部の部員は明野の教官であったパイロットが主力で、空中戦闘のベテランであり、それだけに戦闘機については信念的な結論を持っていた。いかに作戦上の要求といえども、空戦能力に欠くるところがあれば一顧の価値もないではないか。キ四三、キ四四、キ四五とも、すでに明野の審査において不合格になっている。それに増加タンクをつけ、あまつさえ機関砲まで積んで敵と渡り合えるか。パイロットをみすみす死地に追い込むようなものである。われわれは九七戦で十分に戦う自信がある。だいたい以上のような主張であった。私もいちおう操縦の経験を持っているので、教育部の考え方は十分わかるのであるが、今回のことに関する限り作戦上の要求は絶対であり、空戦能力についてはかならずしも教育部の意見に同意しなかった。すなわち、九七戦にくらべて、速度において約百キロの差があり、機関砲を装備すれば、予想される敵のハリケーン、スピットファイアーに対して、十分戦闘できると信じたからである。

結局、教育部との話し合いのつかないまま、以上の結果を課長に報告した。

課長はしばらく考えていたが、「教育部との話は俺がつける。明日、中島、川崎の責任者を呼べ」

とだけ言って部屋を出ていった。なんのことかわからずに出ていた中島、川崎の生産責任者にたいして、キ四三を四百機、キ四四を二百機、キ四五を二百機の製作が内示されたときには、私も驚いた。課長ももちろんこれらの飛行機が全部ものになるとは考えていなかったであろう。この中の一機種でも作戦に間に合えばよい、これがおそらく課長の心境であったと思うが、いまでも私は、当時のことを思い出してその英断に敬意を表せざるを得ない。采は投げられたのである。多くの問題を包蔵するこれらの戦闘機を、その問題点を解決しつつ如何に完成してゆくか、しかも完成時期の遅延は許されないのである。この間においても、教育部との思想調整は完全に終わっていたわけではない。特に本命と見られるキ四三については、機関砲装備の問題について完全に意見が分かれていた。総務部の考えでは、予想される敵機の性能にかんがみ、火力、速度、上昇力を最も重視していたのであるが、教育部では、火力を犠牲にしても操縦性能を第一義とすべきであるとの意見であった。みずからこれらの戦闘機を駆って常に第一線に飛び立つことを考えていたパイロットにとっては、当然のことであると思う。総務部の機関砲二門装備に対して、教育部の意見は、七・七ミリ機関銃で十分である、行動半径が絶対であるならば装備において少しでも重量を軽減し、性能の低下を防ぐべきである。いわんや十二・七ミリ機関砲については、信頼性もまだ十分ではないではないか。そして、反対意見の中心人物は、後の隼戦闘隊隊長の加藤建夫少佐であった。かつて士官学校時代の区隊長であり、かつ明野において直接空中戦闘の指導を受けた大先輩の烈々たる気魄の前には私も後退せざるを得なかった。とくに強度上に一抹の不安を感じていたので、十二・七ミリ機関砲二門、または七・七ミリ機関銃二門、いずれでも装備できるようにし、とりあえずの制式としては、十二・七ミリ一門、七・七ミリ一門装備という、きわめて中途半端ではあるが、双方の主張を入れることによって妥協点を見出した。こうして、ようやく発足の運びとなったのであるが、いざ製作となると、なかなか思うようには進まなかった。

当初に予定した十六年五月までに装備を終わったのは飛行第五十九戦隊の二コ中隊（キ四三）のみであった。しかし、幸いなことには作戦の時期もずれたらしく、後の三コ中隊の装備は、夏ごろまでに終わればいいということで、安堵の胸をなでおろした。この間においても、問題がなかったわけではない。当時、中支にいた飛行第五十九戦隊からは、こんな飛行機では戦闘はできない、九七戦に替えて欲しいという意見がつぎつぎと舞い込んできた。最も恐れていた空中分解さえ起こったのである。しかし、課長原田大佐の強固な意志と、技術部、補給部をはじめ会社側の血の出るような努力によって、ようやく、三コ中隊の機種改変に着手することができる運びとなった。機種改変部隊として、当時、広東にいた飛行第六十四戦隊が選ばれ、その戦隊長は、かつて教育部にあって、終始、本機に反対しつづけていた加藤少佐であった。加藤少佐に会ったとき、

「頼君、僕はこの飛行機については、ずいぶん反対もした。しかし、それはあくまで航空本部部員としての立場から反対したのであって、部隊長として発令されたからには、一切を忘れて、与えられた飛行機を如何に安全に使いこなすか、全力をつくしてみたいと思う。後のことは頼むからしっかりやってくれ。なお機関砲については、まだパイロットたちは全面的には信頼していないと思うが、僕は大丈夫と思うから、一つ僕の飛行機だけは、機関砲二門装備にして欲しい。それも後からではまずいので、東京からその

飛行機で飛んで行きたい。そして、確信がついたら、全機を機関砲装備にしたいと思うので、その時はよろしく頼む」と、いままでとは打って変わった態度であった。

加藤戦隊長が機関砲二門装備の隼を駆って立川飛行場を飛び立ったのは、それから数日後の夏の暑い日だった。私は技研の片隅から、かつてこの飛行機が埃にまみれて眠っていたことを思いながら、戦隊長機が雲の間に消えて行くまで、じっと見送っていた。

飛行第六十四戦隊から、全機の機関砲装備を要請してきたほかは、飛行機そのものについては、一言半句も文句をいってこなかった。そして、十二・七ミリ機関砲の威力を十二分に発揮し、マレーの上空を暴れ回ったのであるが、クアラルンプールの空中戦において、敵機を多数撃墜しながら、加藤戦隊長の最も信頼していた部下の中隊長が、敵の弾丸でなく空中分解によって、南方の空に散っていった電報を見たとき、言い知れぬ寂しさをおぼえたのであった。

こうして、清水中佐と頼大尉は、機種改変、その他の打ち合わせを終えて帰国し、一方、わが戦隊は、飛行機の生産ができ上がり次第、内地に帰還して受領することになり、待機しているうちに、国際情勢はめまぐるしく変化していった。

無言の軍神

昭和十六年六月二十二日――それまで、独ソ不可侵条約を結び、ポーランドを分割統治していたナチス・ドイツが、突如としてソ連領に進撃を開始した。このビッグ・ニュースが戦隊に入ってきたのは、その翌日のことであった。

加藤戦隊長は、ただちに戦隊長室に将校全員を召集した。そして、沈痛な面もちで、

「みなも聞いたことと思うが、昨日、独ソ戦争がはじまった。これはかならず、極東へも波及してくることと思う。戦隊はどのような変化にも対応できるような準備に入る。したがって飛行機の整備を完全にすることと、資材の仮梱包準備に万全を期すことを命じる。みなも外出に当たっては、かならず所在を明らかにして置くように！」

と、指令が出された。

私たちはヨーロッパでの国際情勢が、〝一触即発〟であることは予想はしていた。だが、それが現実となると、やはりある種の感慨があった。

「ドイツは遂にやったか！」

さすがに胸の高なるのを覚えた。とくに戦隊長の、「かならず極東へも波及してくる」の言葉が脳裏に強く灼きついた。

当時、極東における日本の立場は、国際間にあって、軍事上、のっぴきならぬ情況に立たされていた。日本は明治開国以来、小資源国として諸外国に比していちじるしく立ち遅れており、それを取りもどすためには、まず南方要域の資源の確保が必要であると考えられていた。そういう日本にとっての〝好機〟が、やがてもたらされることとなる。それは昭和十六年の一月のことだった。かねてから仏領インド支那のラオス、およびカンボジアの失地回復

を狙っていたタイ国が、ついに有力な部隊をもって、カンボジアに進入したのである。

これを機に、わが国は、タイ国へ航空機を供与し、一方、仏印へも武器を援助して両国の歓心を買うよう画策し、これによって両国の紛争が拡大するや、機を見て調停を申し入れ、その代償として、南部仏印のサイゴン、およびカンボジアのプノンペンへの進駐を企図した。英国から、自国の金貨や紙幣までも製造してもらうなど、英国依存度の高いタイ国を説得して、一月二十日、やっと仲裁を受け入れさせた。

だが、仏印は、この仲裁をあくまでも拒否して、強硬な態度をくずそうとはしなかった。そこで日本は、仏印を威嚇するため、まず連合艦隊をトンキン湾に集結させ、それに加えて満州国ハルピンで耐寒訓練をしていたわが戦隊にたいして、「広東に集結せよ」という緊急派兵の動員令が下った。一月中旬のことである。

こうした威嚇行動に出られて、仏印はすっかり動転してしまい、一月二十七日になって、しぶしぶながらその調停を受け入れ、連合艦隊の旗艦上で仮調印（三月十一日、東京で本調印）が行なわれた。こうして日本は、念願の南部仏印進駐を果たし、その権益を獲得することとなったのである。

この調停工作の後、表面的にはなにごともなく進展しているように見受けられたが、その実、裏面では、石油問題や経済摩擦など、わが国にとって、深刻な様相が日一日と迫っていたのである。

石油のほとんど全量を輸入にたよっていた日本が、昭和十六年六月現在で保有していた石油量では一年未満しか賄《まかな》えない状況であった。燃料がなければ飛行機も飛べないし、世界最強を誇る日本海軍も、まったくものの用には立たないのである。

ちなみに当時の日本の一年間の石油消費量は、四百五十万キロリットルから五百万キロリットルであった。これは現在の一週間分の消費量にすぎず、マンモスタンカー十四隻分でしかなかった。これに対してアメリカは昭和十四年の第一次制限、ついで第二次制限によって、航空用高級燃料と四エチル鉛を許可制にして、圧力を加えてきた。それに対応して日本は、蘭印の石油を獲得するための手を打ち、小林一三氏を団長とする使節団を派遣し、向こう五年間、毎年三百万キロリットルの石油を輸入する旨の交渉を行なった。

しかし、交渉は難航をきたし、変わって芳沢謙吉代表が折衝を重ねたが、米英の圧力が加わって意の如くならなかった。ついに昭和十六年六月十一日をもって、交渉は全面的に打ちきられた。

こうして日本の世論は、しだいに騒然となってきた。このあわただしい情勢の中で、わが戦隊に対して仏印の海防飛行場への進出命令が下った。昭和十六年七月一日のことであった。私たちは海防基地に前進すると、休むまもなく、毎日のように降る雨の晴れ間を縫って各中隊の威勢よい編隊飛行で制圧をつづけた。

さらに七月二十一日になると、正式に南部仏印への進駐の受諾を得た第二十五軍の精鋭部隊が、海路、サイゴンへ向かっていった。それにともなって私たちの戦隊も、トンキン湾上空付近を飛行してこの部隊の行動を見まもっていた。

ところが、この日本軍進駐の情報を入手したアメリカは、七月二十四日、日本政府に対して強硬な中止勧告を申し送ってきた。しかし、日本はこの勧告を無視した。するとこれに対してアメリカは、翌二十五日、日本の在米資産凍結の挙に出ただけでなく、英国、オランダの両国にもそれを働きかけたため、二十六日には英国、二十七日にはオランダが、相ついで日本の資産を凍結した。

だが、いったん動き出した歯車は、簡単には止まらなかった。七月二十八日に上陸をはじめたわが地上軍は、三十日には、サイゴンへの進駐を完了した。これに激怒したアメリカは、各国に同調をもとめ、八月一日には、「ＡＢＣＤライン」による全面禁油の発動となった。大本営参謀本部では、サイゴン上陸が順調にいけば、なんの問題も起こるまいと予測していただけに、その受けた衝撃は大きかった。

ここに至って日本は、絶体絶命の窮地に立たされた。南北、いずれの方向へも進める準備をしていた参謀本部は、「関東軍特別大演習」と称した「ソ連侵攻作戦」を、自然消滅させざるを得ない破目となった。この全面禁油の措置によって、日本は大転換を余儀なくさせられ、石油を断たれたがゆえに石油を求めて南進の決意をするに至ったのである。

ソ連は、それまで極東配備の空軍機二千八百機のうち、三百機ていどをヨーロッパ戦線へ転用しただけで、日本への備えを崩してはいなかった。そのソ連がソ満国境にあった兵力を、急遽、ヨーロッパへ転用したのは、日本国内において在日ドイツ大使館を舞台にしたスパイ活動によって情報を得たためであった。ドイツ紙特派員リヒャルト・ゾルゲ（ドイツとソ連の混血児）が、近衛首相のブレーン尾崎秀実と共謀して、政治や軍事情報を入手して、日本の南進決定の情報をソ連へ流したためであった。（ゾルゲは、日本特高警察の手により、昭和十六年十月十八日、逮捕された）

こうして、いちじは対ソ戦を予想し、その訓練を行なっていた加藤戦隊も、この大きな歴史のうねりの中へ巻きこまれていったのであった。加藤戦隊長の着任後、三ヵ月をへずして東江作戦、南部仏印進駐と、事態はつづけざまに新しい局面を迎えた。それにともなって戦隊内部でも、新旧交代の抜本的な人事が行なわれた。

ノモハン事件以来の第一中隊長・丸田文雄大尉が、明野飛行学校の教官として転出したのを皮きりに、北支いらい歴戦の田中林平准尉と、関口寛准尉が四年ぶりに内地へ凱旋し、さらに私の中隊長・坂井菴大尉も、北支いらいの戦功を残して、明野飛行学校へ教官として赴き、朝日六郎中尉も転出していった。

そして、それに代わって、第一中隊長には、明野陸軍飛行学校甲種学生に派遣されていた高橋三郎中尉（航士五十一期生）、また、私たちの中隊長には、明野飛行学校の教官をしていた高山忠雄中尉（航士五十一期生）が着任した。ちなみに高橋中尉と高山中尉は、陸軍戦闘機隊における最年少の中隊長となった。

ある日の夕食後、私が中隊長を訪ねると、高橋中隊長は、巻紙に毛筆で手紙を書いていた。それを見た私が、

「高橋さん、ずいぶんとご丁寧ですね」

と、じょうだん半分に言うと、高橋中隊長は筆をとめて、
「なにを言うんだ。全国の戦闘隊の戦隊長、中隊長への挨拶状だぞ」
とだけ答えて、また熱心に書きつづけた。高橋中隊長という人にはこうした礼儀正しさがあった。しかし、こういうことができたのも、この時点での陸軍戦闘隊の総数は、わずかに十七個戦隊と二個の独立飛行中隊があるに過ぎなかったからだ。それが終戦時の兵力は五十三個戦隊と、独立飛行中隊三個戦隊にまで膨張していた。こんなに数が多くては、いかに高橋中尉といえども、あんなに丁寧なことは不可能だったかもしれない。

こうした情勢の下で、地上軍はサイゴンへ進駐したが、その完了後も、私たち戦隊には、広東への復帰命令が出ないままに数日が過ぎていった。この間、私たちにも外出が許可された。ここ海防の街は、広東よりはるかに清潔で美しく、なによりも嬉しかったのは、水道の水がそのままで飲めることだった。だが、街を歩いていて、まず驚いたのは、白昼だというのに、建物の中からマージャン牌の音が聞こえてくることであった。路上で子どもたちが煙草を吸う姿も目についた。四、五人の子供が集まっていると、かならず硬貨を転がしては、「裏だ！」「表だ！」と賭博をしている。

――植民地化された民族の姿とは、こんなものなのか！

私はそれを、まざまざと見せつけられた思いがした。また、市内を走っているバスには、白人席が特別に設備されている。鉄道駅では無蓋車に安南人乗客が乗せられ、客車はすべてが白人専用であった。この光景を見たとき、若い私の胸には強い憤りがこみ上げてきた。

白人の現地民へのこうした差別に憤慨したのは、他の将兵も同じであった。このために小さな問題が各所で起こった。前環境庁長官の鯨岡兵輔氏も、日本経済新聞（昭和五十五年十月二十三日）の「交遊抄」に『無言の軍神』と題してこう記している。

――昭和十六年の夏に近いころであった。当時の仏領インドシナ、現在のベトナムに、日本軍はいわゆる平和進駐した。私は地上勤務の陸軍航空少尉で兵二百人ほどを統率して、ハイフォン飛行場におられた加藤少将（後に戦死して軍神と言われた加藤隼戦闘隊長）の戦隊に配属された。

南国の町は夜は遅くまで、と言うよりは、むしろ朝方までにぎわっている代わりに、昼は店を閉じて暑さを避けていた。それなのに、軍は規則にやかましく、日曜日の外出でも、焼けつくような日中の外出しか許さなかった。それでは気の毒だと思った私は特別にはからつて、兵全員の夜の外出を許可した。

喜んで夜の歓楽街にくり出した兵隊は、現地民を虐待する一人のフランス将校の横暴に憤慨して、みんなでこれを袋だたきにした。これが日仏両軍の間で大問題となり、上官である加藤隊長に大変な迷惑をおかけしてしまった。

「加藤隊長がお呼びです」と言うので、すぐうかがった。加藤隊長は飛行場のピスト（天幕の戦闘指揮所）で机に向かっておられた。

「鯨岡少尉、お呼びにより参りました」

どれだけ叱られるか、それを覚悟して、私は隊長の側に立った。ちょっと私の方を向いた隊長は、「うむ」とうなずかれて、また机上の書類に目を移され、ふたたび私の方を向かなかった。まるで私がそこにいることを忘れたかのように、十分、二十分。その間、私は不動の姿勢であった。三十分もたったろうか、ふいに顔をあげた隊長は静かに言った。

「なんで呼ばれたか、わかっているか」

私はいよいよ姿勢を固くして答えた。

「はい」

隊長はだまって私の顔を見ておられたが、ちょっと笑みをうかべて、

「よし、帰れ」

私はびっくりして、「鯨岡少尉、帰ります」と答えた。そのとき、私は心臓に針を刺されたような衝撃を覚えた。ただそれだけである。ただそれだけであった。それが軍神と言われた加藤隼戦闘隊長の思い出である。——

私はこのサイゴン滞在中、生涯で最大の失敗を引き起こした。それは八月八日のことだった。この日は珍しく朝から快晴で、遠く中国の山々がくっきりと見えていた。連日の雨でカバーを覆ったままであった飛行機も、久しぶりに太陽の光を一杯に受けて輝いていた。訓練飛行態勢がととのうと、整備員の一人が私のところへ走って来て、

「檜中尉どの、飛行機に雨がたまっているのです。試験飛行のときに、背面飛行で水を出して頂けませんか」

と言う。

「よし、わかった」

と私は気軽に承諾した。

横なぐりの豪雨がカバーの隙間から、飛行機の胴体やエンジン部、ピトー管までも濡らし、速度計が作動しなくなっていたのである。

私は、搭乗すると、エンジンを全開にし、地上から飛び立った。大空から眺める中国の山並みや、段々畑のように区画された広大な露天掘炭坑の肌色は、まことに圧巻であった。まもなく青緑色に澄んだトンキン湾上に出ると、さっそく、連続宙返り、垂直旋回、上昇反転、急横転、緩横転と、あらゆる特殊飛行をくりかえし、そして、水を排出するために長い背面飛行を開始した。それはバンドにぶらさがる圧迫感と、頭に充血する苦しさを辛抱しての飛行であった。

ふと計器盤を見ると、油圧計が零を指しているではないか！　私はあわてて飛行機を正常にひきもどした。だが、油圧計の指針は上がったものの、ふいに爆発音がハタと停止したのである。エンジン・ストップだった。おどろいてレバーを前後に動かしたり、始動発動電機を回したりしたが、なんの反応もない。幸い高度計は三千メートルを指しており、滑空の余裕はあった。しかし、かんじんの速度計が故障で盤に張りついたようになり、ビクとも動かない。高度は容赦なく、ぐんぐんと降下していく。あっというまに高度計は二千メートルを指し、さらに千七百メートルになった。その降下速度は、私が予想している以上に大きく思えた。私はしだいに不安になってきた。

——落ちつけ、落ちつくんだ！

自分に言い聞かせながら、着陸コースに向かっていった。

エンジンが停止しているので、やり直しのできない一発勝負である。飛行場は、幅三十メートル、長さ七百メートルぐらいの細い滑走路が一本あるだけだった。周囲は一面の田圃で、植えつけてまもない稲が青々と風にそよぎ、水面が白く光っている。

——なんとしても滑走路へ入らなければ！

そのとき私の脳裏に閃めいたのは、学校で習った着陸時の原則であった。

〈——離陸直後、エンジンが停止した場合は、まっすぐに不時着すること、飛行場へ入ろうと旋回すると失速して墜落する。滑空着陸する場合は、滑走路の手前に衝突しないこと、高目に着陸して五十メートルでも百メートルでも車輪で地面を走れば、場外にオーバーしても負傷は少ない〉

私の心はきまった。

——巧妙に着陸しようと思うな！

私は自分にそう言い聞かせると、高目に滑走路に持っていくことにした。ついに高度は三百メートルになった。目の前に滑走路がひろがってきた。浅く旋回して方向を定めると、着陸姿勢に入った。

私は下腹に力を入れて、深呼吸を二、三度、くりかえし、気持を落ちつけた。

こうして、ようやく飛行場の端へ高度約十メートルで進入することができた。

——しめた!

あとは車輪が地面につくのを待つばかりである。が、速度計の故障で日頃の速度感覚は、完全に失われていたらしい。いっこうに減速せず滑走路の上を一メートルほどの低空で通り過ぎてしまい、どうしても接地しない。前方には滑走路の端が近づいてくる。心臓は早鐘のように鼓動し、操縦桿を握る手がふるえた。やっと車輪が地面につき、私は必死になってブレーキ板を踏んだ。だが、速力は簡単には落ちず、もう滑走路の先はなかった。つぎの瞬間、機体は滑走路を突っきって沼地にのめりこんでいった。

飛行機は機首から沼地に突っこみ、大きく尾部を持ち上げて前方に回転した。まず、燃料の漏れる音が聞こえ、気がつくと、私は、沼地で飛行機の下敷きになっていた。機体が横転したとき腹に力を入れたのを覚えているが、頑丈な皮の座席バンドが引きちぎられている。必死になって沼の土を手で払いのけて、機体から這い出した。

飛行場中央のピストで、この光景を見ていた人たちが駆けつけてきた。幸い、私はかすり傷ひとつなかった。だが、飛行機は無残にも破損して、私は大きな衝撃を受けていた。それは、広東の天河基地で、五ヵ月前に同期生の久米田少尉が、ほんの二ヵ月前には、これも同期生の藤原少尉が訓練中に事故死したことから、加藤戦隊長が、広東神社の神主に依頼して、

「二度とこうした事故のないように」と、お祓いをしてもらい、「おかげで、最近は事故がなくなった」と喜んでいた矢先の私のこの事故だったからである。しかも、無理な高等飛行をしなければ、起こらなかった事故だけに、同期生の八田中尉などは、

「おい、檜、軽くて謹慎か、減俸かもしれんぞ」

と〝脅し〟をかけてくる。私はすっかり観念して本部へ出向いていった。戦隊長の前に出ると、

「不始末をして申しわけありません」

と、おそるおそる事故の末を報告した。

ところが、戦隊長は、なにごともなかったように、

「檜、あんまり心配させるな。それにしても、怪我がなくて良かったなあ。やっ、手から血が出ているじゃあないか。どれ、見せてみろ」

抱きかかえるようにして、私をいたわってくれた。

その上、事故については、「咎めなし」という結果であった。それは、私が、「滑空着陸の原則」を守った、という点を考慮してくれたのであった。私にとって戦隊長のこの処置は、その後の飛行技術に大きなプラスとなったことは言うまでもない。

この事故があってから間もない八月中旬、戦隊は広東へ帰還した。それはサイゴン地区の情勢が安定の兆しを見せはじめたためであった。

第二章　コタバルの海鳴り遠く

三つの要望

『一式戦闘機の生産が軌道に乗ってきたので、機種改変に着手するように……』という航空本部からの通達を受けとった戦隊は、各中隊が交替で内地へ帰還することになった。昭和十六年八月末のことであった。

一式戦闘機というのは、昭和十三年の末に、すでにその第一号機が完成していた。しかし、強度、旋回性能、速度、武装など、すべての点で要求を満たすことが出来ず、放置されていた機である。それが作戦上の都合で、強引に制式陸軍機として再採用されたのだ。当然のことながら、私たちには、そのいわくつきの飛行機が気に入るはずはなかった。だが、上層部での決定とあれば、異論を申し立てるわけにはいかない。予定どおり、八月の末までには、加藤戦隊長と安間大尉の指揮する第三中隊が、内地の福生飛行場へ飛び立っていった。

第一中隊と、私の所属する第二中隊は、広東に残って、要地防空の任務についていた。そんなある日のこと、一機のスマートな飛行機が、さっそうと飛行場の上空を旋回し、着陸した。新司令部偵察機だった。

当時はまだ新司偵機は珍しかった。そこで私はその新鋭機を近くで見ておこうと、さっそく、飛行場の端に停止した機に近づいていった。すると翼の下で弁当を食べている将校がいる。よく見ると偵察機のベテラン大室猛大尉（陸士四十五期）であった。私は敬礼して、大尉に声をかけた。

「大室さん、ピストのほうへ来て下さい。お茶でも差し上げますから……」

しかし、大室大尉はいっこうに立ち上がろうとしない。

「いや有難う、もう時間がないのでここで失礼するよ」

「これから、どこへ行かれるんですか」

と、私がたずねると、大室大尉は、ごく気軽に答えた。

「うん、サイゴンへ出て、それから、ちょっとその先を覗《のぞ》いて来ようと思うんだ」

まるで物見遊山にでも出かけるような調子であった。

支那事変いらい、この大室大尉が偵察したところは、かならず戦争が行なわれるという定説があった。そこで、「いよいよ南方作戦が間近なのか」と、私はその感を深めた。

ちょうどその頃だった。頭髪を長く伸ばした商社員ふうの男が戦場にやって来た。それはハノイ駐在中の長野部隊（独立飛行第八十四中隊）の丸野弘中尉（陸士五十二期）であった。特命をおびた丸野中尉は、マレー半島に潜入して英空軍の兵力、とくに訓練状況と配備を偵察して、ぶじに帰還してきたところだったのである。

丸野中尉の説明によると、英空軍では大編隊の行動は見られず、おおよそ二機編成の戦闘訓練が主体である。また戦闘技倆は、優秀とは言い難く中程度であり、飛行機種の優劣を除けば、操縦技能の面ではけっして恐れる相手ではない、ということだった。

一方、この間にも、国際情勢はますます緊迫の度を加え、とくに日米関係は一触即発の機運をはらんでいた。

九月中旬、引き込み脚の銀翼を連ねて、一式戦闘機の大編隊が帰ってきた。機種改変を終えた安間中隊の面々であった。大空を飛翔する編隊機はスマートで、なんともたのもしく見えた。だが、よく観察していると、その速度は九七式戦闘機と大差のないように思えた。

「なんだい、この程度なのか」

と、少々がっかりしたが、着陸して準備線に整列した一式戦を詳しく調べてみると、「ほう、これは!」と、目をみはるものも多かった。たとえば、蝶型のフラップが油圧操作のボタンを押すと出ることとか、プロペラのピッチ角度が変えられる可変節装置になっているなど、いちおうの技術的な進歩が見られたからだ。外見上では脚がきゃしゃで、かもしかのように美しかった。私は機体の回りを幾度もめぐって撫で回していた。と、そのうちに、驚くべきことを発見した。前方の脚の入る中央部に小指の入るような、大きな亀裂が走っていたのだ。その部分は、鳥でいえば鳩胸の場所で、力が一番かかるところであった。

「安間中隊長! ちょっとここへ来て下さい」

と私は、安間中隊長を呼んだ。

「檜、なんの用だ」

「中隊長、これはどうしたんですか?」

と私は亀裂を指さした。

「おっ!」

と、安間大尉はうなるように言ったが、たちまちその顔色が青ざめた。さらに尾部の方へ回って見ると、ジュラルミンの板が鋲で抉られていて、水平板と垂直板がガタガタ動くではないか!

安間中隊長は戦隊本部におもむくと、ただちにこの重大な事実を、福生飛行場の加藤戦隊長に連絡した。

もともと、この一式戦闘機は桁もち式に設計されていた。それは桁に薄い板を数多く張りつけて、設計上では頑丈なはずであった。だが、いかに操縦者が動揺しようとも、いますぐにその欠陥を改めることなど出来ない相談であった。仕方なく安間中隊は、広東の野戦航空廠で、応急の修理をして防空任務につくこととなった。第一中隊と私たちの第二中隊は、それに代わって、ただちに内地へ出発した。ひさしぶりで懐かしい日本本土に着いた私たちは、ひとまず、立川市の駅前にある旅館に落ちついた。しかし、物見遊山の帰国ではない。

すでに安間大尉からの報告を聞いていた加藤戦隊長は、欠陥の改修に、自ら群馬県太田の中島飛行機製作所へ飛び、航空本部、福生の飛行場と、朝早くから夜遅くまで飛び回っていた。日曜日も祭日も、飛行機のそばを離れることはなかったのである。

当時、加藤戦隊長の留守宅は東京中野区鷺宮にあった。戦後、加藤夫人はその頃のことについて、「毎日、夜遅く帰ると入浴して、すぐ就寝するだけでした。しかも翌朝は、かならず五時には起きて出かけるという生活でした。疲労のため、最初は目が赤く充血していましたが、だんだん悪くなり、最後には茶色い目になってしまいました」

と、述懐しておられた。こうして「隼」を育て上げた加藤戦隊長の苦心と努力は絶大なものがあったが、その裏面での夫人の内助の功も大きかったと言えよう。

私たちは、毎日、立川駅からバスに乗って福生の飛行場へ出かけていった。福生の飛行実験部のバスが、立川駅と飛行場を往復していたからだ。

明日は一式戦闘機の初搭乗——ときまった前夜のことだった。旅館で夕食をすませた私は、ちょっと街に出てみよう、と旅館を出ようとすると、松井孝准尉に会った。そこで彼に向かって、

「おい、ちょっと飲みにいかないか」

と、誘ってみた。すると准尉は、私のことを睨むようにして、

「冗談じゃあないですよ、明日は脚の入る飛行機に乗るんです。心配で、それどころではありませんよ」

と言う。私は一瞬、頭を小突かれたように感じた。松井准尉は、北支、ノモンハンの歴戦の勇士であった。その勇士にしてこうである。私は彼のこの態度に、いまさらながら、北支

いらいの加藤戦隊長の教育が、浸透しているのには敬服せざるを得なかった。それにくらべて青二才の私の思い上がりを深く反省したものだった。

翌日、私は慎重の上にも慎重を期して、一式戦闘機に搭乗した。が、飛び立ってみると操縦そのものは大した問題がなく、むしろ油圧のボタン一つで種々の操作ができるので、九七戦闘機より簡単に思えた。違っている点をあげれば、翼が大きくなっていることであった。ひなひなした感じである。分解すると聞いているので、恐る恐るの操縦である。静かに急降下し、つぎにやんわりと上昇に移ったが、その瞬間、風圧のために翼が捻《ねじ》れるような恐怖をおぼえた。

こんな脆弱な飛行機で、空中戦闘をやるのか！ と思うと、身もちぢむ思いであった。このため、私たちは毎日、不安に駆られながら、飛行場へ出かけていった。ところが、戦隊長は、私たちが始発バスで飛行場に着くころには、もう空中に上がって、宙返り、急上昇、急降下をくりかえしながら性能試験をしていた。

「戦隊長はいったい、自宅を何時ごろに出て来られるのだろう？」

と、私たちはよく話し合ったものだ。

戦隊長は、その性能試験を終えると、すぐに軍服に着替え、群馬県の中島飛行機製作所へ出向いていった。飛行試験の結果、発生した不備の点の改良打ち合わせのためである。しかも戦隊長は、私たちが訓練を終わり、くたくたに疲れて最終バスで旅館へ帰ってみると、すでに机に向かって飛行研究をつづけていた。

こうして、私たちが懸命に飛行訓練を行なっていた十月十九日の午後、広東から衝撃的なニュースが飛びこんできた。

それは、安間中隊の関幸三郎曹長（下士学生八十二期）が空中戦闘の訓練中、急降下から上昇に移ろうとした瞬間、機体が空中分解した。関曹長は落下傘降下の余裕もなく、珠江沿岸の黄埔付近へ落下、殉職したとの知らせであった。機種改変いらい、危惧していたことが現実となった。私たちは口にこそ出さなかったが、気持は重かった。しかし、目的に向かって前進する以外に途はないのである。

こんなある日、私たちがいつものように始発バスで飛行場へ着いて見ると、上空を試作中のキ四四（二式戦闘機「鍾馗」）が全速で飛んでいた。見ていると、前方から飛んできた一機の一式戦闘機がいきなり、深い後上方攻撃に移ったのである。

それはじつに鮮やかな操縦ぶりで、もしこれが実戦であれば撃墜まちがいなしと見えた。

――いったい、だれが操縦しているのだろう？

私たちは空中分解のあとだけに、はらはらしてはいたが、そのみごとな操縦には目をみはった。やがてその一式戦はゆうゆうと着陸し、飛行機から降りてきたのは、なんと戦隊長であった。私たちはそれによって大いに勇気づけられ、それ以後は、かなり急激な操縦にも自信を持てるようになった。

こうして訓練課程は、しだいに進んでいった。さらに戦闘から射撃訓練、航法、無線連絡と、課程を消化するごとに、一式戦の欠点が続出しだした。まず問題になったのは武装面であった。想定する敵機は、後方に厚い防弾鉄板をつけているので、これまでのように七・七ミリの機関銃では不十分と考えられた。このことはノモンハン事件後半の空中戦で立証されている。

そこで、七・七ミリ機関銃のほかに十二・七ミリの機関砲一門を装備し、いわゆる一銃一砲装備とすることになった。機関砲に使用する弾丸は、普通弾、焼夷弾、曳光弾、鉄鋼弾と、順序よく弾帯にとりつけるのであるが、これに、新しく採用された榴弾を加えることになった。この榴弾は、弾丸の先端に信管がついていて、相手に命中すると燃料タンク等に突入した後で爆発するという威力のあるものであった。

しかし、この榴弾にも大きな問題があった。もともとこの榴弾は、いわゆる伊式榴弾（イタリアブレター社製ホ一〇三）といい、イタリアから輸入していたものだが、これは発射しても不発となるものが多かった。では、国産の榴弾はどうかというと、さらに問題があった。発射は極めてよいが、砲身を出るまでに爆発（腔内爆発）を起こし、破片がエンジンを貫いて飛行不能となることがあったからだ。しかし、私たち全員は、国産の榴弾を使用するよう戦隊長に進言した。

また、航法試験の結果にも多少の問題点があって、座席に金属類（砲弾や軍刀）を積むと、羅針盤が大きく狂うのである。その対策として、座席前方の球型羅針盤のほかに、補助として水平羅針盤を操縦桿のつけ根のところに装着することとなった。最後に、仕上げとして無線訓練にはいったが、ここにも戦隊長を多いに苛立たせる欠点があった。地上の無線は飛行機相互で少しは聞こえるのだが、空中では雑音が出るだけでまったく通じないのである。

「もしかしたら、飛行機の震動の関係ではないか?」

そう考えて、九四式最新型の無線機を座席前方の空間に、太いゴム紐で宙に浮くように取りつけてみたが、やはり一向に聞こえなかった。空中での無線連絡は作戦の勝敗を決するものと確信していた加藤戦隊長の落胆もまた大きかった。その他、私たちを悩ましたのは、プロペラボスにとりつけてある可変節の油圧装置の油が漏れることだった。この漏れた油は、風圧のために機体方向に流れ、引き込み脚の車輪を濡らしブレーキ装置に流れこむ。このため制動が滑り、着陸のブレーキが効かなくなること、また上部に流れてきた油は、パイロットの前面の風防ガラスを汚し、視界が妨げられるなどの不備があった。

しかし、これを全面的に改良するためには時間がかかり、その余裕が得られないままに、十月末、加藤戦隊長は僚機も連れず、ただ一機で、一式戦を操縦して広東に向かって飛び立っていった。そして、これが戦隊長にとっては、日本の土を踏む最後となったのである。

こうして私たち第二中隊が、可能な限りの機種改変を終了して、広東の飛行場へ帰ったのは十一月十日のことであった。

広東天河基地にもどった私たち全員が、戦隊長とともに夕食をとったのは、じつに二ヵ月ぶりのことであった。この頃すでに日米間の国交は最悪となり、一触即発の危機が迫っていた。だが、戦隊長は一言もそのことには触れなかった。むしろ、そこを避けるように、食事

が終わると、

「おい、みんな、コーヒーを飲まんか?」

美食家の戦隊長はまた、無類のコーヒー好きでもあった。戦隊長のいれてくれるコーヒーは美味であったので、私たちはご馳走になるのが楽しみの一つになっていた。自慢のコーヒー挽きはサイゴンで買い求めたらしく、コーヒー豆にしても単独飛行で出かけるたびに、どこからか仕入れてくるのだった。それほど、戦隊長はひそかに一人で飛び立っていく日が多かったのである。おそらくはやがて戦場となるべき場所の地形や気象の偵察が目的であったのだろう。また一式戦の長い航続力を生かして、朝出発して夕刻に帰る、そんなことも度々あった。

緊迫した状況下にあって、陸軍航空隊はもっとも不得意な海洋航法と、夜間の航法を訓練することが急務となった。そのため加藤戦隊長は、夜間航法の訓練として、広東と海南島の海口飛行場を結ぶ線、五百キロに及ぶ距離を選んだ。ところで、この夜間航法訓練は、じっさいに夜間航行するのではなかった。白昼、座席へ毛布でつくった幌をかぶせて、盲目飛行をする方法であった。これについて戦隊長は、

「そんな日時の余裕はない。夜間飛行するとなると、飛行機の照明設備とか人員の配置など、かなり大がかりなこととなるので、とても出来ん」

つまり、戦隊長は、こっそりとこの方法を選んだのであった。その航法訓練が決定すると、戦隊長は、綿密に風向き、風速等を勘案して航法計画をたてた。そして、海口飛行場に到着

する時間と高度を、現地に派遣中の第九十四飛行場大隊の麻生真吉少尉に連絡した。これは現地の海口飛行場に向かったときに、どれほどの航法誤差があったかを、広東へ知らせてもらうためであった。

こうした夜間航法で飛び立った戦隊長は、海口飛行場上空に達すると、そのまま旋回して広東へ帰ってきた。このとき海口飛行場で確認に当たった麻生少尉からは、

「双眼鏡で見ていたのですが、所定の時間に飛行場上空にぴったり着いて旋回して帰られました」

という報告がとどいた。戦隊長のこの航法能力はとても人間業とは思えず、私たちはその報告を聞いても、しばらくは信じられないほどであった。

十一月十五日、この日は南方作戦のための第一次集中の日であった。遠くは満州、北海道から、航空各部隊が、厳重な報道管制の下、広東地区、海南島、台湾へ集結することとなっていた。

私は満州から広東に着いた爆撃隊（飛行第十二戦隊）の同期生たちと、ひさしぶりで再会し、偕行社で会合を開いた。その席上で私が、

「まあ、戦闘機が掩護するから安心しろ」

と言ったところ、同期生たちはニヤニヤ笑いながら、

「いや、いいよ、あの一式戦は九七戦の脚を引っこめただけで、爆撃機より遅いし、おれたち爆撃隊は、編隊を組めば火網で敵機は近寄れんよ。むしろこわいのはシンガポール百門の

高射砲だ」

これには私もちょっとひるんだ。なるほど彼らの九二式重爆撃機は五百キロ近い速度が出る。その速度は、一式戦闘機となんら変わらないのである。同期生の言葉とあって、私はくやしくはなかったが、やはり寂しさはかくせなかった。

当時はフランスのドウェー将軍の空中艦隊論が話題となり、大編隊の火網で敵戦闘機を撃墜するという理論がまかり通っていた。この理論もやがて根底から覆されることになり、理論と実際の相異を思い知らされることになる。だが、このときは、まだ反論など思いも及ばなかったのである。

ともあれ私たちも、いよいよ出動の日の近いことを感じていた。九ヵ月余も滞在していた広東の街は、第二の故郷のような懐かしさがあった。立つ鳥、跡を濁さず——というわけで、いきつけの飲み屋の勘定も清算した。荷物の整理をすますと、あとは命令を待つのみとなった。

それから半月ほどたった十二月二日の夕方、ついに飛行団長（山本健児少将）から、戦隊に命令が下った。その命令は、〈——ただちにサイゴン西南方二百キロのフコク島のゾンド飛行場に集結せよ〉というものであった。

まず整備班長の新美中尉（第三中隊）が呼ばれ、翌朝の八時までに出発準備を終わるように指示された。各中隊はあわただしく徹夜作業に入った。

翌三日の早朝、われわれは戦闘指揮所に集合を命じられた。戦隊長は、ゆっくりと航空帽

を脱ぎ、机の上に置くと、

「みんな、聞け！」

と、やや緊張気味に口をひらいた。

「本日、これより、天候の回復を待って、フコク島に向かい前進する。今度の作戦についての細部は現地に到着後、指示するが、みんなに、とりあえず三つのことを要望しておく。まず、如何なる困難に当たっても平常心を失わぬこと、これは日頃の訓練と思って行動せよ、ということである。その二は、常に言っているように、なにごとも任務遂行を第一となすこと。最後の一つは、個人の功名手柄に走って、みだりに団結を乱さないこと、この三点をかならず守って欲しい。とくに、もしも君たちが撃墜数を聞かれたら、戦隊の撃墜数を答えるようにせよ、以上である。各中隊は出発準備を整え、別命を待て！」

戦隊長の訓辞は簡単なものであった。〝平常心〟は戦隊長がつねづね口にする言葉だったが、個々の撃墜数を言わず戦隊のそれを答えよ、と言われたのはこのときが初めてであった。

これまで戦隊は空中戦で敵機を撃墜するたびに、飛行場上空へもどると撃墜した機数だけ宙返りで誇示した。着陸すると、さっそく、飛行機の胴体に赤鷲の撃墜マークを描き、さらに各中隊ごとに色ちがい（第一中隊・白、第二中隊・緑、第三中隊・黄）の三角の布地で撃墜旗をつくるなど、いやが上にも志気を鼓舞していたのである。

ところが、このたびの作戦では、個人の撃墜すら認めない要望を出してきた。つまり撃墜ができたのは、僚機の援助と他の人たちの上空掩護の成果である。また、飛行機が戦闘能力を十分に発揮できるよう整備してくれた整備の将兵の努力のたまものであり、けっして個人の功績と思ってはならないというこの教訓は、日ごろから戦隊長が、スポーツ精神を強調していたことでも知ることができた。

たとえば、バレーボールの試合でスパイクを決めるのも、セッターがよいトスを上げてこそ成功する。空中戦闘もこれと同じである。みだりに隊列を離れて勝手な振舞いをする者がいれば、いくらその者が敵機を撃墜したとしても、団結が乱れ、戦隊全体としての戦力は半減するにちがいない。

戦隊長はそれをおそれ、新聞記者が個人の武勲を報道しようとしても、言葉を濁し記事の提供を拒んでいた。したがって加藤戦隊には、「撃隊王」はいなかった。強いて問われれば、華やかなパイロットのかげに隠れた存在となっている地上勤務員の功績をとり上げていた。こうした戦隊長の心構えが、その後の作戦において大戦果をおさめる要因となったのである。

その日の広東天河飛行場は、朝から小雨に煙っていた。戦隊長は出発準備を終えると、飛行場に出て雨の降り具合を見ていたが、

「よし、大じょうぶだ。いこう！」

と、背後に立っている私たちの方へ、右手を大きく振った。やがて、轟々とエンジンの音をひびかせて、戦隊機はつぎつぎと大空へ舞い上がった。

海南島までは雲におおわれていたが、サイゴン近くになると、しだいに雲が切れはじめた。戦隊長は、飛行場北方の白雲山の上空に雲の切れ目を発見すると、一挙に雲上に出て目的地

に向かった。このようすを、当時の私の日記には、つぎのように記してある。

『十二月三日、十一時三十分、折カラノ密雲ヲ縫ッテ壮途ニ就ク、第二ノ故郷広東ヨ、サラバ。再ビ生キテ此ノ上空ニハバタクヲ念ハザレバ感激一入《ひとしお》深シ、十五時三十分、ジャングル地帯ヲ眼下ニ、ポロバアン高原ニ出ル、大湖ヲ右ニ、プノンペンヲ経テ、サイゴンヲ隔ル二百キロ西方フコク島ノ一角ニ落チック……』

当時、航空部隊の移動は、三百キロていどの小刻みの移動が常識とされていた。だが、この日、戦隊長は、一式戦の特性を生かし、一挙に二千数百キロ近くの距離を五時間三十分飛びつづけて、全機ぶじに前進する大壮挙を達成したのであった。こうした集中作戦は秘密裡に行なわれることが多く、その成否をもって作戦の大半を決すると言われているほど、重要なものであった。

それにくらべて、他の戦隊は、サイゴン、プノンペン周辺への集結に際して、思わぬ損害を出していた。この地区への集結部隊は、爆撃機と偵察機で二百七十五機、戦闘機百八十機で、総数四百五十五機を数えていた。

しかし、この季節は、中国大陸に優勢な高圧部があり、この高気圧から、マレー半島とタイランド湾一帯にある低気圧に向かって、北東の風が吹きこむ。その季節風が標高二千五百メートルの安南山脈にはばまれて、仏印の東方海岸に激しい雨をもたらすことが多く、そのために付近の山脈に発生する積乱雲が多量にあり、飛行各部隊は大いにこれに悩まされた。

その結果、軽爆飛行第七十五戦隊長亀山計衛中佐と、軍偵飛行第二十七戦隊長桜井肇中佐など、多くの犠牲者を出したのである。また、重爆飛行第十二戦隊のごときは九機を一挙に失い、敵と遭遇することなく、その集中兵力の約一割を失ったのであった。

一方、ゾンド飛行場に着陸した私たちは、三十五機の一式戦を列線に並べたまま、地上整備員の到着を待っていた。だが、三日ほどで到着するはずの整備員は、天候にはばまれたのか、いっこうにやって来なかった。飛行場は、海岸の椰子を伐採して急造したもので、滑走路は赤土をならしただけの簡単なものだった。

私たちの宿舎（郵便局）は、飛行場から徒歩で十五分ほどのところにあった。その途中に澄んだ小川があり、のぞきこむと、名も知らぬ小魚が群れて泳いでいた。街の家々は堅く閉ざされ、猫の子一匹も見かけない。いつまでも到着しない整備員を待つ私たちは気が気でなく、日毎に焦りの色を濃くしていった。毎日、午後になると、海の方から、直径百メートルもあるスコールの柱が海面すれすれに近づいて来て、激しい雨を降らしていく。と、見るまにそれがやんで、パッと灼熱の太陽が照りつける。毎日、こうしたことのくりかえしであった。

いつまでも指をくわえて整備員のくるのを待ってもいられないとあって、戦隊長を先頭に、私たちは馴れない飛行機の整備、機関砲の調整に油まみれになっていた。

「――敵機ノ来襲ヲ見レバ、コレヲ求メテ撃墜スベシ」との命令が下ったのは、十二月五日のことであった。それは事実上の、太平洋戦争の開戦宣告だった。

――いよいよくるものが来た！

それは当然、予想されていたことだったが、現実にその命令を聞くと、それまでにない緊張感に身が引き締まった。

——このときのために、自分の人生があったのか。

と思うと、言い知れない感傷にも襲われてくる。

この日、私たちは、はじめて自分たちで整備した飛行機で、フコク島から海上にかけて、周辺の地形慣熟のために飛んだ。まっ黒な乱雲が前方を遮《さえぎ》る中をくぐり抜けるようにして飛行すると、あちらこちらに小島が見え隠れし、海面は怒濤に荒れ狂っている。この海を乗り越えて遠く出撃していくのだ……そう考えると、胆が冷えるようだった。私は思わず愛機に向かって、「しっかり頼むぞ！」と大声で叫んでいた。

慣熟飛行を終えて飛行場にもどると、さっそく、天幕の中で砲弾を弾帯に装塡する作業がはじまった。戦隊長は手慣れたようすで、忙しそうに作業をしていた。その側で、やはり作業をしていた高山中隊長が、

「戦隊長、昨夜、この島の町長が捕まったそうですね」

と心配そうに話しかけた。

昨夜、フコク島の町長が、こっそり無電発信をしていたのを憲兵に見つかり、ひと騒ぎあったのである。憲兵隊では、わが軍の行動を敵に知らせていた、と頭から考えているようだった。もしもそれが真実ならば、これは憂慮すべきことだ！　私も不安でならなかった。すると戦隊長は、

「こういうときには、いろいろと流言が飛ぶものだ。冷静に判断しないといかんな」

そのようすには、いかにも歴戦の勇士の風格と落ちつきがあり、私はそれを見ていて、

「戦隊長は頼もしいな」と、いつもながら感心した。

この日の夕方、私たち全員は、戦隊本部に召集された。そこで戦隊長は、厳粛に菅原集団長の訓辞を私たちに伝達した。

十二月六日になって、やっと地上勤務員の一部が到着した。一日千秋の思いで待っていただけに私たちは、この報告を聞くと、「そうか、ついに来たか！」と、安堵感を覚えたものだった。このときほど整備員がいかに大切であるかを、思い知らされたことはなかった。一瞬にして、戦隊が生きかえったように、明るいムードになった。整備員たちは長途の疲れを憩うまもなく、さっそく整備作業をはじめていた。飛行場では、勇ましい機関砲の試射音と、プロペラの音が夜を徹してつづいていた。

そして、一夜明けた十二月七日、私たちは重大任務を帯びてサイゴン沖に飛んだ。それは、三日前に海南島の三亜港を出港した山下奉文中将の率いるマレー半島上陸の第二十五軍、約五万の兵員を満載した二十七隻の大船団が、サイゴン沖を航行中であったからだ。私たちの任務は、この兵団の輸送船団を上陸地点まで、海上上空で掩護することであった。

ところが、この掩護任務の決定に至るまでには、南方総軍と航空集団の間で、いろいろと物議をかもしていたのである。南方総軍では、この船団がもっともマレー半島の陸地に近づく七日の日没まで掩護するように、と航空集団に対して強く要請してきていた。しかし、こ

こ数日来のタイランド湾の天候は極度にわるく、視界はやっと四十メートルほどであり、これではほとんど飛行不能に近い状況だったのだ。ましてや暗夜の飛行など、航空関係者ならとうてい考えられない無謀なことであった。このため、古くから航空畑にいて、そういう事情に明るい菅原中将、山本飛行団長、川島航空集団参謀長らは、総軍からの要求を、無謀なこととして頭から拒否し、加藤戦隊に日没二時間前まで掩護させ、その帰途を、飛行第九十八戦隊の重爆二機に誘導させることに決定した。

この決定は、十二月六日、プノンペン集団司令部での打ち合わせに出頭した加藤戦隊長に伝えられた。ところが、これを聞いた戦隊長は、いつになく不満そうに菅原集団長の前に立った。

「閣下、この決定事項を撤回していただきたくあります」

「なに、撤回しろだと?」

「はい、日没二時間前に船団掩護を打ち切るのなら、掩護をしないのと同じです。ぜひ日没までやらせて下さい。船団にとってその時刻が、もっとも敵の攻撃をうけやすい時です」

「…………」

菅原中将は、一瞬、沈黙したが、すぐに満面に笑みを浮かべて言った。

「加藤、うれしいことを言ってくれるなあ」

菅原中将は、加藤戦隊長夫妻の仲人でもあり、その性格を熟知していたし、またその技倆も信頼していた。そこで、ただちに先の命令を改め、日没までの掩護に変更されたのである。

航空集団が南方総軍の要請をしぶったように、確かに雨季の中、昼間でも困難な海洋一千キロ近くを、暗夜飛行することは無謀とも思われた。しかし、加藤戦隊長はこの困難を百も承知で、日没までの掩護を申し出たのである。それはこの掩護が、この作戦任務の中でもっとも重要だと考えていたからだった。

サイゴンに近い海上は、コンポントラッシュ飛行場とクーカン飛行場にいた第十二飛行団の九七戦が掩護し、遠距離の海上は一式戦のわれわれが掩護する手筈になっていた。

幸い、七日は朝から天候が少しもちなおしていた。私たちはこの天候に、ふるい立った。午前十時ごろ、私たちの出撃に先んじて飛行第一戦隊の武田金四郎中佐（陸士三十六期）が、勇躍、基地を飛び立った。それにつづいた第一中隊第二編隊の窪谷敏郎中尉（陸士五十二期）が、パンジャン島の北西約四十キロ、高度一千メートルの低空で、飛行中のイギリス哨戒飛行艇一機を発見し、ただちに攻撃をかけてこれを撃墜した。これが今次作戦の撃墜第一号となった。この報せを聞いた加藤戦隊長をはじめ私たちは、その結果に、「ついにやったか！」とは思ったものの、その攻撃によって、敵側に情報が漏れ、午後からの船団掩護が相当の激戦になることが予想された。

私たちはいちだんと緊張した。ところが、昼食をすませ、いよいよ出撃というときになると、さらに緊張感ふかまる事態となったのである。

この時期、タイの天候は変わりやすい。それまで好天候と思っていた大空の一角に、まっ黒な雲が出現したかと思うと、それがみるみるうちに上空をおおい出したのであった。そして、私たちの編隊が出発するころから、飛行場一帯は猛烈なスコールにつつまれてしまった。そのうちにも、加藤戦隊長以下、七機の出動の時刻はこっこくと迫り、十七時ごろの天候は最悪となった。しかし、大船団は敵地に向かって航行をつづけている。その掩護を中止にするわけにはいかない。万難を排しても決行あるのみである。
航空集団司令部の山本飛行団長たちに見送られて、編隊の七機は、戦隊長を先頭に、つぎつぎとスコールの中へ突入していった。激しい雨の飛沫がプロペラではじけ、機体が見えなくなるほどの吹き降りが緊張感をますます高めていった。戦隊長の日記には、そのようすが生々しく書かれていた。

十二月七日
朝来天候概ネ安定シ、予定ノ如ク青木部隊ハ着々船団ノ掩護ヲ実施中、就中、「パンジャン」島沖ニテ飛行艇撃墜ノ快報ヲ聞キシハ愉快。高橋中尉、出発ノ直前、同行ヲ懇願シテヤマズ、心情ヲ察シ同意シ編組ヲ三ヶ編隊ニ改ム。船団付近、雲高五十米ナル偵察機ノ報告ヲ耳ニシ、イヨイヨ困難ナルノ場面ヲ想イ、命令ヲ下達ス、十七時半過ギ出発、ヤヤ出発オクレ高山中隊ニ苦労ヲカクルヲ思イ、計器速度二百五十粁ニテ前進、十九時五分、先ズ船団ノ一部ヲ、十分、主力ノ上空ニ達ス。全機予定ノ如ク航行。「山下奉文シッカリ頼ム」ト思ワズ叫ブノ力強サト、任務完遂ノ決意ヲ覚ユルモノアリ。五十乃至二百米ノ高度ヲ以テ制空、二十時ヤヤ前、帰路ニツク。重爆ニ会スルヲ期待セシモ不能、速カニ海ヲ突破スベク計速三百粁ニテ雲下四百付近ヲ航行スル。約三十分後、後方ヨリ余光アリシモ爾後ハ全クノ夜間トナリ、カツ雲次第ニ低ク、五十米乃至百五十米ヲモッテ続行ス。

時ニ五十米以下ニ降下セントスルモ、断乎、計器飛行ニテ雲中ヲ突破ス。幸イニシテ大ナル「スコール」ナク、「パンジャン」島ノ目標燈ヲ発見セル時ハ歓喜例エンニ物ナシ。幸イニシテ大ナル「スコール」ナク、前方ニ山ノ如キ雲ノ圧迫ヲ受ケ、進ムニ由ナク、余ス所百粁ニシテ陸地ナルヲ想イ、北ニ方向ヲ変ジ雲上ニ出ズルニ決ス。高度五千ニシテ更ニ方向ヲ転ジ二十分余リ、概ネ陸地上空ニ到達セルモ、尚雲上ニ出ズル能ワズ。高度六千乃至六千五百ヲモッテ雲ノ谷間ヲ旋回待機シ、陸地ノ照明ヲ索ム。時ニ従ウモノスデニ少ナク四機ノ雷光ヲ唯一ノ頼リニ待機スルコトシバシ、雲中ニ光芒ヲ認ム。シバシ判断シ得ザリシモ、船ノ探照燈ナルヲ直感シ、歓喜極リナク降下ニ移リシモ、時ニ光芒失ワントス。止ムナク急降下ニ決シ、速度六百粁前後ニテ断乎光芒ニ向カッテ突進ス。

四百米ニシテ雲下ニ出ズ。正ニ船ニシテ、陸地ニ点々燈火ヲ認ム。時ニ従ウモノ僚機ノミ。シバシ地点標定シ得ズ、「スペリー」ト思イ直進セルモ、マモナク消失シ、星カト思イ一旦、船ノ位置ニ引キ返シ、星ニ標定スルニ「フコク」島西北方「コンポンソン」湾ナルモノノ如ク、再度「スペリー」ト思ワルル星ニ向カイ直進スルニ、「フコク」島ヲ標定シ、ツイデ「スペリー」ノ点滅ニヨリ、イヨイヨ確信ヲ得、飛行場ニ到達スルヲ得タリ。着陸続行、安着ス。時ニ着陸セル者、國井編隊（細萱）和田ノミニシテ、高橋中尉、中道准尉、都築曹長、帰還セズ。僚機ノ言ニ依レバ中道オヨビ都築ハ「パンジャン」島ヲ過グル頃、スデニ錯覚ニテ上昇反転ノ如キ状態ニテ姿ヲ没シタリト。アア万事休ス。高橋ヲ待ツヤ切。一時マデ待機セルモ遂ニ姿ヲ現ワサズ、明日ノ出動準備ニ移ル。本日ノ出動者、疲労ソノ極ニ達セシヲモッテ、明日ノ出動ヲ中止セシム。

この日記からは、人間の極限を超越した忍耐力と、冷静な戦隊長の判断力がうかがえる。燃料も少なくなった苦難の中で、見つけた船を基点として陸地に向かい、その目標の灯火を見失うと船に引き返し、さらに標定して陸地に向かうなど、原点に帰る措置をとった戦隊長の処置は適切であった。

戦隊長編隊が出動した直後は、爆音も消えて、周囲はシーンと静まり帰った。しだいに時間がたつにつれて、残留した私たちの心は重くなった。

「この荒天の中を、つつがなく掩護任務が完了できるだろうか？」

考えれば考えるほど、思いは悪い方へ、悪い方へ向いていく。誰もがそうした思いにとらわれているのか、極度に口が重くなった。そのときだった。飛行場ピストの天幕の隅の方に腰をかけていた八田中尉が、上陸船団の編成表を見ながら、急に突拍子もない声でいった。

「おい、この編成表を見ると、那須大佐という人がいるぞ」

「那須大佐？」

「うん、筑前琵琶で聞いたことがあるんだが、日露戦争のときに沈められた常陸丸の指揮官は、たしか那須中佐と言ったようだ。どうも縁起が悪いなあ」

おどけた調子でそう言ったのだ。その声に、近くにいた私たちは、思わず笑った。この笑いでみんなの気持がほぐれ、いささか明るさをとりもどした。スコールも少しおさまって来たようだ。が、また時間が経つにつれて、ふたたび不安がつのり出した。時間はこっこくと流れ、やがて予定の帰還時刻も過ぎていった。それなのに爆音は聞こえず、私たちは言葉を忘れたように押し黙っていた。いたたまれない気持で、一人、二人と雨の中に佇んで空を見上げる。こうして不安と焦りが頂点に達したころであった。

「やっ、爆音が聞こえるぞ！」

と、誰かが叫んだ。耳をすませると、たしかにゴーっという爆音がする。私たちはいっせいに、天幕を飛び出した。じっと大空を見つめていると、雨の中を、国井正文中尉機と細萱政晴曹長機の機影が見えてきた。着陸した二人に私たちは異口同音に、

「戦隊長は？」と、聞いた。憔悴し切った国井中尉は、

「雲中突破の上昇中、戦隊長機を見失った」

と報告するだけだった。この報告を受けた安間大尉の顔には、みるみる不安の影がひろがった。

このフコク島には補給がいきとどかず、少量の増槽落下タンクと砲弾が届けられただけで

あった。そのため高空飛行用の酸素ボンベは一本の補充もなく、もちろん戦隊長機にも酸素は搭載されてはいない。もし雲上を飛んでいるとすれば、六千メートル以上の高空と考えられる。もう燃料も切れる頃合いである。希薄な空気の中で苦しんでいる戦隊長のことを考えると、私たちの胸は張り裂ける思いであった。

整備班は一所懸命、照明灯を上空に向けてぶじの帰還を祈っていた。だが、いっこうに照明灯に入ってくる機影はない。私たちの願いもむなしく、もう最後かと思った、そのときだった。重苦しい爆音が近づいたかと思うと、やがて二機の飛行機がくっきりと照明灯に照し出されたのである。

「あっ、戦隊長だ！」

私たちは思い切り叫んでいた。それは泣き声に似た喜びの声であった。

悪天候の中、計器類の不備な戦闘機で加藤戦隊長の帰還は、まさに神業というほかはなかった。というのは加藤戦隊長の帰還に際して、その誘導に向かった飛行第九十八戦隊（大西豊吉少佐指揮）の重爆撃機三機の中の一機が、悪天候のためにバランスを失い、海中に没したほどだったのである。計器類も充実しており、夜間飛行にも適している爆撃機でさえ、この有様だったのである。

愛機から下り立った戦隊長は、疲労の極に達していた。だが、そのまま天幕へ帰って休もうとはせず、いつまでも雨の中に立って、帰らぬ部下を待っていた。その後ろ姿には、部下を思う心情が溢れているようだった。この日の未帰還機は、第一中隊の高橋中隊長以下二名であった。戦隊長は、日ごろ口ぐせのように、「百機の撃墜も、一人の部下を失う悲しみには替え難い」と言っていた。北支のあの激しい空中戦の間に失った部下は四名だけであった。それをこの船団掩護で、一挙に三名もの部下を失ったのである。私たちにも戦隊長の悲しみがそくそくと伝わってきた。そこで将校全員が揃って戦隊長のところへいき、

「戦隊長、明日も攻撃がありますから、どうかお休みになってください」と言うと、

「心配するな、君たちこそ、明日は出撃だぞ。早く帰って、寝ておけ」

戦隊長はなおも飛行場に佇んで、振り向きもしなかった。

出撃前の儀式

十二月八日——日本全国では、この朝、開戦のニュースに沸き立っていた。だが、戦隊ではまだ地上整備員の主力が到着しないままに、この日を迎えたのだった。加藤戦隊長は、前夜、部下の未帰還に心を労し、わずか二時間の仮眠をとっただけだったのに、この日はもう早朝から元気な姿を飛行場に現わした。

「今日は晴れの初陣！」

私は極度の緊張のためか、下痢症状を起こしていた。日ごろは胃腸の丈夫な私だったが、やはり修練の不足であろうか。

やがて各中隊の出動準備も完了し、三十二機の一式戦全機が出動の合図を待っていた。が、そのとき突然、意外な緊急電報が、第七飛行団長から入った。その内容は、〈出発待て〉で

あった。

この日の出動予定の第十二、第六十両爆撃戦隊のいるプノンペン飛行場が、七日夜半からの豪雨で離陸不能となり、出発中止となったのが原因であった。

「そんなばかな！」

情況判断に苦しんだ戦隊長は、さっそく電報で、その真偽を飛行団司令部に問い合わせたが、回答は、「命令に間違いなし、別命あるまで待機せよ」とのことであった。

――昨夜、掩護した輸送船団の大部隊が、現在、マレー海岸に上陸中ではないか！

それを思うと、ノンビリ待機していていいものだろうか？　戦隊長はしばらく熟考していたが、

――かまわん、われわれは出撃を敢行しよう。

そう意を決すると飛行団長にあてて、「飛行第六十四戦隊は全機出撃す」の電報を発信した。午前九時五十分、戦隊長機を先頭に飛び立ち、第一、第二、第三中隊の順に離陸を開始した。戦隊は、やがて荒れ狂うタイランド湾を眼下に見て、一路、マレー半島北部の要衝へと突き進んでいった。

後日、知ったことだが、そのころプノンペン飛行場では、出動をうながす菅原集団長と離陸困難を主張する山本飛行団長との間に、激しい対立があったらしい。が、わが戦隊とサイゴンの飛行第九十八戦隊の重爆隊の独断出撃があり、かろうじて航空部隊の面目が保てたのであった。

マレー半島の海岸に近づくと、幾層にも重なった雲がひろがっており、このため戦隊は各中隊ごとに分離して進撃することとなった。加藤戦隊長は、第一中隊を直率してペナン島とスンゲイパタニ飛行場へ向かった。また、第三中隊も、遅れて出動した重爆の第十二戦隊と途中で遭遇したので、これを掩護してマレー半島に向かった。さらに、主力と別れた私たちの第二中隊は、パタニ海岸から、シンゴラ海岸へ向かって北上した。初陣とあって、必死の覚悟の私は、未知への恐怖と興奮が錯綜していて、高山中隊長機の翼端に触れんばかりに近寄って飛行をつづけていた。すでに上陸に成功したらしく、海岸には人影がまったくなかった。

タイ国領のシンゴラ飛行場には、上陸と同時に、着陸可能を知らせる白色のT字板が出されることになっていた。上空を飛ぶとその白色のT字板がはっきりと見えた。われわれは、それを左に見ながら、さらに北上をつづけた。

やがてスンゲイパタニ飛行場の上空にさしかかった。高度一千五百メートルで飛行場のようすを見たが、敵機の姿は見えなかった。しかし、油断は禁物と周囲を警戒していると、ふいに高山中隊長機の翼が上下に振られた。「敵機発見!」の合図であった。私は、一瞬、どきりと血汐の逆流するのをおぼえた。

左前方を見ると、ちょうど同じ高度で、黒ずんだ色の敵機が飛んでいるではないか! 私にとっては、初めて見る敵機である。機種の判別も、単発か双発かも、考える余裕はなかった。私は思わずゴクリと唾をのみこんだ。咽喉がからからに乾いていたのである。後方にいた第三編隊長の大泉製武中尉（航士五十二期）が、その敵機にすばやく追いすがり、後上方に迫っていった。私も夢中で全速を出し、敵に向かっていった。敵はやっと私たちに気づいたのか、いきなり機首を下げた。追いすがるこちらの一式戦とは速度が同じくらいで、距離がいっこうにちぢまらない。

まず、大泉中尉が浅い後上方から、最初の攻撃をかけた。射距離は五十メートルくらいであった。

ダ、ダ、ダッ！　中尉の機首から、赤い閃光が、数条、走った。たちまち敵機の胴体から翼一面にかけて、黄色い塵埃がたちこめ、敵機は煙につつまれた。が、何事もなかったかのように飛んでいる。

よく見ると敵機は、イギリス空軍が誇る中型爆撃機ブレニムであった。どうやら海岸を偵察して、ペナン島の基地へ帰る途中らしい。つぎに高山隊長機が前方へ出て、やや深い後上方攻撃をかけた。だが、それでも敵機は落ちない。

私は、歯を喰いしばると、中隊長機につづいて、「よし、では、このおれが！」と後上方から敵機に迫っていった。と、敵機の後方座席がパッと赤く光った。つぎの一瞬、愛機の右翼で、プスッと鈍い震動音がした。だが、敵機を追いかけるのに夢中だった私には、それがなんであったのか考える余裕などなかった。ただ発射ボタンを意識しながら、「落ちつけ、落ちつくんだ！」と自分に必死に言い聞かせつつ、敵機にジリジリと迫っていった。それは時間にして、せいぜい二、三十秒であったろうが、私にはかなり長い時間のように思えた。

——さあ、平素の訓練を思い出すんだ。しっかりしろ！

自分を叱咤するが、平常心は完全に失われていた。ダ、ダ、ダ！と、自分では距離三十メートルの至近距離と見て攻撃したつもりだったが、じっさいには百メートルも離れていたのだ。私は敵機の気流にあおられながら、

——なにくそ！

となおも敵機を追った。照準眼鏡にとらえた敵機のプロペラが、こちらのプロペラと同調して止まったように白く光っている。

——いまだっ！

私はさらに発射ボタンを押した。とたんに敵の胴体から尾部にかけて、パッパッと砕け散るものが見えた。

——してやったり。

左に急旋回して振り返った。しかし、敵機はまだ飛んでいるではないか！代わって、第二編隊長の八田米作中尉（陸士五十三期）が攻撃をかけた。このたび重なる攻撃に、敵機は、尾部がばらばらに分解してふっとび、ペナン島対岸のアエルタワル飛行場の片隅へ、まっ逆さまに落ちていった。私は一瞬、呆然としてその光景に見入っていた。すると、そのときちょうど、一台の大型バスが飛行場へ向けて疾走してきた。中には大勢の敵兵が乗っていたらしく、バスが停車すると、中からとび出してきた敵兵が蜘蛛の子を散らすように、あわてふためいて四散していく。なおもよく見ると、飛行場の滑走路に、カバーで覆われたままの爆

撃機が五機、一列に並んでいる。まず中隊長機が急降下にうつり、それにつづいて私も突っ込んでいった。

ダ、ダ、ダッ！　と一番手前にある敵機めがけて中隊長機が一撃をあびせた。すると、たちまち破れたカバーの間から白い煙が立ち昇った。私はその隣りに並んでいる敵機の翼の付け根を狙ってダ、ダ、ダッ！　と一連射、二、三十発を一気に撃ちこむと、手ごたえは十分だった。これで、私もしだいに気持の余裕ができてきた。射撃を終えると中隊長のあとを追った。と、ふいに中隊長機から黒いものが飛び散った。私は無意識に左へひねって振り向いて見ると、なんと椰子の葉が空中に舞っているではないか！　どうやら中隊長機のプロペラが椰子の梢を掠めたらしい。さすがの高山中隊長も、やはりこの初戦で少々緊張気味のようすだったのだ。私は高度を上げながら、飛行場に目を移すと、どうだろう。大泉編隊と八田編隊が、執拗にこの地上機に対して攻撃をくりかえしている。まもなく地上の全機が炎上し、無風のためか、黒煙がまっすぐに天に昇っていった。

私がこれを見て、「戦果は大きいぞ！」と思ったときだった。突然、前方に黒煙の塊がパッと炸裂した。やがてそれが、水母《くらげ》のようにふわっと浮かび、私たちの行く手をさえぎった。敵の高射砲である。中隊長はあわてて左に急旋回してこれを逃れた。私もその後につづく。一目散に海岸線上空へ向かった。後ろを見ると、大泉編隊も八田編隊も全機ぶじであった。海上に出て、「もう、安全圏だ」と思われたとき、私はふと思い出した。それは、戦闘中、右翼の方で起こった音のことであった。急いで右翼を見てみると、翼の中央に敵弾が命中して、直径三センチくらいの穴があいているではないか。しかもその穴は、燃料タンクを十センチほどはずれた位置にあった。私は思わず背筋に冷たいものを感じた。生死の運命が、たった十センチできまったのだ！　私は複雑な気持と同時に、ホッとして、中隊長機のほうへぐっと近寄っていった。目の大きな美男子の中隊長が顔をほころばせて、ニッコリと笑いかけてきた。

私は右翼を指さしながら、被弾していることを告げた。すると中隊長は、なおも笑顔で、右手で自分も右翼に被弾していることを知らせてきた。中隊長機を見ると、私の愛機と同じ場所に、弾丸が当たっているではないか。こうして、われわれは初陣の大任を果たした喜びに、胸をときめかしながら基地に帰還した。だが、着陸態勢に入り、いよいよ接地して、制動装置を踏んだが、いくら踏んでも右の制動がきかない。機体が左の方へ、左の方へと滑走し、ついに滑走路外の沼地に入ってやっと停止した。

——いったい、どうしたのだろう？

機体から降りて点検してみると、敵弾が左車輪を貫いてタイヤの空気がすっかり抜けていたのである。そして、さらに一弾が脚の支柱に命中して、跳ね返した弾痕が生々しかった。

——弾丸がもう少しはずれてエンジンを貫通していたら、このおれはどうなっていただろう！　私はもう一度、胆を冷やした。

加藤戦隊長は、第一中隊を指揮してペナン島飛行場を攻撃し、二機を炎上させて帰還していた。この日、私たちの初陣は、全機ぶじに帰還し、一機撃墜、七機炎上の戦果を挙げたのであった。戦隊長は嬉しそうに全員集合をかけると、つぎのような訓戒を全員にあたえた。

「本日の戦闘は初陣でもあり、無理もないことと思うが、天候不良とはいえ、各中隊がバラバラで行動したことは遺憾である。もしも優秀な敵と遭遇していた場合、どういうことになるか——今後は、つねに一体となって行動するように、注意しておく。なお、無線も聞こえないからといってなおざりにしないで訓練するようにせよ」

加藤戦隊長は、こんどの戦争は、制空権の争奪戦となり、行動範囲もひろがると見ていた。おそらく、ノモンハン事変のような局地戦ではなく、無線連絡や、無線による空中指揮が勝敗を決することになるだろう、との確信をもっていた。それだけに聞こえない無線機の扱いには、苦慮しているようすがあった。それにしてもこの日の進攻作戦は、上層部の指揮に齟齬があったにもかかわらず奇襲攻撃が成功した。それは敵の飛行機が正午近くになっても、カバーでおおわれている状態だったこともあり、また、そのせいで敵がいかにあわてふためいたか、その狼狽ぶりが推測できるようであった。そのため敵の反撃が十分でなく、わが方もまた拙劣な攻撃であったが、かろうじて損害をまぬがれたのであった。したがって戦隊長の戒めは肝に銘ずるものがあった。

昭和十六年十二月八日——日本本土では、国民のすべてが、海軍航空隊によるハワイ奇襲の大戦果にわきかえっていた。しかし、私たちは、その戦果を喜んでいる余裕などなかった。翌九日になっても戦隊の地上整備隊の主力が、いっこうに到着するようすがなかったからだった。飛行機は綿密な整備がなされて、初めて安心して飛ぶことができるのである。整備が不充分では、不安が先行し、存分の活躍はできない。そこで戦隊では、やむを得ず、ゾンド飛行場に派遣されていた斉藤部隊に整備を依頼して、かろうじて飛行ができる状況下にあった。

この日も、前日に引きつづいてマレー半島北部の敵飛行場爆撃に向かう爆撃隊を掩護する命令を受領していた。私たちが飛行場に出て出撃準備をすませ、中央天幕の前に整列すると、加藤戦隊長も前日と同様、元気な姿を見せた。

「敬礼！」

私たちがいっせいに挙手の礼をすると、戦隊長はそれに答礼し、整列している私たち一人一人の顔を覗きこんだ。戦隊長は、いつも出撃のときには、こうして部下の顔を見る。それは、この出撃が今生の別れとなるかもわからないからだ。二度と生きて還れないのは私たちか、それとも戦隊長自身か――戦争とはそうしたものなのだ。

「よし、いくぞ、諸君の健闘を祈る！」

戦隊長はそう言うと、愛機に向かって歩き出した。

この日、戦隊長はフコク島の上空で友軍爆撃機の大編隊と合流した。それは第七飛行団長山本少将が自ら指揮する第十二戦隊、第九十八戦隊、第六十戦隊の総数八十機であった。合流後、ただちに掩護態勢をととのえると、十時三十分、一路、マレー半島に向かった。ところが、半島の沿岸上空には高さ約七千メートルほどのまっ黒な積乱雲が一面に壁のように立ちふさがっていた。このため陸地上空を飛行することができず、海岸線に沿って上空に出ると、雲の隙間を求めて北へ北へと進んだ。しかし、おおよそ一時間三十分も飛行したが、ついに密雲を突破することができなかった。

これではとても攻撃敢行は不可能である。山本飛行団長は爆撃隊に攻撃を断念させ、全機の爆弾をシャム湾に投棄することを命じ、基地に引きかえした。このときの燃料消費は、じつにドラム罐（二百リットル入り）一千四百本に上ったのである。

私たちの戦隊でも安間大尉の率いる第三中隊が、この爆撃隊を掩護して基地に向かった。だが、加藤戦隊長は、この緒戦の第二撃作戦を無為に終わらせることを無念に思ったのであろう。「こうなったら、戦隊だけで攻撃を！」と決心したのだが、燃料が残り少なくなっていることもあって、戦隊長は、友軍の地上部隊が上陸したばかりのシンゴラ飛行場に着陸して燃料を補給しようと考え、急降下して高度を下げ、しばらく低空で飛んでいると、幸いなことに雲の切れ目を発見した。まず戦隊長機がそれにとび込み、私たちもそれにつづいた。

やがて陸地上空に出ると、さらに海岸線ぞいに飛行していった。すると、左下方に一本の滑走路を発見した。幅はわずか三十メートルくらい、長さも六、七百メートルほどの小さいもので、中央付近には水たまりが白く光っている。そして、滑走路の南端に、日の丸をつけた九七戦が、ずらりと並んでいたのである。八日の朝、仏印から、ぎりぎりの燃料で、決死の前進を敢行してきた第十二飛行団らしい。

上空を旋回しながら、なおもよく見ると、滑走路中央の右側には、着陸で破損したらしい九七戦の残骸が、積み重ねてあった。そのとき突然、着陸方向を示す丁字型布板の前に、

「着陸するな」を示す合図の×印の赤い布が置かれた。どうやら、上空から見ただけではわからない不良箇所が多いらしい。しかし、私たちの飛行機には、もう引きかえすだけの燃料がなかった。

加藤戦隊長機の脚が出た。地上の合図を無視して着陸に移った。

上空から見ていると、狭い滑走路はまるで翼にかくれるようであった。しかし、戦隊長機はたくみに地上滑走をし、滑走路の末端で停まった。着陸後、聞いたところによると、そのとき地上でこのようすを見ていた青木大佐と飛行集団の川嶋参謀長は、「何ともはや、加藤戦隊は無謀なことをやるもんだ。これでは全機破損してまうぞ」と心配したという。九七戦ですら着陸困難とあって、多量に破損させたのである。まして一式戦の脚はきゃしゃである。それが重量のある機体を支えているのだ。

「一機残らず残骸になる」と思ったのも、あながちうなずけないことでもなかった。

私も着陸に入ったが、折悪しく、海岸から吹きつける横風が強く、低空になると、飛行機が滑走路からハミ出してしまう。そのため機首を、三十度も海岸の方へ向けて偏流を修正して降下すると、接地前にすばやく機首を立てなおし着陸に入った。滑走に移ってから、身体を乗り出して、前方を見ると、どうだろう。先に着陸した高山中隊長機が滑走路脇の沼地に、車輪をとられて動けなくなっていた。中隊長は翼の上に立って、「停まれ、停まれ」と、両手を振っているのだった。

——このままでは、中隊長機に突っこむぞ!

私はとっさに、そう直感して夢中でブレーキを踏み、エンジン・スイッチを切った。機は、こうして、ようやく停止したものの、それは中隊長機の三メートルほど手前であった。これには加藤戦隊長も、さすがに肝を冷やしたらしい。翼の上の中隊長に向かって、しきりに、

「高山、危ない、降りろっ！」

と走り寄っていた。しかし、戦隊は、それでもこの飛行場に全機ぶじに着陸して、加藤戦隊の面目を保つことができた。この日の加藤戦隊長の日記には、よほど私の着陸を心配したと見えて、『高山中尉、危クシテ命ヲ全ウス』とある。

ところで、九七戦でも手狭であるのに、一式戦が二十機近くも降りてきたので、飛行場は身動きもできない状況となった。

——もし、ここで敵機の攻撃を受けたら……。

青木飛行団長も、それを心配したらしく、

「加藤君、燃料補給が終わったら、すぐに立ち退いてもらいたい」

と無情とも思える要求をした。

「承知しました。燃料補給だけはお願いします」

戦隊長はそう答えると、かたわらの川嶋参謀長に、

「戦隊はタイ国境のナコンスタリーム飛行場へ行こうと思いますので、許可して下さい」

と頼んだ。川嶋参謀長は、

「あそこも、昨日は盛んに山砲が飛んできていたが、もう大丈夫だろう。よかろう、集団長

に連絡しておこう」

と許可してくれ、さらに、

「まあ、腹ごしらえぐらいしていったらどうだね。正午も過ぎたことだし」

私たちは参謀長のはからいで、昼食をご馳走になっていた。ところが、食事が終わりかけた頃だった。とつぜん爆音が近づいて来た。

「敵機だ！」

だれかが叫んだ。上空を見ると、機影が一機、海岸のほうから進入してくる。敵の中型爆撃機ブレニムであった。哨戒中の九七戦はそれに気がつかなかったらしい。

――しまった！

私はこれを見て身の凍る思いだった。だが、敵もまさか、この小さな飛行場に、こんなに多数の日本機がひしめいているとは夢にも思わなかったのだろう。そのため仰天したのか、あるいは喜び過ぎて落ちつきを失ったのか、投下した爆弾は、飛行場から三百メートルも離れた場所で爆発し、わが方の損害は皆無であった。

敵機は攻撃を諦めたのか、ペナン島の方角へ去っていった。加藤戦隊長はホッとしたようすで飛び去る敵機を見上げていたが、

「これでは防空も大変でしょう。ナコンにいく途中で、ちょっとペナンとアエルタワルを叩いて置きます」

と青木大佐に言った。

その近くで昼食の残りを口に運んでいた私に向かって、

「おっ！　檜じゃあないか」

一人の中尉が声をかけてきた。同期生の木村利雄中尉であった。

「やあ、木村、元気かい？」

それは久しぶりの同期生との再会であった。だが、ゆっくり語り合う時間はなかった。

「おい檜、早くここを出発したほうがいい。つい先刻、イギリスの戦艦プリンス・オブ・ウエールズとレパルスが、シンガポールを出たという情報が入ったんだ。やがてここを砲撃するにちがいない。おれたちは、今夜、この近くの山かげに退避することになっているんだ」

と、心配そうに言う。私も一瞬、どきんとした。それは、当時、イギリス海軍が「不沈戦艦」と称していたプリンス・オブ・ウエールズとレパルスの二隻の主力戦艦が、山下兵団を襲うために、セレター軍港を出港していたのである。幸いにして翌十日の二時二十分にレパルスが、それから二十五分おくれてウエールズが、海軍航空隊によってそれぞれ撃沈され、事なきを得たのであるが……。

私たちの戦隊は、燃料補給を終えると、ただちにペナンとアエルタワル両飛行場の敵攻撃に向かった。が、そのとき私は戦隊長から、「檜中尉はナコン飛行場へ前進し、主力の受け入れ準備をせよ」との命令を受けた。

そのため、私はただ一機、戦列をはなれて、シンゴラを出発し、タイ国境を北上していった。やがてナコンの市街上空に到達したが、飛行場らしきものはどこにも見当たらなかった。

あらためて地図を確認してみたが、海岸との位置形状から、ナコン市街に間違いはない。地図には飛行場の標識がきちんと出ているのに、上空からそれが見当たらないとは、どうしたことだろう？　時間がたつにつれて、しだいに不安になってきた。やり切れない苛だちに、気が狂いそうな焦燥を感じた。まごまごしていると戦隊主力が到着してしまう。

私は自棄気味になって超低空に舞い降りてみた。ところが、妙なことに、ナコン市郊外の上空にさしかかると、あたりで餌を食べていた牛の群れが、爆音にびっくりして四方に逃げ出した。すると、そこに一本の滑走路が現われたではないか。つまりそこは、牧場兼用の飛行場であったのだ。私はホッとして旋回し、さて、どの方向から着陸しようか？　と風向きを見定めていると、ふいに滑走路の横に着陸を指示する白いT字形の布板が出来た。よくよく気をつけて見ると、何と白いシャツを着た人間が寝転がってつくっているものであった。それは飛行場大隊井上部隊の整備兵たちであった。地獄で仏とはこんなときのための言葉であろう。

私はこうして、やっとのことで飛行場に降りた。それから五分もしないうちに、加藤戦隊長機を先頭に、戦隊機がぞくぞくと降りてきた。戦隊長はペナンとアエルタワルの両飛行場を対地攻撃し、十四機を炎上爆破して大戦果を収めての着陸であった。

私たちがナコンスタリーム飛行場へ着いたとき、まず目に映ったのは、飛行場付近の道路をおびただしい数の傷兵が、担架に乗せられて運ばれていることであった。この傷兵たちは、八日の早朝、ナコンに上陸しようとしてタイ国沿岸警備隊と交戦して負傷した宇野部隊の兵士であった。

当時、タイ国は空軍機だけでも二百数十機を保有しており、きわめて勇敢で、訓練された地上軍を持っていた。わが国は機密の保持上、時間ぎりぎりの十二月八日零時、タイ国政府に日本軍の平和裡の進駐を申し入れたのである。万一、交渉が決裂すれば、飯田祥二郎中将指揮下の第十五軍が武力進攻する手筈となっていた。また、近衛師団はタイ国と仏印の国境に、すでに待機していた。

しかし、タイ国のビブン首相からの回答は、なかなか得られず、やっと平和進駐を受諾する旨の回答を受理したのは、十一時三十分をすぎた頃であった。このため、平和進駐の指令がタイ各地へ伝達されるのがかなり遅れることになり、各所で小規模ながら不幸な戦闘が行なわれ、日本軍側にも負傷者が出たのであった。

だが、もしタイの回答が得られず武力で進駐することともなれば、数個師団の兵力が必要となり、占領後の治安維持もふくめると膨大な兵力が釘づけされ、作戦に重大な支障を来たしたことだろう。

後日、この進駐時についての裏話を聞いたことがあった。昭和十八年十一月五日——そのころ、戦局日本に利あらず、タイ国も動揺の色を見せていた。その日、第五飛行師団長田副中将は、タイ国空軍との懇親会を宮殿の一室で催した。それに招かれたのは、広瀬吉雄少佐（陸士四十五期）だった。少佐は、後日、加藤戦隊長亡き後の第六十四戦隊長となった人だが、たまたま私も随行していった。ところが、広瀬戦隊長が部屋に入ると、タイ軍の将校たちがいっせいに駆け寄ってきて、「ヒロセ、ヒロセ」と握手攻めにあった。このため田副師団長の影も薄れるほどだった。やがて宴が酣となると、サインを求める将校や剣舞を所望されたりの大もてであった。私は広瀬戦隊長に、

「これはいったい、どうしたことですか」

と聞くと、つぎのように話してくれたのである。

開戦初日の平和進駐を訴えたわが国に対し、タイ国の一空軍大臣が、強硬に日本側の要求に反対して、一戦をも辞さずと息まいたと言う。そのとき国境で待機していた飛行第七十七戦隊の戦隊付広瀬少佐が、九七戦二個編隊を指揮してバンコク東方二百キロ付近のアランプラテート飛行場付近を威嚇のため飛行していたところ、タイ空軍機が迎撃してきた。そこで広瀬少佐は意を決して、やむなくこれに応戦し、瞬時にして敵の二機を撃墜した。ところが、その編隊長機を操縦していたのが、たまたまタイ国空軍大臣の息子であったために、急転直下、空軍大臣も軟化して平和進駐が実現した。その後、広瀬少佐は、一躍、タイ国では英雄として扱われ、この日の持てなしとなったという次第であった。

私はこの話を聞いて、ちょっとしたきっかけが、ときには国家の運命を左右する結果にもなるのだと、はずみというものの恐ろしさを感じながら感慨ふかく拝聴した。

任務必達の信条

十二月九日の夜、私たちの戦隊は、タイ国軍の兵舎を借りて休むことになった。やっとど

うにか落ちついたころになって、私は戦隊長に呼ばれた。戦隊長の部屋におもむいてみると、そこにはタイ国軍の士官が部下を一人従えて立っていた。

「檜、君は確か士官学校で英語班だったね」

私は戦隊長から、いきなり聞かれて、

「はい、そうです」

「では、通訳してくれんか」

どうやら戦隊長は、相手の士官から、話しかけられて困っているらしかった。そこで私が応対すると、タイ国士官は流暢な英語でまくしたててくる。私も面くらったが、実用英語は度胸とばかり、手まねをまじえて話を聞いた。彼の話というのは、だいたいつぎのようであった。

「日の丸の旗を、自動車や自転車の前などにつけて走りたいのだが、ついては、その日の丸の雛形がほしい」というのである。

「承知してくれるなら、そのお礼にはウールでもライスでも、何でも欲しいものを差し上げたい」

という簡単な用件であった。私がその旨を戦隊長に報告すると、

「そうか、そうか」

と、戦隊長は相好をくずして喜び、

「檜、承知したと言ってくれ、礼はいらぬが、友情が欲しいと、通訳しなさい」

戦隊長は幼年学校と士官学校を通じて、フランス語を専攻していたので、英語は堪能ではなかったのである。タイの士官が帰ると戦隊長は、

「戦争になると、相手方の言葉を話せないと不便だね」

と、しみじみとしたようすでつぶやいていた。

ところで、その夜、やっと寝ついたころに、とんでもないゲリラの逆襲をうけた。といっても、相手は人間ではなかった。全身が無性にかゆくなって眠れないのだ。隣りで寝ていた八田中尉も起き上がって、ボリボリと身体を掻きだした。やがて、他の者も目をさまして騒ぎだした。すると隣りの部屋から、戦隊長も腕を掻きながらやって来られ、

「きみたちもやられてるのか。これは南京虫だよ。赤くなっている吸い口が二つずつあるだろう。海の上をフコク島へ帰る苦労を思って、辛抱、辛抱」

と言って、戦隊長はさっと自室へ引き上げていった。

私たちは夜半すぎまで、枕や藁ぶとんの縫い目にひそんでいるこの小さな敵との戦いに、悪戦苦闘していた。

翌日はフコク島から安間中隊も到着し、戦隊全員が顔をそろえた。それでこの夜の食堂はひさしぶりに賑やかであった。しかし、全身全霊を傾けての三日間の戦いが、二年も三年も戦いつづけてきたような錯覚を起こさせていた。だが、一度、行動を起こすと、敵に息つく暇もあたえず撃滅するのが戦隊長の戦法であった。

われわれは、連日、北部マレーの敵に執拗に攻撃をかけた。そのためペナン島飛行場の周

辺には、敵の姿は完全に消えてしまった。

十一日の夜、戦隊長は、自室に、安間大尉、高山、奥村、大泉の三中尉、それに私と、同期生の八田、遠藤、片岡中尉の面々を集め、状況説明を行なった。戦隊長は航空用地図を前にひろげて、

「本日も爆撃隊を掩護してペナン攻撃をしたが、敵は全然いなかった。残敵はシンガポールやクワンタン飛行場の方へ引っこんでしまったと思われる。となれば、もうここにいても意味がない。クワンタンとシンガポール攻撃のため、コタバルに前進しようと思うのだが、君たちの考えはどうかね」

と言いながら、私たちの顔をじっと見回した。質問の形式ではあるが、もちろん思案にあまっての相談ではない。私たちに考える機会をあたえる戦隊長独自の教育だった。その質問に私たちが目をそらしたりすると、

「話をするときは、相手の目をまっすぐ見て言うこと」

と注意する。本当の機会教育であった。

結局、コタバルへ基地前進が決定し、第三中隊が先発することになった。それは敵の反応を見て、主力の前進を決定する慎重な戦隊長の処置であった。

十二日の早朝から、安間中隊長の指揮する第三中隊の国井、竹内、遠藤の三中尉と細萱曹長、安田曹長、横井軍曹など錚々たる人たちが鵬翼を連ねて、コタバル飛行場へ向かった。

この夜、二十時すぎ、加藤戦隊長は、コタバルの安間大尉に命令を発信した。

『明朝九時、戦隊主力はコタバル上空を通過す。安間中隊はコタバル上空高度三千メートルに集合せよ。クワンタン飛行場を攻撃せんとす』

戦隊長は十三日のコタバル前進に際し、その際クワンタンまで飛び、その地の敵機を撃滅する。さらに引き返してコタバルへ着陸するという。これまた戦隊長の積極戦法なのである。

こうして十三日の朝九時——戦隊長の命令を受けた安間中隊はコタバル上空で、戦隊主力の到着を待っていた。合流が終了すると安間中隊は、はるか左上方に位置をとった。海面からの日光の反射で、私には安間中隊の飛行機がまぶしく映った。

クワンタン上空に到着し旋回したが、舞い上がってくる敵機は一機もいない。飛行場に三機の在地敵機を発見した戦隊長は、先頭をきって対地攻撃に移った。猛烈な対空砲火が地上から撃ち上げられてくる。その砲火の間を縫うようにして、地上の三機を炎上させると、戦隊は反転してコタバル飛行場にもどった。

上空から見たコタバル飛行場は、じつに立派なものであった。その滑走路の長いのにも驚いたが、近くの海岸には数隻の艦船が横倒しになっており、また、敵の雷撃機の残骸が点々と放置され、佗美支隊の激戦ぶりがしのばれた。

コタバル飛行場の英軍の兵舎は、タイ国軍のそれとは比較にならぬほど、清潔で快適であった。だが、格納庫は赤く焼けただれ、曲がった鉄骨が無残な姿を見せている。燃料倉庫には無数の赤茶けたドラム罐が山積みとなり、屋根も焼け落ちて哀れな姿をさらしていた。

これは上陸に成功した佗美支隊が、八日の夜には、早くも飛行場を占拠していたにもかかわらず、第三飛行団（団長・遠藤三郎少将）所属の軽爆隊第七十五戦隊と第九十戦隊の各一個中隊が、九日の午前に、これを知らずに爆撃したためである。この誤爆によって、残念ながら貴重な燃料を焼失し、その上、捕まえていた捕虜を逃がすという結果を招いた。幸いにして友軍に損害はなかったが、このことからも戦争とは、いかに錯誤の連続であるかということがよくわかるであろう。

こうしたことで、上陸船団がせっかく運んできた燃料もなくなって、私たちは飛ぶために不可欠の燃料補給もできない状況となった。この船団が運んだ燃料は、ＡＢＣＤラインによる全面禁油後、闇の商人から輸入されたものであり、はるか満州から運んできたといわれているだけに、ことのほか残念でならなかった。いちじは戦隊でも、捕獲した敵の飛行機のタンクから燃料を頂戴するという事態になったが、その後、しだいに、陸路によって燃料も補給され、戦隊の地上勤務員もぞくぞくと集結してきた。

こうして、いよいよ最大の目標であるシンガポール航空撃滅戦の日を迎えることになった。それにしても感心したのは、私たちがフコク島飛行場へ残してきた身の回り品が、歯ブラシから箸にいたるまで、全部とどいていたことである。

しかし、私たちはこのコタバルで、なによりも悲しむべき知らせを、相ついで聞くこととなったのである。その一つは、私たち空中部隊のあとを追ってきた地上勤務員たちを乗せた輸送機の事故であった。十二月十一日、シンゴラ東方十キロ付近の海上で事故を起こした輸送機では、島田万蔵准尉と雨宮武文曹長、武田吉郎軍曹の三人を失った。ついで十四日には、マレー半島パタニー東方五十キロの海上で起きた、やはり輸送機の事故で、第一中隊の整備班長立沢登中尉（陸士五十四期）と、川口弘夫曹長、大兼重男曹長の三人が死亡した。さらに十七日には、シンゴラ東南方約五十キロ付近の海上で、富岡順造准尉がこれも輸送機の扉から投げ出されて戦死した。加藤戦隊長をはじめ私たちは、戦いには勝ったが、つぎつぎと発生する航空事故に強い衝撃を受けていた。

輸送力を持たない戦闘隊としては、すべてを他の輸送部隊にたよる以外に途はない。この自分たちの力では如何ともなし得ない宿命に、加藤戦隊長は言い知れぬ無力感をおぼえていたであろう。しかし、こうした悲しみの中でも、戦隊の作戦は間断なくつづいていた。マレー半島上陸後、東海岸を進撃する佗美支隊を掩護するために、再三にわたってクワンタン飛行場を攻撃し、この付近の敵を撃滅した。

このような状況の中で十二月十二日、加藤戦隊の船団掩護と緒戦の戦功にたいして、南方方面陸軍最高指揮官寺内寿一大将から感状を授けられた。これは加藤戦隊にとって、四度目の部隊感状であった。しかし、この名誉ある感状を手にした戦隊長の表情は暗かった。戦隊長はこう言っていた。

「この感状は、悪天候の中で船団掩護中に未帰還となった高橋中尉、中道准尉、都築曹長の三名に下賜されたものであり、それ以外の何物でもない」

加藤戦隊長は、静かに起立して海の方に向き、いつまでも感状を捧げていた。そしてこの感状は、戦隊の者たちに布告されることはなかった。

遠い海鳴りが間断なく聞こえてくるこのコタバル基地も、作戦につぐ作戦をくりかえしているうちに、いつしか十二月も半ばをすぎ、早くも開戦の年も暮れようとしていた。そのころ、北部マレー最強の英軍防御陣地ジットラ・ラインを一挙に突破した地上軍は、破竹の勢いで南下し、マレー半島最大の河川であるペラク河に迫ろうとしていた。

ペラク河は全長約三百五十キロで谷も深く、水量もきわめて豊富な河であった。マレー半島西岸を縦走する幹線道路には、要衝クアラカンサル橋が架かり、橋の長さは三百メートルにも及んでいた。もしも地上軍がこの橋の渡河に失敗すれば、シンガポールの攻略は最悪の場合、三ヵ月は遅れるという重要地点であった。

十二月二十一日、第二十五軍司令官山下奉文中将から航空部隊に対して、

『地上部隊は、二十五日頃、ペラク河に進出する予定であるから、そのときまで航空部隊の力でクアラカンサル橋を確保して貰いたい』

との要請があった。それにつづいて、敵は橋梁に爆破装置をとりつけ、部隊の撤退終了と同時に爆破するらしいとの情報が入った。

こうして、私たち戦隊に爆破阻止の命令が下ったのは二十一日の夜半だった。その命令は、

『二十三日より行動を開始せよ』というものであった。

加藤戦隊長は、各中隊長をただちに緊急召集したが、天候の変化が激しいため、もし二十三日にコタバル基地から発進すれば、中央の山脈が越せず、任務の遂行ができなくなり、作

戦に支障を来たすこと必定、と考え、二十二日のうちに西海岸のアロルスター飛行場に移動する決心をした。戦隊長は各中隊長に、明朝十時までに出発できるように準備せよとの指令を発した。

整備員には夜の休養はない。私たちが眠っている間も、夜を徹して作業がつづいていた。それにしても加藤戦隊長は、いつ睡眠をとるのだろうか。夜おそくなっても部屋の明かりは消えていない。ときどき自室を出て夜間作業の整備員に、

「ご苦労だが、頑張ってくれ！」

と声をかけて激励していたのである。私がそれを知ったのは、ある朝、徹夜作業から帰って来た整備班長の中尾中尉が、

「昨夜はびっくりしたよ。暗闇の中からニュッと大きな人影が出て来たんだ。よく見ると、それは何と戦隊長だったんだよ」

と話してくれたからだった。

東部マレーにもようやく晴れ間の日が多くなり、二十二日の朝、私が中尾中尉と一緒に飛行場へ出て見ると、すでに戦隊長が指揮所の椅子に深々と身体を沈ませていた。いつもとちがって近寄り難いようすなので、朝の挨拶だけして早々に自分たちのピストにもどった。そのとき戦隊長は、橋梁を敵の爆破から守る任務に、苦慮していたのであった。敵の退却が終わる時機も予測できず、電気装置で爆破するとなれば操作する敵兵はどこにいるのかも分か

らない。ましてや空中から狙撃するなど、とうてい不可能なことである。任務必達を信条とする戦隊長にとっては、身を千切られる思いだったにちがいない。

明二十三日には、ビルマ方面担当の第十飛行団と、マレー方面から転用する第七飛行団重爆隊が大部分を結集し、ビルマの首都ラングーンに初空襲を敢行する計画があり、加藤戦隊もこの重爆戦隊を掩護する予定であった。だが、橋梁確保のため、加藤戦隊のみがこの予定からはずされたのである。

やがて、九時近くになると、戦隊長はやっと腰を上げて、空中勤務者全員を集合させた。整列した私たちの前に立った戦隊長は、例によって、航空帽の耳のところを右手の親指で持ち上げ（この動作は戦隊長の癖だった）、いくぶん右半身を乗り出すようにすると、

「命令！」

凛然とした声があたりにひびいた。

当時、私たち空中勤務者は、航空服も航空帽も眼鏡も自分持ちで、マフラーを首に巻いたりして、洒落た格好をしていた。が、ただ一人だけ戦隊長は簡素な陸軍制式の航空服と航空帽であった。その簡素さが、私にはかえって重々しく感じられた。少し間をおいて、加藤戦隊長の声がつづいた。

「本日、アロルスターへ転進に当たり、クアラルンプール飛行場を攻撃し、敵戦闘機を捕捉撃滅する。クアラルンプールには、常時、敵戦闘機一個中隊在駐は確実である。まず第二中隊は、高度二千メートルにて進入し、オトリと見せて敵を引きつけ、第三中隊は、上空より

支援攻撃せよ。おれは第一中隊を直率して上空掩護に任ずる。出発は十時三十分とする。ただいまの時間は九時三十五分」

私たちはいっせいに腕の時計を合わせた。

飛行場はどっと活気にあふれた。あとから、やっと戦隊にたどりついた大半の整備員にとって、この日の出動は、事実上の開戦であった。

出撃時刻がこっこくと迫ってきた。戦隊長機のプロペラが回転しはじめた。そのとき、高山中隊長が、風圧にあおられながら座席から身体を乗り出して懸命に整備員を呼んでいた。すると、出発を見送ろうとしていた栗山兵長がこれに気づき、あわてて駆け上がっていった。栗山兵長は、中隊長の口元に自分の耳を持っていって、何事か聞いていたが、栗山兵長は飛行機から飛び降りると一目散に駆けてゆき、控所から白い紐を取り出してきて中隊長に渡した。高山中隊長は、紐を右手で高く上げ、「有難う」と頭を下げていた。昨日、ピストで、敵の落下傘の絹紐で太股を縛って見せ、私に、

「これは止血帯にもってこいだよ」

と言っていたが、出発間際になって思いついたらしかった。

戦隊長、その僚機の武山隆中尉（航士五十二期、韓国名＝崔明夏）、第一中隊と相ついで離陸した。

飛行場上空で編隊を組んだ戦隊は、戦隊長機を先頭に、マラッカ海峡の方向へ機首を向けて進攻をはじめた。戦隊長編隊につづいて、奥村中隊長代理が指揮する第一中隊の片岡中尉、

加藤中尉、清水准尉、和田曹長、大森曹長、多久和軍曹らがこれに従った。第二中隊は右前上方に、第三中隊は左後上方に位置して、翼を連ねて堂々の進撃であった。

やがて中央山脈を越え、眼下はるかにマラッカ海峡をのぞむ地点に到達した。オトリ部隊の高山中隊は、かねての指示通り高度を低空にとると速度を増した。

十一時四十分、高度二千メートルでクアラルンプール飛行場の北方へ進入した。加藤戦隊長は高度三千七百メートルを保ちながら、第一中隊を従えてガッチリと上空を固めている。まさに緊張の一瞬である。すでに高山中隊は飛行場を横切り、その南端にさしかかっていた。そのとき、突如、中隊長機の右前方の至近距離で敵の高射砲弾が、空をおおうように轟然と炸裂した。僚機の菊地愛人少尉と奥山長市曹長の飛行機も、操縦桿をもぎとられるばかりの爆風で揺れた。このとき中隊長は高射砲の破片で傷ついたらしく、飛行機が不規則に動揺していた。敵の高射砲弾が炸裂した場合、それを目標に、こちらを見つけて寸秒も置かずに襲ってくるのが鉄則である。

果たせるかな、中隊長は左前下方五百メートルの近くに、まっしぐらに上昇してくる敵バッファロー戦闘機の大編隊を発見した。その数十五機、芋虫のようにずんぐりした無気味な飛行機であった。高山中隊長は優位の態勢を逸してはならじと、攻撃下令の翼も振らずに敵機群めがけて突入した。奥山曹長は懸命に中隊長の後に従っている。

中隊長はまず最後尾右端にいる敵の編隊長機に攻撃を指向し、後上方から接近して一連射で撃墜した。つづいて大泉編隊が上から回りこんで、左翼編隊の敵機に思い切り一連射をかぶせた。敵は翼の付け根からパッと火を噴いて、垂直に落ちていった。太陽を背にした上方からの私たちの攻撃に、敵機群は狼狽して左旋回するもの、右旋回するもの、降下して逃げるものありで、文字通り蜘蛛の子を散らすように、敵の編隊は一瞬にして崩れ、ちりぢりになった。

加藤戦隊長は、味方の態勢の有利を確認すると、さらに油断なく、上空に敵がいないかどうか、旋回して注意深く索敵をつづけた。その間に安間大尉は、高山中隊の攻撃を受けた敵が逃避しようとしているのを見て機を失せず、急激に翼を振って攻撃を下令した。安間大尉は射撃の名手である。僚機の遠藤中尉と安田曹長は後方から、安間大尉機の攻撃を見まもっていた。ところが、安間機は射程に入ったものの弾丸を発射しない。どうやら弾丸が出ないらしい。急上昇で離脱する安間機を見た遠藤中尉は、

「よし、では、このおれが！」

と、逃げる敵を追った。射距離百メートル、照準眼鏡にとらえた敵機に向かって発射ボタンを押した。ダ、ダ、ダッ……と命中間違いなしであった。が、弾丸は五、六発で止まってしまった。

仕方なく上昇して振り返って見ると、その敵機には、すでに友軍機が喰いついて猛射を浴びせている。パッと敵のエンジンの横から黒い煙が吹き出した。みるみる高度が下がっていく。急降下して逃げようとする敵機を、友軍機があとを追っている。

クアラルンプール市の上空三百メートルの低空戦だった。

煙の尾を曳いて走る曳光弾の光芒が、市街上空一面をおおい、高山中隊長は逃げる敵の追躡攻撃に入って、射距離二十メートルにまで迫った。高山機の銃口から真っ赤な火がほとばしった、と見るまに、敵機は急角度で反転して砕け散った。

上空では、戦隊長が僚機の武山中尉と第一中隊をしたがえて、ゆうゆうと掩護していたが、超低空で、各機がバラバラに敵機を追っている状況を見て、いささか不安を感じたようだ。頃合いを見て翼を静かに振って、集合の合図をした。旋回をつづけながら全機を待ったが、安間編隊が姿を見せただけで集まりがわるかった。

高山中尉は、このとき、戦隊長機の合図を見て自分も翼を振っていたが、逃げる敵機を発見すると猛然と飛びかかっていった。追躡に入って、五十メートル、三十メートルと射距離をつめたが、どうしたことか弾丸が出ない。僚機の奥山曹長は少し距離をおいて喰いついていた。が、屋根すれすれの超低空である。高山中隊長は衝突寸前で機体を引き起こそうとして操縦桿を引いたのであろうか。それとも体当たりなのであろうか。一瞬の間に分解した中隊長機の破片が、敵機と空中でからみ合って地上に激突した。後につづいていた奥山曹長は、「中隊長！」と叫んで目をつむった。壮烈な戦死であった。

戦闘開始から十分が経過していた。これは空中戦としては長い戦闘である。幾重にも輻奏して、ゆっくりと辺りに漂っている。そこには、彼我の飛行機の影はなく、ふたたび静寂がよみがえっていて、たったいま繰りひろげられていた十五機全機撃墜の苛烈な戦闘をも忘れたかのようであった。

この空戦は、開戦以来、はじめての組織だった戦闘で、大戦果を収めたことから、マレー上陸部隊が敵の戦闘機に銃撃されていた悩みも解消された。この空戦で、われわれ航空部隊も面目を保つことが出来たのであるが、その代償として、掛け替えのない中隊長を失い、深い悲しみを味わったものである。

アロルスター飛行場に着陸した戦隊長は、ただちに、空中勤務者全員の集合を命じ、この日の戦闘について、つぎような注意があった。

「本日の戦闘終了に従い集合を命じたが、それに応じたのは十八機中、わずか十機であった。こうしたことは、もし有力な敵と遭遇した場合には、分散していて非常に危険である。また、戦闘状況を見ていると、編隊を勝手に離れて、バラバラの行動をとる者が多い。これでは編隊の力がぜんぜん発揮されない。今後は、戦闘のために編隊を、いったん離れたとしても、ただちに編隊を組むように努力してもらいたい。とくに超低空で行動しているのを、二、三、見受けたが、これは最もいけない。戦争はこれからだ、けっして無理をするな」

この戦闘で、私たちが最も大きな衝撃を受けたのは、やはり高山中隊長の空中分解による戦死であった。戦隊長は高山中隊長の戦闘状況を、じかに目撃していたらしく、はっきり空中分解と判断したのだった。このため、その日、帰還するとすぐに全機の点検を命じた。ところが、驚いたことに戦隊長の予測通り、そのうちの五、六機に脚の箇所に大きな亀裂が見つかったり、翼の付け根に幾条もの亀裂が走っていたりして、まさに分解寸前の機があるこ

とが確認された。その上、安間中隊から、

「機関砲の故障が多くて、せっかく敵を捉えても撃墜できない」

などの、苦情が続出した。

戦隊長は疲れも見せず、すぐにスンゲイパタニ飛行場へ飛んだ。そこには内地から派遣されている航空技術部の実験者がいたからである。戦隊長は実状を詳細に説明して、至急、対策を講ずるように要請した。だが、こうした故障も、戦場では手のつけようもなく、程度の軽いものは気をつけて使う以外に方法はなかった。

翌二十三日は、夜明けを待って、ペラク河橋梁確保のために出動した。

加藤戦隊長は情報を確かめながら、随時出動することとなった。わが第二中隊は、高山中隊長を失った悲しみをいやす間もなく、一番手となって出動した。

第一の任務は、飛行第二十七戦隊（軍偵部隊）と、双発軽爆戦隊の掩護であった。爆撃隊は一列縦隊になって橋の入口にあたる左岸地区を、くりかえし急降下爆撃を行なっていた。

われわれは、その上空を旋回して掩護していたが、敵の戦闘機の姿は見えなかった。ふと私は、橋の中央から猛スピードで、南方へ逃避しようとしている日の光に黒く輝く乗用車二台を発見した。

――ひょっとしたら、敵の要人が乗っているのではないか？

そう思うと、とっさに攻撃態勢に入った。ひらりと反転して急降下し、照準を定めた。高度三十メートルの超低空で、ダ、ダ、ダ！　と先頭の車に一連射を浴びせると、弾丸が自動車の屋根に吸いこまれるように命中した。その瞬間、自動車は舗装道路から一回転して、左の土手へふっ飛んだ。前の車が左へ転倒したので、かろうじて衝突をまぬがれた後走の車はなおも直進をつづけている。私は上昇して機首を立てなおし、これを狙った。思いきり、ダ、ダ、ダッ！　と二、三十発撃ちこむと、これも同じように左の土手から急坂を転げ落ちていった。

その日、私たちが掩護任務を終えてコタバル基地にもどったころ、クアラカンサル橋と鉄道橋は、どちらも敵の手によって爆破されたとのことであった。これは、とうぜん覚悟していたことではあったが、任務を意のごとく達成できなかった口惜しさが胸に残った。しかし、山下兵団の第五師団は、橋の復旧には時間を要すると判断し、舟艇橋によって渡河を敢行し、シンガポールをめざして猛進撃をつづけていった。

信賞必罰に徹す

コタバル飛行場の兵舎は海岸に近かった。だが、夕凪になるとその蒸し暑さは格別で、眠れない夜も度々あった。

十二月二十三日の夜半、私は寝つかれないままに寝台でうとうとしていると、急に廊下のほうが賑やかになった。

——いったい何事だろう？

部屋からとび出すと、戦隊副官の瀬野尾達之助中尉が、電報を手にして戦隊長室へ入っていくところだった。廊下には通信班の兵隊が立っていた。開いたドアの外から室内を見ると、電報を見ている戦隊長の目が、らんらんと輝いていた。それは、物事を即座に決心するときの戦隊長のいつもの顔であった。その電文の要旨は、

『二十三日のラングーン攻撃において、大西部隊の五機、臼井部隊の二機が自爆し、さらに臼井大佐が機上戦死、二十四日に再攻撃を断行――』

というものであったが、この電文の詳細はつぎの通りであった。当日、第七飛行団の重爆撃機二個戦隊（第九十八戦隊十八機、第六十戦隊二十七機）が、第十飛行団（団長広田豊少将）と呼応して、ラングーンに対する攻撃を行なった。が、第七飛行団隷下の私たちの戦隊は、クアラカンサル橋確保に転用されていたため、爆撃隊は戦闘機の掩護もなく独力で出撃したのである。そのため、先頭で指揮していた臼井茂樹大佐は、敵弾に背中から左胸部を貫通されて壮烈な機上戦死を遂げた。それに加えて乗機が自爆した。第六十戦隊は損害がなかったが、第十飛行団隷下の第六十二戦隊は重爆撃機五機を失った。この痛ましい大損害の原因は、いくら周密に編隊による火網をつくっても、敵もまた必死である。その猛烈な火網を突破して執拗に食い下がってくる敵戦闘機の攻撃に対しては、まったく打つべき手はなかったのである。

私はこの戦闘で、航空士官学校時代の親友である射手矢光雄中尉、その他、多くの同期生たちの戦死を知った。またこの日、ビルマ方面に向かう宇野支隊の後続部隊として、サイゴンに派遣されてきていた同期生の飯村繁中尉（山砲）とは、

「重爆撃隊がラングーン攻撃から帰ってきたら、同期生会をやろうじゃないか」

と約束していた。すでに会場も設置して待っていたところ、プノンペンに帰還した者から聞かされたのは、多数の同期生たちの戦死の悲報であった。あんなに元気に出撃していったのに、敵地ふかく進攻し、ふたたび相まみえることのない航空部隊の宿命に、飯村中尉は驚きと悲しみの中で戦友の冥福を祈ったと言う。

当初、加藤戦隊はこの爆撃行に同行し掩護戦闘機隊として出動することになっていた。それが他の任務に転用されたため、不本意ながら重爆撃隊を掩護できなかったのである。上官の命令だったとはいえ、われわれは、その大損害に責任をひしひしと感じていた。早朝、飛行場で、戦隊長は、もう一度、昨夜の電報を判読し、二十四日の再攻撃について、ひそかに九十八戦隊に問い合わせた結果、二十四日の攻撃が二十五日に延期された旨を知ったのである。

戦隊長は、司令部からの命令はなくても状況判断から、戦隊は絶対に参加すべきであると決心し、独断でバンコクへ前進することを決定した。

戦隊長はただちに第一中隊の整備班長土屋准尉と、第二中隊と第三中隊の整備班長中尾、新美両中尉の三名を呼ぶと、

「本日午後、バンコクに前進し、二十五日のラングーン攻撃に参加する。整備員は連れていかないから、すぐ戦闘できるように完璧の整備をたのむ」

と言われ、整備員たちはただちに、出撃機の入念な整備にかかった。だが、このうちの何

機かふたたびこの基地に、その英姿を現わすことがないのを知る由もなかった。

しばらくすると、二十三日の戦闘の模様が、つぎつぎと伝わって来た。それによると、当初に聞いていた被害より、さらに大きな損害の出ていることが分かった。被弾した重爆撃隊の多くは、サイゴンへの帰還が困難となり、バンコク飛行場へ不時着したことがわかった。このため急を聞いた菅原集団長は、二十四日の早朝、プノンペンからバンコクへ急行して事情を聴取し、攻撃を一日延期して、二十五日と決定したのだった。まもなく加藤戦隊とサイゴンに駐屯している独立飛行第四十七中隊（坂川少佐指揮の二式単戦「鍾馗」の部隊で、「新選組」と呼ばれており、黒江保彦大尉もその隊員だった）に、タイ国ドムアンの飛行場へ集合命令が発せられた。

しかし、このような命令の出されていることを知らない加藤戦隊長は整備の完了を待って、ドムアン飛行場へ出発しようとしていた。その正式な出撃命令がとどいたのは、私たちが昼食をすませて、「さて、いよいよ出撃！」となったときだった。新司偵機が一機飛来して、降りてきたのは大室少佐（陸士四十五期、後年、航空自衛隊幕僚長）であった。『二十五日の攻撃に参加せよ』との飛行団命令を持参してきたのである。

戦隊長は、この命令を聞くと、

「これで晴れて出撃ができるなあ」

と、気分がすっきりしたようすだった。

十五時、戦隊長機を先頭に、各中隊ごとに、地上勤務員の見送りをうけて、勇躍、ドムアン飛行場に向かって出発した。タイの東海岸を北上し、バンコク市街の上空をへて、ドムアン飛行場に着陸した。着陸してまず驚かされたことは、飛行場がズバぬけてりっぱなことであった。縦横に走る広い滑走路、飛行場の各施設、それに格納庫なども想像以上のものだった。飛行機を停止線に持っていったが、友好国の首都へきたとあっては、無造作におくわけにいかず、緊張して隣りの飛行機にキチンと並べた。飛行機から降りたとたんに、タイ空軍の兵士が群がって来たので、

「いったい、なんの騒ぎだろう?」

と、不思議に思っていると、かれらは、口々に、

「ナカジマ、ナカジマ!」(中島飛行機製作所のこと)

と叫んで飛行機を撫で回している。いままで、九七式戦闘機しか見ていないタイ国軍兵士たちは、脚の入る軽快な一式戦闘機を初めて見たので驚異だったに違いない。

いよいよ明けて二十五日、決戦の日を迎えた。私たちにとって初めてのビルマ攻撃であった。敵戦闘機の数も数十機と予想されるミンガラドン飛行場。それにラングーンの埠頭爆撃とあって、激しい空中戦がとうぜん予想された。そのため私たちは、前夜から、極度の緊張につつまれていた。けれども、その夜、宿泊したタイランドホテルでの豪勢な料理とマンゴスチンという珍しい南国の果物を思い切り食べたことと、その上、ホテルの日本人従業員の芳ちゃんという美人に玄関まで見送られて、

「ああ、これで何も思い残すことはない……」

と、自分自身に言い聞かせたのは、私だけではなかったろう。

出撃前、飛行場ピストに集合すると、

「命令を伝える！」

例によって戦隊長は、右手を航空帽の右耳のところに当てた。その声が周囲の澄明な空気に凛とひびいた。

「戦隊は爆撃隊を直接掩護しラングーンを攻撃する。飛行第七十七戦隊は同時に進入し、制空に任ずるはずである。本日の戦隊の任務は敵機の撃墜のみならず、爆撃隊をぶじに掩護することでもある。つまり敵が来れば蝿を団扇《うちわ》でこういうふうに、追い払うことだ」

と、手真似までまじえて、戦闘要領の指示があった。

十一時三十分、灼熱の太陽を受けて機上の人となった戦隊長は、翼に白い矢印を描いたマークも鮮やかに、真っ先に離陸していった。つづいて第一中隊（中隊長代理・奥村弘中尉）、ついでわれわれの第二中隊（中隊長代理・大泉製武中尉）、最後に安間大尉の指揮する第三中隊が出発した。

メナム河上空高度四千メートルで集合を終えた戦隊は、ここでプノンペンを発進してくる爆撃隊を待っていた。しばらくすると、はるか東南方から、爆撃機の大編隊が堂々と近づいて来た。その数は、二コ戦隊七十三機であった。

加藤戦隊長は、僚機の武山中尉と二機の編隊を組み、第一中隊を従えて爆撃隊最先頭の右前上方にぴたりと寄り添った。私の中隊は、やや高度差をつけて左側方に、また、戦隊の中でも特に最強を誇っていた安間中隊は、私たちの後上方に力強く位置していた。私はこの堂堂たる進撃を見て、巨鯨を鰯の群れが取り囲んでいる光景を想像して思わず苦笑した。

出撃前には、あれこれと思い悩み、恐怖の念も湧くものである。だが、いったん飛行機に乗り、爆音を聞くと、すべてを忘れ、生も死もなくなってしまう。これは一人、私だけの感じであろうか？　いや、おそらく他の操縦者も同様だったにちがいあるまい。

戦隊長のすぐ後に従っている奥村中尉は、出撃直前になって、応援部隊の整備員から、「原因不明の故障で機関砲、機関銃のいずれも作動不能です」と報告されていた。しかし、奥村中尉は、

「中隊長代理としての責任上、部下を誘導する責務がある」

と、あえて出撃してきたのであった。弾丸の出ない戦闘機は蟹の爪を捥《も》ぎとったのと同様で、敵に対してはなんの威力も示さない。一方、私は、今日こそは、親友射手矢中尉など、多くの同期生の弔合戦だと、燃えていた。

やがてマルタバン上空にさしかかると、周囲には断雲もなく文字通りの快晴であった。ビルマはちょうど乾期の真っ只中で、四月の末までは雨を見る日はない。この日はビルマ特有のもやもなく、はるかにラングーンの市街が前方に黒く煙って見えはじめた。高度計を見ると六千メートルを指している。時刻は十四時五十三分――いよいよ目標も真近に迫ってきた。

ふと右を飛んでいる爆撃隊に目を移すと、なんとなく動揺しているように見えた。同時に、いままで鮮明に見えていた爆撃隊がかすんで見えるようになり、天候も急激に悪くなってき

て紺碧の空が黒々と見え出した。

「はて、どうしたのだろう？」

ふしぎに思いつつも自問自答に時間がかかっていたが、やがて、ハッと気づいた。

「ああ、そうだ。酸素だ。酸素がたりなくなったんだ」

そのころ、内地からの補給がないままに、ずーっと酸素なしで高空での戦闘をつづけていたのである。ときとして体調の悪い場合など、完全に酸欠症状に落ち入ることもあったが、いまがまさにその状態だったのだ。

爆撃隊が編隊を乱しているのも、それが原因だろう、と私は思った。が、事実はそうでなかった。

第十二戦隊長の北島熊男大佐の搭乗機がエンジン不調となり、高度を下げて離脱したところ、戦隊の全機がその後に従ってしまったので、爆撃機が上下二つに分かれ分かれになり、編隊が乱れたのだった。

しかし、それからしばらくして、エンジンが復調した北島戦隊長機は、ふたたび高度をとりはじめた。第六十戦隊小川部隊を追いかけるためである。しかし、距離がいっこうに縮まらない。なにしろ敵地上空でのことである。北島戦隊長は、まもなく小川部隊の追及を断念して、低い高度のままで前進した。だが、この分離が、われわれ戦闘機隊の掩護を困難にしてしまったのだ。

私はなおもかすむ眼で懸命に見張りながら飛んでいるうちに、いつのまにか目標上空に来ていた。

高射砲の弾幕が付近でいっせいに花ひらきはじめた。すると、そのとき、わが爆撃機の胴内から、黒い固まりが、パラパラと空中に吐き出されるのが見えた。爆弾投下である。しばらくして下を見ると、市街の一角から埠頭にかけて、もくもくと白煙が立ち上がっている。全弾命中である。

爆弾投下をすませた爆撃隊は、右に旋回して帰途につきはじめた。市街中央からミンガラドン飛行場の方向へ目を移すと、加藤戦隊長と陸士同期の吉岡洋戦隊長が指揮する七十七戦隊の九七戦が彼我いりみだれて、大空中戦を交えているではないか！　しかし、私たちの戦隊は、その空中戦の壮絶さを横目に見ながら、爆撃隊掩護のために全速でその後を追った。爆弾投下で身軽になった重爆隊の速度は速く、それに追いつくのは大変だった。が、やっと掩護態勢をとり終わった。そのときだ。突如として敵戦闘機の大編隊がわが戦闘機隊に襲いかかってきた。大泉中隊長代理機を先頭に、われわれは必死に急旋回をうち、敵の最初の一撃をかろうじて回避したが、せっかく追いついた爆撃隊との距離がふたたび大きく開いてしまった。眼下を見ると、敵の戦闘機隊は、わずかこの一撃だけで、早くも下へ舞い降りて旋回している。われわれはこの敵を監視しつつ、全速で爆撃隊の後を追ったが、心中はこの敵機を攻撃したい気持でいっぱいだった。しかし、本来の任務を考えると、それも出来ず、心を残しながら爆撃隊を追った。

マルタバン上空まで達して、もうこれで一安心と、一瞬、ホッとしたときだった。突然、後上方から、敵バッファロー戦闘機三機が、攻撃して来た。私は急旋回でこの敵をやり過ごしてから、すばやく機首を切りかえて追撃態勢に入った。そこまででやめておけばよかったのだが、ここまで来れば、もう爆撃隊は大丈夫だろうと、とっさにそう判断したのがまちがいの元だった。

私も、緒戦のときとはちがって少し落ちつきが出たのか、敵のマークもはっきり見える。ダ、ダ、ダ、ダ！と一連射浴びせると、敵機は、ふき出したガソリンの白い尾を引きながら落ちていった。

そこで、さて、爆撃機はどうしたかな……と思い、前方を見ると、すでに距離は遠く、機影が豆粒のように小さく見えるだけだった。

——これでは追いつくのが、また一ト苦労だぞ……。そう思いながら、ふたたび旋回した、そのときだった。今度は後上方から脚の出た飛行機が迫ってくるではないか。それは友軍の九七戦だった。そいつがなんと私の機にとりつき、プロペラが背中にぴたりと喰いついている感じなのだ。これが敵ならば絶体絶命。しかし、まさか友軍機が……、と思っていると、突然、バリバリと襲って来た。僚機を二機したがえた編隊長機である。これには私の僚機の佐伯敦義軍曹（少飛第五期）も、ただただ気をもむだけで手のほどこしようもなかったという。

私を攻撃して来たこの編隊長は、関東軍で鍛え抜いた優秀なパイロットである。それをよく知っていただけに、とうてい助かる見込みはないと思ったものの、むざむざ友軍の手にかかりたくはない。絶体絶命だったが、この危機を脱するには垂直降下しかない。私はとっさにそう思うと、一か八かで垂直降下に入った。しばらくして操縦桿を静かに引いて機首を起こそうとしたが、目がくらみ気が遠くなりかけた。だが、気がつくと飛行機は水平にもどっていた。そのときになって、やっと相手の目に、こちらの〝日の丸〟の標識が分かったらしい。

「すまん、申しわけない」というように、その編隊長機は、翼を左右に振って去っていった。どうやら彼は引っ込み脚の飛行機はすべて、敵機だと思っていたらしい。

そのころ、高度を下げた北島部隊の爆撃機が、予定より早く爆撃を終わり帰途についたので、それを掩護していた加藤戦隊長はふたたび、遅れている第六十戦隊機の救援に向かった。それは僚機の武山中尉と奥村中尉の指揮する第一中隊が、爆撃隊掩護の位置を離れて敵戦闘機隊との死闘をくりひろげていたからだった。

戦隊長は空戦中の上空に到着すると、まず小川部隊を攻撃している敵機に機首を向けて五、六発、威嚇射撃をし、つづいて別の敵機にも五、六発、ドドドドッと撃ちこんで、敵機を追い払った。

しかし、戦隊長は、どんなときでもけっして深追いはせず、爆撃隊から離れることはなかった。中山雅洋氏の『中国的天空』によると、戦闘中、ただ一瞬の射撃によって操縦性を失った米義勇軍のエディ・オーバーランドは、「この名手こそ、加藤少佐にほかならない」と舌を巻いている。

加藤戦隊長は、こうして単機よく任務を忠実に遂行し、小川部隊の全機をぶじ帰還させた。しかし、第一中隊、第二中隊は、戦隊長の期待に反して爆撃終了直後から掩護の位置をはなれて、対戦闘機戦闘に突入するという失態を演じたのである。それは、当初の計画に反して、後続の北島部隊が先に爆撃をすませて、いちはやく帰還の途についたためである。つまり私たちの掩護する目標が二つに分断されたことが、原因となったのだ。

ところで、北島部隊は、高度三千メートルで帰還の途上にあったが、これは、敵戦闘機群にとってはかっこうの攻撃目標となった。しかも敵戦闘機群は、われわれ戦闘機隊の妨害を受けることなく追いすがって、これに攻撃を加え、北島部隊の三機が撃墜され、さらに一機が不時着という損害を受けてしまった。北島部隊のことを心配しながら基地にもどった戦隊長は、この損害報告を聞くと、いつになく烈火のごとく怒った。ただちに戦隊の全員を集めると、

「貴様らは、それでも戦闘機乗りか！」

と、雷のような大声であった。そこには、ふだんのやさしさが嘘のような激しさがあった。戦隊長のその怒声の中には、任務を果たせなかった無念さと、日ごろの訓練が徹底していなかったのは、自分の不徳の至すところ、また、その鋭い語気には自分自身を責める気持がはっきりと表われていた。

ところが、私はこうした異状な雰囲気がただよっているとは知らず、ひょっこりと戻って来たのである。戦隊長は私の顔を見るなり、

「檜！　今ごろのこのこ帰ってくるとは何事だ！」

と、たちまち一喝された。日ごろは柔和で何か話をすると、「うん、うん、そうか、そうか」と、大きくうなずいてよく聞き入れてくれる戦隊長も、いざ戦場にのぞむと猛将となるのであった。

この日、戦隊長の僚機の武山中尉は戦隊長から、

「本日の戦闘において、みだりに編隊を離脱したるにより、別命あるまで飛行停止を命ず」

と、パイロットにとって、もっとも不名誉な処罰をうけた。

このように、自分にもっとも身近な者に対する処罰は、いかに戦場とは言え、きっちりけじめをつける。〝信賞必罰〟の精神に徹する、戦隊長の意志の強さを物語っていた。

またこの処罰は、私たち全員にも当てはまることとあって、一同、深く反省した。

処罰を言いわたした加藤戦隊長は、ただちに北島部隊長のもとへおもむき、大きな身体をかがめて頭を深々と下げ、

「自分のいたらぬ指揮で掩護ができず、大きな損害を出させ、何とも申しわけありません」

と詫びた。すると北島部隊長は、肥った身体で、加藤戦隊長を抱きかかえるようにして手を握り、「いや、本当によくやってくれました。今日はエンジン故障もあり、予定が狂ったので、貴官の掩護がなかったら、おそらく全機自爆の憂き目に遭っていたでしょう。この程度の損害ですんだのは、貴官のおかげです。本当に有難う、今後もたのみます」

と、かえって慰められたのであった。

なお、このときの戦闘で、戦隊は敵機十機を撃墜した。しかし、第一中隊長代理の奥村中尉と、私の中隊でも目の大きな美男子であった若山重勝曹長（少飛第四期）の二人を失った。

奥山中尉は、マルタバン上空で米義勇軍のタイガー部隊の編隊長デュポイとわたり合い、急降下攻撃をしてきたデュポイに対して正面から攻撃をかけ、弾丸の出ない戦闘機で体当り戦法に出たのであった。そして、片翼をもぎとられ、海中に没したのである。

その夜、私たちは市内のタイランドホテルに帰ったが、だれも無言であった。食卓についた戦隊長もさびしそうに私たちを見わたして、

「本日は残念だった。さあ、みんな元気を出して、一杯やろう。御苦労さん」

と、コップを右手でかかげて、はじめて笑顔を見せた。私は、同期生の弔合戦どころか、さらに重爆隊の損害が増えたことが悔やしくてならなかった。食事もひと通り終わったころ、戦隊長は大きなザボンを剥いていたが、私のほうを向いて、

「おい、檜、ここへ来い。うまいのをやろう」

と言う。私が躊躇していると、

「おい、早く来いよ」

と催促である。そばへ座ると、ちょっと声を落として、

「檜、今日のことは、吉岡によく言っておいたから、勘弁してやってくれ」

理由をたずねると、私を攻撃してきたあの九七戦のパイロットは戦隊長の同期生であった。いったん叱った場合、それを自然に上手に解きほぐすことを、戦隊長は忘れなかった。明日

の戦いのためには、気分を一新し、悲しみも苦労も忘れることが空中勤務者にとってもっとも大切であった。

とにかく、ぶじだった私たちの顔を見て、戦隊長も安堵しているようすだった。しばらくして、安間大尉が私たちに目配せして立ち上がった。

「戦隊長、みんなの希望です。明日もう一度、攻撃をやらして下さい。徹底的に攻撃して奥村や若山の仇討ちをしたいと思います」

と、全員にかわって熱心にたのんだ。私たちもいっせいに立ち上がって、異口同音に、

「ぜひ、お願いします」とたのんだ。

だが、戦隊長は静かに首を振って、

「そのうちに、機会はまたあるさ。まだシンガポールも残っているじゃあないか。われわれがやらねばならない任務は、ここだけではない。明日は早く引き上げよう。なあ、安間」

と諭すように言う。

私たちは、翌朝、恨みも深いラングーン攻撃を、ひとまずあきらめて、タイ国を後に、海上一千八百キロを飛んで、一路、コタバル基地へ帰還した。だが、私たちはビルマでの、この敵空軍への復讐は長く忘れることはできなかった。

第三章　隼は征く雲の果て

十七歳の少年兵たち

開戦から日はまだ浅かったが、一式戦闘機はじつによく働いてくれた。当時の常識として、新機種の飛行機を採用した場合、もっとも懸念されるのは空中での戦闘ではなく、地上での整備がゆきとどかないことであった。そのため飛行中に思わぬトラブルが発生し、充分に活動できないのが通例であった。

だが、一式戦はその常識を根底からくつがえすかのように、稼動率百パーセントの成績を挙げていた。そして、こうした成績が得られたのは、ひとえに加藤戦隊長の新知識導入による管理態勢の確立のたまものにほかならなかった。さもなければ、行動半径一千キロにもおよぶ出動を、数多くつづけることはできなかったにちがいない。

戦隊長はこの機種の欠陥について、隅から隅まで熟知していた。それは航空本部に在職中のころ、この一式戦を研究しつくしていたからだった。この制式採用については、最後まで反対しつづけた人であったが、その反対にもかかわらず、やがてこの機種が制式採用と決定したのである。この採用については航空関係者の間でも、いろいろの意見もあったが、結局は、他の機種にくらべて当座はこの一式戦がもっとも妥当、との意見になったためであった。

そして、その一式戦が戦隊に配属されてきたとき、戦隊長は、「尋常一様のことでは、この飛行機を駆使することは困難だ」と、頭を痛めたことも事実であった。しかし、採用決定となった以上、もうやるしかない。このとき戦隊長の頭にひらめいたのは、「相当に無理をともなうが、新知識の導入で、この欠陥を補う以外に方法はない」ということであった。

八月末のある日、戦隊長は新機種に改変のため、急遽、内地に帰還して、航空本部を訪れ、

「陸軍少年飛行整備学校に在校中の生徒を、最低十名、ただちに戦隊へ割りあてて欲しい」

と交渉に入った。飛行学校との問題などもあり、いままでに例のないことでもあったので、この交渉は困難をきわめた。が、加藤戦隊長の熱意が功を奏し、十名の配属が決定したのだった。その十名は、すぐに一式戦闘機の特別教育を受けるため、飛行学校を離れて福生の陸軍航空実験部の技術者から、指導を受けることとなった。福生飛行場に到着した十七歳の少年兵たちを前にして戦隊長は、

「この一式戦闘機がものになるかどうかは、国運の盛衰にかかわる問題である。そのことは君たちの双肩にかかっている、どうか一所懸命、勉強してほしい。私は諸君を心から頼りにしている」

と、激励した。学校を離れて実戦部隊の戦隊長から、初めて訓示をうけた彼らは頰を紅潮

させて聞いていた。その胸は大きな希望でふくらんでいるようであった。

こうして特別教育を受けた少年兵たちは、十月中旬、少年飛行整備学校を繰り上げ卒業し、その日のうちに岐阜県各務ヶ原飛行場へ向かった。そこには、機種改変の整備修得を終えて、広東に帰る第二中隊の石田周三曹長と庄子公平軍曹を乗せた輸送機が待っていたのだ。彼らはさっそくその輸送機に乗せられて、緊張感の高まる広東へ出征していった。

それまでに、戦隊に配属された少年飛行整備兵は、第一期生が大竹亀之助曹長、第二期生は庄子公平軍曹と板垣始軍曹、藤田太平軍曹、大兼重男軍曹の四名、第六期生では中村西良一曹長、第三期生島田万蔵曹長、第四期生は川浪秀夫曹長と吉井豊曹長の二名、第五期（旧姓大山）美春伍長、山上繁行伍長、牧田（旧姓辻）実雄伍長の三名。第六期と第七期の中間卒業は無線班の増田昌信伍長一名、第七期も加藤茂伍長と川崎潔伍長の二名で――このように各期生とも、一戦隊に通常二人ていどの配属しかなかった。それが一挙に十名の配属をうけたのは、画期的なことであった。

広東に到着した第八期生は、先に帰っていた加藤戦隊長に迎えられ、第一中隊に瀬野喜治兵長、竹井勉兵長、鈴木一行兵長の三名、第二中隊には小谷（旧姓布川）三郎兵長、本間（旧姓沼沢）正兵長、本田清勇兵長、田代三郎兵長の四名、第三中隊には西山輝生兵長、後藤千秋兵長、東正平兵長の三名がそれぞれ配属になった。これらの少年飛行整備兵たちは、選抜されただけあって優秀だった。それがさらに北支、ノモンハンを戦ってきた経験ゆたかな先輩や上司の指導をうけて、たくましく育っていき、空中戦闘の華やかなかげにかくされた大きな原動力となったのである。

ところで、戦隊長は、この少年整備兵の大量配属を積極的に図ったものの、将校については整備班長として第五十三期生の新美市郎中尉と中尾国広中尉のほかは、わずかに第五十四期生の立沢登中尉一名の配属を受けたのみであった。これは軍隊にあってはもっとも働ける者を望んだことになり、戦隊のもっとも効果的な管理態勢をととのえるべく熟慮した結果と言える。そして、こういうことからも戦隊長は、軍人としてばかりではなく、一般管理社会においてもりっぱに通用する優れた才能を持っていたことをうかがい知ることができる。一式戦の専門教育を受けた若い彼らの新知識の成果は、まもなく行なわれたシンガポール航空撃滅戦で充分に発揮されることになる。

雨季明けが近づくと、太陽が時おり雲間から顔を出し、それまで降りつづいていた雨が次第に少なくなって来た。だが、それでも、ふいに大空の一角に低い雲が流れたかと思うまもなく、沛然たるスコールが降り注いでくる。

天候は徐々に回復の兆しを見せていたが、加藤戦隊長は、いっこうにコタバルから動こうとはしなかった。ここにじっとしていれば、飛行は悪天候にさえぎられる。が、逆に敵機が襲ってくることもない。戦隊長の考えはシンガポール攻撃まではここで戦力を温存し、来たるべきときへの準備をすることであった。その証拠には、晴天に恵まれている西海岸の航空部隊は、連日、敵機の夜間攻撃を受けて、少なからず手を焼いていた。

事実、十二月十七日の夜半は、スンゲイパタニにいた第三飛行団が、来襲したブレニム爆撃機三機に蹂躙されて、ほとんど全滅との噂が立つほどの損害を受けていた。幸い、私たちの基地は、雨期のために、敵機もやって来ない。

「生命の洗濯ができるのも、いまのうちだ」

私たちが、日ごろの緊張感から解放されていたころ、明野飛行学校の乙種学生を修了した五十四期生の平野登、黒木忠夫、武村太郎の各中尉が着任してきた。話を聞くと、ここにくるまでの飛行機がないので、苦労して、あちこちの輸送部隊に頼みこみ、何度も乗りついで、やっと到着したという。それだけに三名は、ホッとしたようすで、

「正月を着任先のこの戦隊で迎えられることになって嬉しい」

と、少年のように喜んでいた。私たちもやはり戦場といはいえ、新しい年が近づいたとなると、――何とか今年も無事に過ごせそうだ。

と、去りゆく年にそこばくの感傷をおぼえ、新しく迎える年に心のときめきを感じていた。大晦日を迎えた私たちは、手ぎわよく椰子の葉と青竹を集め、いちおう立派な松飾りをつくった。

食通の戦隊長は北支の正月を経験していたので、中国料理の美味しさが忘れられなかったらしい。副官の大崎長英少尉に指示して、市内から中国人コックを雇って来させた。つまり、本場の中国料理で、コタバル在住の飛行場大隊をふくめた航空将校全員を集めて、正月の野宴を開く計画をたてていたのである。

新年を迎えるムードがたかまると、私はじっとしていられなくなった。中隊に物資購入用のオートバイが一台あった。これは敵が退去するときに、部品をバラバラにしていったものだが、辰巳曹長が器用に組み立てて修繕したのである。私はそのオートバイに乗って、街の常設市場へ正月用のビールの買い出しに出かけた。市場は買物客で大混雑していて、やっと探し当てた店では、ビールは品切れで、一本も残っていなかった。しかたなくパンを買っていると、

「おい、檜……」

馴れなれしく私の肩を叩く者がいた。振り返って見ると、パンの入った大きな袋を抱えた戦隊長が笑っていた。どうやら市内の視察のついでに、私と同じようにパンを買っていたのである。

「平和はいいものだね。こうして街を歩いていると、戦争をしていることを忘れるなあ」

戦隊長はしみじみとした口調でそう呟いた。

昭和十七年の元旦、戦隊は全員集合し、戦隊長の音頭で故国の方を向いて、万歳三唱をし、国運の隆昌を祝った。そして、戦没者の冥福を祈った後、私は元旦に際し、一首、日記に記した。

コタバルの遠海鳴りも静まりて

初日おろがむ今日ぞうれしき

まだ正月気分もぬけない一月三日の夜、晴天つづきの西海岸スンゲイパタニは、またしても敵機の来襲を受けつつあるとの報が入った。私たちはすぐに飛行場へ出て、戦隊長といっしょに、二百キロ以上も離れた、はるかなスンゲイパタニの空を眺めて友軍の奮闘を祈った。と、そのとき、血気さかんな竹内中尉と大泉中尉が戦隊長の前に進み出て、

「戦隊長！　いまから自分たちを、スンゲイにいかせて下さい」

と懇願した。だが、戦隊長は、即座に、

「いかん、この暗夜に、じゅうぶんな照明設備もないのに、無謀な行動はとれん。いいか、戦いはこれからだ。生命を粗末にするな！」

と、二人の申し出を、きっぱりと拒んだ。

つね日頃、どんな簡単と思えることに対しても、加藤戦隊長は、あらかじめ綿密な研究をかさね、周到な計画をねって、さらに万全の準備という三拍子そろってからでなければ、行動に移らないのが戦隊長の信念であった。こうした人を悟す戦隊長の一言一句には、ふしぎに私たちを魅了するひびきがあった。それは、人々の心に感動をあたえる名曲の調べにも似ていた。

一月六日、戦隊長は迫りくるシンガポール攻撃に関する作戦会議のため、単身でスンゲイパタニの第三飛行集団長菅原中将のもとにおもむいた。

極東におけるイギリスの牙城シンガポールは、極東艦隊を失ったとはいえ、まだ島内には、テンガー、カラン、センバワン、セレター軍港などの四飛行場があり、その四飛行場にはまだ百数十機の飛行機を保有していたし、しかも二百門の高射砲が配備されていたのである。

作戦会議は、十時三十分から延々と五時間半にわたった。この作戦会議で決定した使用兵力は、第七飛行団重爆撃機隊の三コ戦隊と、加藤戦隊の一式戦、また第三飛行団の隷下からも、一部がわが戦隊の指揮下に入れられた。加えて第五十九戦隊（中尾戦隊長）の一式戦約十五機、第十二飛行団の九七戦と「鍾馗」あわせて約六十機、その総数約百五十機という第三飛行集団の総力を挙げての攻撃であった。さらに海軍の第二十二航空戦隊の約八十機がこれに加わることになっていて、まさに世紀の決戦にのぞむ大布陣であった。

この会議で戦隊長は、払暁の第一撃に引きつづいて、その日のうちに第二撃を加えることを強く提案した。この作戦の理由としては、一度立てば疾風迅雷、敵に息つく暇も与えず撃滅するのが常套手段だ——ということにあった。だが、他の戦隊長はこぞって、「それは無理だ。なぜならば第一撃の払暁攻撃の後で、基地に帰還して飛行機の点検、整備をし、爆弾の装着、燃料補給をすませて、その日のうちに第二撃を実施するなどということは、実際上、困難である」と難色を示した。

だが、加藤戦隊長は、「戦争に困難はつきものである」と、一歩もゆずらず、あくまでもその実行を主張した。その結果、各戦隊長も加藤戦隊長に同調して、やっと第二撃指向の決定を見たのであった。「われわれの苦しいときは敵もその数倍苦しいのだ」との信念で、寡をもって衆を制するこの反復攻撃は、加藤戦隊長がもっとも得意とする戦法であった。

一月七日、払暁近い二時五十分――かすかな爆音がひびいて来た。

「敵機だ！」

私は驚いて宿舎から飛び出して上空を見上げた。空一面は、厚い雲におおわれて真の闇に閉ざされていた。爆音は飛行場上空にあった。どうやら敵機は雲上を旋回して、このコタバル飛行場を探している様子である。私はその爆音が近づくたびに、身をちぢめて地面に伏せた。地面に伏せながら、ふと頭を上げて見ると、闇の中に大きな黒い人影が見えた。よくよく観察してみると、輪郭から判断して、それは直立して空を見上げている戦隊長の姿であった。

私は急に地面に伏せている自分が恥ずかしくなった。すぐに起き上がると、

「戦隊長！」

と叫んだ。すると戦隊長は、

「おっ、檜か？　この天気では迎撃もできんなあ。飛行機がぶじだといいんだがね」

と、ふたたび上空を仰いでいた。

敵もさるもの、執念ぶかく一時間以上も、旋回をつづけていた。だが、飛行場が確認できないらしく、場内の南方四、五キロの地点に爆弾を投下して去っていった。まったく雲の城壁によって、助けられたようなものだった。

こうしたことから加藤戦隊長は、まだ雨雲に閉ざされたままの東海岸はシンガポール作戦

には適さないと判断し、戦隊は西海岸のイポー飛行場に移動することとなった。しかし、攻撃を開始する以前に、敵の脅威に長くさらされることを警戒した戦隊長は、一月十一日の攻撃予定と見合わせて、ぎりぎりの一月九日、やっと西海岸への移動を決定した。

いよいよコタバル基地ともお別れである。私たちは移動の前夜、最後の会食をとることになった。それは広東を離れるとき、戦隊長が、「われわれはどんなことがあっても、食事だけは一緒にしようではないか」と将校団の会食を約束していたからだった。食堂は、当番があちこちから机を探してきて列べて即座につくってくれる。そして、会食の準備がととのうと、当番兵が罐詰の空罐を叩いて、「準備完了」を告げる。私たちが集合すると、今度は瀬野尾副官が戦隊長に知らせる。われわれが起立して待っていると、戦隊長の足音がノシノシと聞こえる。

そして、「われわれの姿を見かけると戦隊長は小走りでやってきて、「やあ、待たせた、待たせた。すまなかったな」と大きな身体をかがめるような格好で席につく。その動作はいつものことながら私たち青年将校に、なんとも言えぬ親しみを抱かせた。万難を拝して会食だけは欠かさない戦隊長の考えには、親睦のほかに、縦や横の連絡を密にする目的があった。が、もう一つの目的は、食事を一度にすませることによって、当番兵の手間をはぶくこともあった。

航空部隊は、兵にくらべて将校の数が圧倒的に多い。その数少ない兵を当番などに使っていては、整備に支障を来たす。戦隊長はこの点に気をつかい、将校の身の回りのこと、たとえば洗濯などは各自に行なわせていた。このため、就寝のときも中隊長三人が一部屋であった。また他の将校連中も、適当に中隊ごとに固まって寝るのが普通であった。ましてや初陣をまだ経験していない新任の将校などは、当番兵と同じようにみんなの世話を焼かされていた。

こうして、いよいよ命運を賭けたシンガポール攻撃の拠点、イポーへの転進の日がやってきた。だが、当日、コタバルはいぜんとして密雲に閉ざされていた。

戦隊長は、移動のために飛行団へ輸送機の配当をたのんだが、割り当てられたのはたったの一機だけであった。しかたなく私たちは、整備員を戦闘機の胴体に乗せて移動することとなった。

胴体輸送——これは整備員にとっては大変な苦行であった。まず整備員は飛行機の点検窓から、身をかがめて胴体内にもぐりこむ。そして、操縦席の背当板を両手で握り、頬を横にして背当板にぴったりくっつけて身体を安定させる。その上、足を両方へ大きく開いて操縦索に触れないように、中腰になっていなければならない。この不自然な姿勢で、長時間、辛抱するのは並たいていのことではない。だが、輸送機関を持たない戦闘隊としては、しかたのないことであった。

わが愛機の胴体に乗りこんだ整備員を、座席の隙間から覗きこんで、

「おい、頑張れよ。離陸するまでは絶対に身体を動かすな」

と声をかけた。そして、さらに、

「敵と遭遇したら空中戦になる。そのときは合図をするから、しっかり掴まっていろよ」

というと、整備員は頬をよじらせて、

「そのときは、かならずわかるように合図して下さい。自分は一度でいいから、空中戦が見たいと思っていたのです」

その元気な答えには、私のほうが圧倒される気分だった。

戦隊長は、出発直前にあわただしく車を飛ばして、入院中の第八十一戦隊柳本部隊の池内照夫中尉（陸士五十四期）を見舞った。これは、去る十二月十六日、戦隊へ連絡のために飛来した偵察機が豪雨のために着陸を誤り、障害物に激突して重傷を負ったからだった。戦隊長はつねにこうした際には、寸暇をさいて見舞う義理堅さに徹していた。


攻撃予定日とされていた一月十一日は、第十二飛行団の九七式戦闘機部隊のクワンタン飛行場への移動が遅れたため、一日延期された。それは、行動半径の短い九七戦をシンガポール攻撃に参加させるためには、占領したばかりでシンガポールに最も近い東海岸のクワンタン飛行場を使用させざるを得なかったが、悪天候のため展開が遅れたからであった。

一方、わが戦隊は悪天候の合い間を縫って、やっとイポーに前進を終わった。戦隊長は、その夜、「今夜はのんびり出来んぞ。ひょっとしたら敵機が来襲するかもしれんぞ」

と、いかにも心配そうに言った。その戦隊長の言葉は残念ながら的中することとなった。

明け方、われわれの前進を見定めたように、敵の爆撃機二機が来襲し、飛行場を爆撃していった。幸いわが方に損害はなかったが、これも、戦隊長が日ごろから言っているように、「自分を相手に置き換えて物事を判断すれば、こちらの飛行機が集結したところを狙うのは定石である」という言葉の通りだったのだ。

一月十二日、いよいよシンガポール初空襲の日が来た。この日は同じ一式戦を持つ第三飛行団隷下の飛行第五十九戦隊（中尾次六戦隊長）が、加藤戦隊長の指揮下に置かれた。加藤戦隊長は自分の指揮下に入った部隊に対しては、非常に気をつかっていた。その証拠に指揮下に入った部隊には、らくに戦果のあがる任務をあたえ、自隊はつねに困難の多い任務を選んでいた。

私たちにとっては、夢にまで見たシンガポール攻撃の日である。前夜、私は興奮してほとんど眠れなかった。暗闇の中に、徹夜作業で整備された飛行機が黒々と翼を休めている。出発前になって飛行場へ出てきた安間大尉は、周囲があまりにも暗いのに驚くと同時に、この暗さの中での一本滑走路の離陸に不安をおぼえたという。安間大尉はさっそく戦隊本部へかけつけて、

「戦隊長、この暗さでは離陸が危険です。照明灯をつけましょう」

と進言した。だが、戦隊長は眉ひとつ動かさず、「いかん！」と、ただ一言いっただけであった。戦隊長はすでにこの基地の滑走路を見て、入念に研究していたのである。

「安間、今日の攻撃は、絶対に秘密厳守なのだ！」

ところが、飛行団司令部からの出撃命令は、いっこうに出なかった。あと一時間もすれば

明るくなる時刻となった。

──いったい、どうしたんだろう？

緊張感は極限に達し、私たちはじりじりしていた。これ以上、出撃を遅らすと、敵に機先を制されることになりかねない。そうなれば各飛行場の翼を並べて待機している友軍機は、全滅に近い打撃を受けることになる。

「よし、いこう！」

戦隊長はもう一刻の猶予もならぬと考えたのであろう。独断で出撃の決意を固めた。私たちは急いでそれぞれの愛機に搭乗し、エンジンがいっせいに始動した。たちまち、爆音とともに排気管から出る青い炎が飛行場をつつんだ。

まず、中尾戦隊が離陸を開始した。滑走路が一本だけなので、間断なく爆音が耳元を掠めていく。

中尾戦隊の離陸がすっかり終わり、加藤戦隊長が離陸に移ろうとしたときだった。至急電が届いたのである。その電文は、『攻撃中止』であった。だが、すでに中尾戦隊は飛び上がったのだ。もう無線連絡も不可能だった。

「ここで中止すれば混乱を来たし、大損害を出すおそれがある！」

戦隊長はとっさにそう判断すると、電報をわしづかみにして、すぐに機上の人となった。

私たちも戦隊長機につづいて、つぎつぎと離陸した。ところが、上昇してしばらくすると、前方上空の闇の中に、重爆隊の大編隊が飛行中であった。

——さては、先刻の電報は、例によって誤電だったのか！

私たちはただちに爆撃隊の掩護態勢をとった。雲上を、直路、南下していくと、やがて雲間からジョホールバールが望見された。全速力で、めざすシンガポールへ向かう。

時刻は午前十時、シンガポール上空へ進入する。高度は七千メートル、上空は雲ひとつない快晴であった。テンガー飛行場をはじめ、セレター軍港などシンガポール市街が箱庭のように見えた。が、敵の対空砲火は、われわれがシンガポール上空に進入すると同時に、いっせいに火を噴き、百門あまりの高射砲が撃ち上げられ、その白煙にシンガポール全島がおおわれるばかりの激しさであった。

しかし、わが爆撃隊は充分にその高射砲の反撃を計算に入れ、予定より高度を一千メートルも高くして進入していた。だが、あまりの猛砲撃に、さすがにいくらか攻撃目標から北方にはずれかけてはいた。しかし、それでも敵の最大の飛行場テンガー基地に対して爆弾を投下し、かなりの戦果を収めた模様であった。

私たちはこの日、多数の敵戦闘機が出てくるものと予想していた。だが、わが爆撃隊に食いついてくる敵機はまったくなかった。これは嬉しい誤算であったが、少々拍子ぬけの感じがしないでもなかった。

基地にもどった私たちは、愛機の給油中に、立ったままで食事をすませて、ふたたび出撃した。この第二撃にも、敵機はどうしたことか一機も現われなかった。このため、戦隊長が考えていた航空撃滅戦にはならなかった。どうやら敵は、最初からこの決戦を避け、ゲリラ戦を企図しているようであった。

だが、この日、私の中隊では、まったく予想だにしないことが突発した。私が非常に尊敬していた中隊長代理が、友軍機の不良離陸で激突されて悲運の最後を遂げたこと、さらにこの事故で栗原茂方軍曹が重傷を負い、塚原文夫一等兵が戦死したことだった。

翌十三日、この日も爆撃隊を掩護して出撃した。が、爆撃隊を襲ってくる敵機はこの日もなく、

——今日も獲物はなしか！

緊張感から解放されたときだった。ふいに安間中隊の左下方に、敵機が五、六機、飛行しているのが見えた。

「敵機！　バッファロー戦闘機だ」

戦隊長は翼を大きく振って安間大尉に合図した。

安間編隊はただちに爆撃隊掩護から離れてこの敵機に突入し、つづいて竹内編隊が、さらに国井編隊が急旋回して、この敵機群を包囲した。

安間編隊は、一機、また一機と、左後上方から攻撃をしかけた。だが、あまりに気負って突っこんだためか、一、二機の敵にはずされた。敵も必死で旋回して回避しようとする。それでも何機かの敵機が、見る見るうちに黒い煙を吐きながら落ちていった。

しかし、翌十四日は、攻撃は中止となり整備の日となった。この日は、加藤戦隊長が立ち会って、戦死した大泉中尉と塚原一等兵の遺骸を荼毗に付して遺骨を食堂に安置した。開戦

いらい、いままでの戦死者は、すべて雲がくれにあったように、いずれも遺骸はなかった。しかし、今回はそうではなく、遺骨が目の前に安置されていた。

私はその夜、いつになく感慨無量な心情になっていた。それは、食事の席がいつもより戦隊長の席に近くなっていたからだった。食事はいつも席順がきまっているのだが、その日は妙に戦隊長と私の席が近かった。広東では戦隊長との距離はだいぶ開いていたが、やがてそれが、二人の中隊長、五十二期生の二人が戦死したため、私の席が一挙に戦隊長の席に近づいたのだ。私はそのことに、言い知れぬ悲しみが感じられてならなかった。

十五日は、ふたたび戦爆連合の大編隊で出撃した。

高度六千メートルでシンガポール島上空に進入しつつ、前下方に目をやったとたんに、体に大きな衝撃を受けた。なにごとならんと警戒の目をはしらせると、それは対岸のジョホールバールから撃ち出す高射砲弾のせいであった。いつもながら、ここに陣地を敷いた敵の高射砲隊は、油断ができなかった。敵の中では最も正確な砲撃をしてくるからである。ところが、しばらくすると、その砲撃がふいにぴたりと止まった。それは、海洋の影響をうけるのか、この辺りは天候が変わりやすく、たちまち上空一帯が密雲におおわれてしまったからであった。しかし、わが方としても、やっと攻撃目標の上空に達し、おあつらえ向きに対空砲火から救ってくれた密雲ではあるが、今度はこちらの爆撃の妨げとなってきた。地上の視界がまったく効かないのだ。やむをえず私たちは、雲上からの推測爆撃を行なって、帰還の途についた。

悪天候とはいえ、この日も敵機の本格的な反撃はまったくなかった。

——なぜ敵機は攻撃して来ないのだろうか？

私にはむしろそれが不気味に思えた。おそらく戦隊長も同じ思いであったのだろう。ふいに戦隊長機の両翼が大きく振られた。見ると戦隊長は、しきりに私たちに向かって、左手を高く上げている。「君たちは爆撃隊を掩護して帰れ！」との合図であった。

やがて戦隊長機は急旋回すると、あっという間に密雲の中に消えていった。敵状が不明では手の打ちようがないと判断した戦隊長は、単機テンガー飛行場あたりの偵察に向かったのであろう。

そのテンガー飛行場には、推定では百機近くの敵戦闘機がいるはずであった。また周辺には、百門の高射砲があり、超低空で飛行場に近づいた戦隊長は、滑走路に並んでいる戦闘機十数機を目撃すると、反転して、ダ、ダ、ダ、ダ！　と思いきり一連射を浴びせた。すると、たちまちその中の一機が白煙を吐いた、と見るまに、爆発炎上した。しかし、見たところテンガー飛行場の敵機は、予想していたより少なかったのだ。

『偵察の結果では、シンガポールにあった敵の戦闘機は、スマトラに逃避している模様である』

と、戦隊長は上司に報告し、スマトラを攻撃する必要のあることを具申した。

一月十七日、戦隊長は、第一中隊と第二中隊の一部を率いて、爆撃隊と協力して、スマトラ島のパカンバル飛行場を攻撃することとなった。一方、安間大尉の指揮する第三中隊と第二中隊の主力は、シンガポールに対する攻撃を続行する予定であった。

この日、私は出動機数の関係で、安間大尉の僚機として出撃することとなり、安間機につづいて基地を離陸した。なにげなく前方を行く安間機の飛行ぶりを見ると、なんとも懐かしい。かつて私が明野飛行学校の乙種学生として、飛行訓練に励んでいたとき、じつは安間大尉が教官であったのだ。私がこの懐かしい昔の追想にひたっていると、安間大尉も、ときどき私の方を振り向いて、ニッコリと笑いかけてきた。たぶん私と同じ想いだったのであろう。

だが、いつまでもこうした懐かしい思い出を追ってはいられなかった。バッパファート上空に達すると、地上の敵高射砲隊から猛烈に撃ち上げられたからだ。それはいままでにない熾烈なものであった。やっとのことでその爆煙をくぐり抜けて攻撃目標に向かったが、敵機の姿はまったく見えなかった。私たちは、およそ一時間ほど、索敵のために敵地上空を旋回して敵を待ったが、めざす獲物は現われなかった。しかたなく帰途についたが、また高射砲隊の猛射をうけるかもしれんぞ、と敵の反撃を覚悟してバッパファート上空を通過したが、敵の高射砲は、こんどはまったく沈黙していた。後で聞けば、このときすでに地上部隊がゲマスを占領し、さらに南下をつづけ、一部の上陸部隊は、バッパファートに舟艇で上陸していたからであった。

ちょうどそのころ、加藤戦隊長は、パカンバル飛行場に進入していた。だが、二、三千メートルの中層に密雲があり、爆撃隊は無念にも爆撃不能となった。しかし、このときも戦隊長は、そのままではもどらなかった。戦隊長は爆撃隊の帰還を見送ると、反転して雲下に降下していった。すると飛行場には、敵機が七、八機ならんでいたという。戦隊長はまっ先にこれに銃撃を加え、たちまちその中の一機を炎上させた。僚機は飛行停止がとけたばかりの武山中尉機であった。かれは、戦隊長機につづいて、ダ、ダ、ダッ！と一連射を浴びせた。その後から第二編隊長の加藤中尉機が攻撃に入る。入れかわり立ちかわりの銃撃に、地上の敵機はつぎつぎと炎上していく。

——さあ、これでいいだろう。

戦隊長はそう考えると、ただちに集合を命じた。が、僚機の武山隆中尉機も、斉藤準毅曹長機も、第二編隊の姿も見えなかった。このため戦隊長機は機首をかえして僚機を待ったが、どうしたことか一機も集まって来なかった。時間は刻々と経過していく。やむをえず後に心を残しながら単機で帰途についた。

戦隊長は基地にもどってからも、飛行場で、じっと僚機や第二編隊の帰還を待っていた。だが、夕暮れても、ついに部下たちは帰還しなかった。

後でわかったことだが、その日、戦隊長僚機の武山中尉機は、戦隊長機につづいて急降下し、敵機に向かって一連射した。が、その瞬間、座席前方で榴弾の腔内爆発が起こり、その破片がエンジンを貫いた。しかし、なんとかパカンバル湖付近まで飛行したものの、不運にもエンジンが停止してしまい、高度がぐんぐん降下する。やむなく滑空で湖畔の広場に不時着したという。

武山中尉は、覚悟を決めると航空士官学校で修得した通り、即座に地図に火をつけて漏れているガソリンの中に投げ入れ、愛機の焼却をはかった。たちまち愛機は炎につつまれ黒煙が立ち昇った。この煙を目当てに追って来た敵兵と拳銃でわたり合ったが、もう、だめだ！　そう悟ると、銃口をくわえて引き金をひき、壮烈な戦死を遂げたのだった。

この武山中尉は、韓国の慶尚北道の出身で、士官学校時代、父母から送ってもらった朝鮮人参を、いつもかじりながら、「これを食べていると、まるで郷里にいるような気がする」と、父母を慕っていた親思いの青年士官であった。

一方、斉藤準毅曹長については、たぶん機関砲の腔内爆発で自爆したものと推察されたが、最後まで、その消息はつかめなかった。

また、第二編隊長の加藤六三中尉（幹部候補生・名古屋出身）は、攻撃後、戦隊長機の後を追ったのだが、マラッカ海峡に出る直前になって速度が落ちてきた。これもやはり武山中尉機と同じように、対地砲撃のさいに機関砲に装塡されている日本製の榴弾が砲身内爆発を起こしたためであった。このときエンジンを貫かれて滑油があふれ出し、顔一面がまっ黒になってしまった。加藤機の僚機の佐藤義美伍長（少飛六期生）は、この日が初陣であった。そこで出撃前に、加藤中尉から、「編隊長と離れてはならない」と言われていたので、必死について来たが、ここにいたって加藤中尉は、「おれにかまわず、基地へ帰れ」と、しきりに合図していたという。

だが、佐藤伍長はなおも編隊長機についていった。しかし、加藤機はさらに速度が落ち、やっとタクシセライ湖付近まで来たとき、加藤中尉は、もうこれまでだと感じたらしく、愛機の両翼を大きく上下させ、僚機の佐藤伍長に手を振った。それが佐藤伍長への訣別であった。まもなく高度はぐんと下がり、佐藤機がなおもつづいていくと、加藤中尉は滑油でまっ黒になった顔に笑みを浮かべたという。が、つぎの一瞬、加藤機は白い腹をつき出すように低空で反転した。こうすれば、もう機体が正常にもどることはない。それは覚悟の自爆であった。

この三人の部下の未帰還に、その日、戦隊長は能面をつけたように口を閉ざしていた。

私たちは、機関砲の多発事故で、榴弾に異常なほどの不安をおぼえた。だが、これまでに鹵獲した敵機の完璧なまでの防弾装置と、燃料タンクをつつんでいる分厚い生ゴムを破壊するには、やはり榴弾の装備が必要であり、さらに敵機の構造を研究すればするほど、いくら危険をともなっても榴弾の使用をやめるわけにはいかなかったのである。

戦果のかげに

翌十八日――私は加藤戦隊長の第三編隊長として出動した。この日は友軍爆撃隊による攻撃が決定していたので、十三時までにシンガポール上空に進入し、制空しておく必要があった。そのため私は戦隊長機にしたがって、少々早目に離陸してマレー半島に南下していった。

突然、戦隊長の翼が上下に振られた。「解散」の合図である。

――どうして解散なのだろう？

私にはさっぱりわけがわからなかった。戦隊長機は編隊をとくと、「早くいけ！」と合図すると、自分は旋回して帰途についたではないか！　私たちは編隊をととのえて、なおも南下をつづけた。数分すると後方から、ふたたび全速で戦隊長機が急追してきた。私には戦隊長がなぜこうした行動をとったのか、皆目わからなかった。

シンガポールの上空は相変わらず、ものすごい高射砲の煙でおおわれていた。爆撃隊は私たちの掩護の傘の下で、縦横に爆撃を敢行していたが、北部のセレター軍港の方から、黒煙がもうもうと立ち昇りはじめた。油タンクが燃えているのであった。

私たちの前には、敵機の姿はまったくなかった。が、少しおくれて進入してきた安間編隊は、急上昇中のバッファロー戦闘機群を発見し、ただちにこれと空戦に入った。ところが、敵はいままでにないほど激しく戦闘を挑んできた。たちまち、彼我入り乱れての空中戦が展開され、そのうちの敵十機を撃墜した。

この日、基地にもどると、戦隊長は、まっ先に駆けつけてきた戦隊長機の機付長・水野昭三軍曹と竹井勉兵長、稲川喜助上等兵らの戦隊長機整備担当の者たちに笑顔を向けて、

「どうも落下タンクの吸い上げがわるいぞ。こんど装備するときは、よく気をつけろよ」

と言いながら、かたわらにいた私に向かって、

「おい檜、こんなに豆が出来たよ」

と、左掌をひろげて見せてくれた。掌には大きな豆が四つもできていた。これを見た機付兵の恐縮ぶりは、たいへんなものだった。

先刻、戦隊長が途中で引き返したのは、落下タンクの燃料の吸い上げがわるく、エンジン

に不調を来たしたためだった。しかし、試しにポンプを突くと、エンジンが正常にもどったので、「基地にもどる必要はない」と判断して、右手に操縦桿を握り左手でポンプを押しつづけながら、飛行していたのだった。もし、そのままエンジンが停止したら、どうなっていただろうか！　しかし、戦隊長は基地にもどっても、掌の豆のことしか口にせず、整備関係者を叱ったりはしなかった。加藤戦隊長は、つねにこのように、部下たちにやさしかったのである。

一月二十日、今日こそは敵をおびきよせて徹底的に叩こう！　と、戦隊長機を先頭に、私たち戦隊全員は、その総力を結集して出撃した。セレター軍港の側面からシンガポール島に進入すると、前日来の爆撃をこうむった石油タンクは、まだ炎上をつづけていた。その黒煙は天をおおい、それが赤道の上空周辺にまで達している。

熱帯地方の空とはいえ、高度六千メートルの上空はかなり寒かった。プロペラボスの所から洩れる油で風防が汚れ、前方が見えなくなるので、やむなく天蓋を開けての飛行であった。そのため、夏の航空服を通して寒気と風圧が肌を刺す。だが、寒気にふるえている暇もなかった。なにしろ、周辺で激しく炸裂している敵の高射砲弾の白煙が、蒼白く輝く太陽に映えて、不気味にさえ感じられた。だが、そうしたことは気振りにも見せず飛んでいると、突然、戦隊長機の翼が振られた。「敵機発見」の知らせである。戦隊長は、シンガポール島南方の海上はるか下方に、敵の戦闘機二機を発見し、ただちに接敵を開始している。

私たちもすぐさま機首を向けた。すると、そのときだ。戦隊長は左前方に、さらに五機の敵編隊を発見した。しかし、どうも見方の軽爆撃隊らしくもある。とっさには識別不明だった。戦場では、敵味方不明の場合には、敵として扱うのが原則である。戦隊長は躊躇することなく、それに迫っていった。私たちも後につづく。

彼我の距離が刻々とちぢまるにつれて、それは写真で見たことのある敵戦闘機ハリケーンの編隊であることがわかった。

突然のことでもあり、私は「しめた！」と思う気持と、「早くやっつけよう」という気持の焦りが重なって、動作がそれに伴わず、まごまごしていた。するとそのとき、私の機の横を掠めるように、さっと飛び込んでいった一機が急反転したと見るまに、五機編隊の最後尾の敵機めがけて攻撃をかけた。あわや衝突かと思われるほど接近した一瞬、ダ、ダ、ダ、ダ！　と撃ち込む火炎がプロペラの間に反射するかに見えた。わずか五、六発であった。が、敵機はパッと油紙に火をつけたように、真紅の火の玉となって落ちていった。

――なんという早業だ。だれの機だろう？

その落ちていく敵機の黒煙の中から、当の友軍機が姿を見せた。翼には白い矢印のマークがついている。早業の主は戦隊長機だったのである。

ハリケーン戦闘機は、開戦いらいはじめて私たちの前に姿を現わした敵機だった。そして、そのハリケーン撃墜第一号の偉勲は、加藤戦隊長自身となった。私たちは、以前、戦隊長に、「敵機撃墜の秘訣を教えてください」

とたずねたことがあった。すると戦隊長は、

「何、秘訣？ そんなものはないよ。ただ敵に近寄って撃てばよいだけさ」

と言っていた。この日、戦隊長自身がそのことを身をもって教えてくれたのである。私は加藤戦隊長が着任いらい、一度も空中戦の訓練や射撃訓練をしているのを、見たことがなかった。それなのにいつこのような円熟した技能を修得していたのか不思議に思い、あらためて尊敬の念を深くしたのであった。

だが、この日も戦果のかげに、悲しむべき犠牲があった。私の親しい同期生の一人だった八田米作中尉は、ついに帰還することがなかったのである。出撃機の帰還はいつもまちまちで、ときには相当遅れてもどってくる者もある。だが、この日、私は妙に八田中尉のことが気になっていた。彼の機がいっこうにもどって来ないのを知ると、「もしかしたら……」という不吉な考えが頭をよぎった。というのは、出撃前に、いつになく八田中尉が気になることを言っていたからだった。

その日、まだ夜が明けないうちに、私の枕元で物音がしたので、びっくりして目を覚ますと、八田中尉が口のまわりを歯磨粉で真っ白にして立っている。思わず私が、

「おい、どうしたんだ?」

とたずねると、八田中尉は、

「おい、檜、起きろよ。歯ブラシが折れたんだよ。今日はおれの最期だよ」

と真剣な顔で言うのだった。

「ばか、歯ブラシだって何かの拍子に折れるさ」

私は取り合わなかった。が、内心、いやな気分になっていた。八田中尉の縁起かつぎは戦隊内でも有名であった。しかも易者のように、よく適中することもあった。

かつて満州の東京城飛行場でのこと。厳寒のある夜半、私は彼と厠で顔を合わせた。すると、そのとき、窓越しに大きな流れ星が目の前を流れて、地平線のかなたに消えていった。それを見た八田中尉は、

「どうもおかしいぞ。郷里で何かがあったようだ」

と、心配そうに呟いたのである。それから数日後、最愛の妹が二十歳に満たずして病死したという知らせが届いたのだ。そしてこの朝、彼は自分の死を言い当てたのである。

基地にもどった私は、戦隊本部へ報告におもむくと、すでに安間大尉と第一中隊長代理の片岡正志中尉(航士五十三期)が私を待っており、三人がそろうと戦隊長の前に立った。安間大尉が、小さい声で、「敬礼」と号令をかけ、そろって挙手の礼をすると、戦隊長は左の肩を右手の拳でトントンと叩きながら出て来て、きちんと答礼を返した。戦隊長が肩を叩いているのをみたのはこれが初めてだった。相当に疲れているらしかった。

戦隊長への報告は、まず安間大尉、片岡中尉、ついで私である。

「第二中隊、ハリケーン戦闘機四機撃墜。八田中尉戦死、その他、異状なし、出動可能機数六機」

と私が報告すると、戦隊長は、

「八田は惜しいことをしたなあ。無線があったら殺さなかったのに……」

と、いかにもくやしそうに、無線のレシーバーの紐を握りしめて、しばし天を仰いだ。

やや時間をおいて戦隊長は、さらにこういった。

「本日は、敵を有利な位置で捕捉したので、全機撃墜の好機であったのに、各中隊が落ちつきをなくして一瞬の時を失した。奇襲はなかなかあるものではないが、今日は完全に奇襲できたのに、失敗してしまった。勝負は第一撃で決するのがコツだよ」

と、最初から敵を網でつつみながら、四散させたことを残念がっていた。

各中隊の戦果は、総合すると十機撃墜となっていた。だが、戦隊長はこれを聞くと、

「安間君の中隊で落とした敵機の中の二機は、第一中隊が攻撃し、煙を細く出して落ちていくところに、止めを刺したものだから重なっていると思うんだ、二機、減らそうよね。それから檜中尉のところも重複が一機あるから三機として置こうね」

といわれた。結局、この日は十機撃墜との報告を七機として司令部へ出された。それは、

「もし過大な戦果報告をして、実際に敵がいるのに敵なしということで、参謀が作戦計画をたてた場合は危険である」という戦隊長の考えから、戦果を各中隊長納得の上で削減していた。しかし、それがために戦隊の意気を鈍らせるようなことは毫もなかった。

この日、たまたまイポー飛行場へ連絡に来ていた飛行第二十七戦隊（軍偵部隊）の大坂利雄中尉（航士五十三期）は、戦隊本部前で私たちのを報告を聞いていたが、

「戦果を水増しする部隊長はいないとしても、戦果を削る部隊長も珍しい。加藤部隊長という人は、どうした人だろうか」

と、一種異様な魅力にとりつかれたと私に語った。

戦隊本部からもどり、自分の部屋に帰ると、八田中尉の身の回りの品が、朝出撃したときのままになっていた。私は思わず目頭が熱くなり、誰もいない中で、泣けてならなかった。

そのうちに、当番兵が夕食の合図の空罐を鳴らした。傷心の消えないままに食堂にいくと、八田中尉の戦死を知らない当番兵が、私の横の八田中尉の席に茶碗と箸を並べていた。それを見ると、ふたたび悲しみがよみがえってきた。私は海の中に突入した八田中尉をまぶたに思い浮かべながら、心から冥福を祈った。

夕食後、私は戦隊長室に中隊長代理に任命されたことに対して挨拶にいった。今日までの従う身が明日からは率いる身となったのである。これが定めとはいえ、弱冠二十一歳の身にとっては重い任務であった。

こうして私をふくめて、五十三期生の中隊長代理が二人生まれることになったが、第三中隊には、国井中尉と一期上の竹内中尉がおり、同期生の遠藤中尉が中隊長僚機をしている。その国井、竹内の両中尉が、第三中隊から、第一、第二中隊へ、それぞれ転属してくれれば中隊戦力の均衡がとれると思ったが、戦隊長は、無線の聞こえぬ中での戦闘においては、日頃の訓練で阿吽《あうん》の呼吸で通じ合う安間中隊をあくまでも戦隊の中核として保持した。そのために戦隊長自身は、第一、第二中隊を直接指揮して、戦隊長であり、また中隊長でもあることになり、激烈な出動がつづくのであった。

その夜、戦隊長に挨拶した後、私は率直に戦隊長にうかがってみた。

「一番、気をつけるべきことを、ご指摘ください」と。

戦隊長はしばらく考えていたが、なごやかに、

「別にこれということはないが、これまでの経験でなかなか思うようにならないということは知っただろう。それがわかればいいんだ。ただ部下を連れると、この場合はどうする、こんなときはどうすると、最低三つは腹案を練って準備して置くことだ。そして、その腹案の中に入った場合は勝てる。勝負は刀の鞘の中で決するんだよ。このことだけは忘れないように……」

と言われた。

私はそのあと自室にもどると、八田中尉の遺品だけは自分の手で整理したかったので、さっそくとりかかった。彼の落下傘袋の中を見ると、彼が愛用していた銀座の「イワキ」で買ったドイツ製のサングラスが置いてある。

どうして、かけていかなかったのだろうか。いつも私がうらやましがっていたので、彼は死を覚悟して私に残していったにちがいない。

この夜、私は戦隊長の指示によって八田中尉の尊父八田一雄大佐に、戦死情況を知らせる手紙を書いた。私も明日の生命はどうなるか予測できないので、その日のうちにまとめておこうと筆をとったのである。だが、八田中尉の尊父のことを考えると、筆は遅々として進まなかった。妻と娘にさき立たれ、いままた一子を失う、その心情いかばかりか、と筆は重かった。

残敵横行「シンガポール」上空ノ「ゲリラ」戦ハ連日続ク、今ハ既ニ大泉中尉戦死シ、赫々タル伝統ニ輝ク第二中隊ノ歴史ノ下、重責ヲ担ッテ連日ノ奮闘ヲ続ケアリシ八田中尉、時シモ一月二十日、爆撃隊ト連携シ、高々度ニ散在スル敵ヲ索メテ、加藤戦隊長ノ第二編隊長トシテ、辰巳曹長ト佐伯敦義軍曹ヲ率イ、勇躍「イポー」飛行場ヲ出発セリ。十一時五分、遙カ右前方ニ「ピアイ」角ヲ望ミツツ「セレター」飛行場ノ黒煙天ニ冲スル中、高度六千米ヲモッテ「シンガポール」南方海上ニ出ズ。寒冷身ニ滲ミ太陽ハ折カラ青白ク照リ輝キテ、閑静無気味ノ数分ヲ送ル。左前方、市街上空ニ白ク、マタ黒ク旺ンナル高射砲弾ノ炸烈セシ時、遙カ下方、三千二百米付近ニ、青波ニ投ズル敵影四、五ヲ発見セリ、逐次、高度ヲ低下シ前方ヲ制シ市街南側海上ニコレヲ完全ニ捕捉ス。今マデハ一回ダニ姿ヲ見セザリシ英軍ノ誇ル「ハリケーン」機ナルヲ知ルヤ、心モ更ニ躍動スルヲ覚エ、戦隊長ノ攻撃下令ノ機翼ノ躍ルト見ルヤ、敵ハ四散狼狽セリ。火ヲ噴キテ海上ニ舞ウ敵機、水母ノ如ク漂ウ落下傘、火ヲ噴ク銃口、混戦乱闘ハ続ク。八田中尉ハ戦隊長ノ攻撃下令ト共ニ急降下ヲモッテ逃レントスル敵ニ喰イ下リ、白キ尾ヲ引カシメテコレヲ撃墜シ、乱舞スル彼我ノ圏ニ分ケ入リテ奮戦ス。逐次、敵ハ兵力ヲ増シ戦闘数分ニワタル。サレド技倆ノ大差如何セン、高射砲ノ爆煙消滅セシ頃ハ既ニ大勢ヲ決シ、海面近ク、敵ノ一機、二機ノ逃避スルヲ発見スルノミ。戦隊長ニ続ク第三中隊モ既ニ編隊ヲ集合シ、凱歌ヲ上ゲテ帰途ニ着ケリ。今ハ僚機ト分レ、単機奮戦、最後ノ敵ヲ惜シクモ逃シタル八田中尉ハ急遽主力ニ追及セントセリ。サレド何タルノ魔事ゾ、後方ヨリ一旦逃レタル敵二機ガ追及シ来タルヲ知ラズ、気付キタル時ハ既ニ遅ク、至近距離ニ迫リ猛射ヲ浴ブ。小癪ナリト猛烈ナル反撃ヲ試ミタルモ、最早、敵弾ヲ受ケタル身体ノ自由利カズ、萬斛ノ恨ミヲノンデ「シンガポール」南方海上、数粁ノ地点ニ壮烈ナル自爆ヲ遂ゲタリ、時当ニ十一時二十分ナリ。

いまは八田中尉の尊父も死去し、金沢市広昌寺の墓所に葬られている。日本アマチュアレスリング協会長、元参議院議員の八田一朗氏がただ一人の叔父であるが、いまはすでに亡き人である。

覆面を脱いだ隼号

当時、私たち一式戦闘機は連日の出撃で、地上にいるより空中にいる時間のほうが、多いような状態であった。とても一般の常識では考えられないこの飛行を可能にしたのは、ひとえに各中隊整備員の日夜たゆまぬ努力の賜物であった。

加藤戦隊長は、その整備員の労苦をよく理解していた。出撃でどんなに疲れていても、かならず一度は暗夜作業をしている現場におもむいて、整備員たちをねぎらって歩いた。

飛行機はパイロットの生命であり、また血の通った分身でもあった。ちょっとした故障でも死に繋がることはいうまでもない。しかも一式戦闘機は航続距離が長いので、一度出撃すると帰還するのは夕方となる。したがって翌早朝の出撃に備えて、整備員の作業は、連日、徹夜となる。また出撃から帰った機体のエンジンは、手も触れられないほどの高温であるが、たとえ一分の時間も惜しいとあって、整備員は機体に群がるようにして、整備に取りかかる。夜間空襲であっても、もちろん手を抜くなど出来ることではない。ベテランの整備員たちの中で新技術を修得してきた少年整備兵たちの活躍も目ざましかった。

三月初旬のある日のことだった。飛行団司令部に連絡に行って帰ってきた遠藤中尉が、飛行機から降りてくるなり、私のほうに駆け寄ってきて、

「檜、一式戦が〈隼〉になったぞ！」

と、顔を紅潮させながら言った。そして、一枚の新聞をさし出した。見ると一面いっぱいに一式戦の雄姿が掲載され、『覆面脱いだ隼号』と大きな見出しがついていた。記事にはこうある。

『マレー作戦に初めて姿を現わした米英の精鋭スピットファイアー、ハリケーン・カーチスP‐40等と交戦し、至るところ無敵の威力を発揮して緒戦の戦果を飾り、活躍をつづけるわが陸軍最新鋭戦闘機が、今回、覆面を脱いで発表となり、その名を隼号と命名された』

私はさっそくこのことを戦隊長に報告した。

戦隊はこの発表に喜び、大いに湧き立った。これまで、ことあるごとに私たちが歌っていた戦隊歌の、「隼は征く」と合致したことも僥倖であった。

一式戦闘機を「隼」と命名したのは、その活躍を認めた航空本部の西原勝少佐などが、「現在、敵国の戦闘機は、ハリケーンとか、バッファローなどの名前があるように、日本式の名前をつけたらどうか」と、発案したからであった。

「隼」戦闘機——じつにいい名前であった。思わぬ長距離から忽然と現われては、かき消すが如く去っていく！「隼」の名はそのまま加藤戦隊の歴史であった。

「隼」は海軍の「零戦」と並んで双璧と言われ、これだけの長距離飛行ができる飛行機は他国にはなかった。ノモンハンで活躍した九七戦も、けっして悪くはなかったが、脚が出ているため、速度を増すと機体が震動し、射撃の照準が定まらない欠点があった。

しかし、「隼」はそれに反して急激な操作さえ避ければ空中分解を防ぐことができるし、追撃の折も、速度が出れば出るほど飛行機が安定し、射撃の命中精度も高かった。このため逃げる敵も捕捉して撃墜ができた。そして、この名機——一式戦闘機は、加藤戦隊長という名パイロットによって、花開いたのであった。

敵航空部隊のゲリラ戦的反撃も、日を追って活発になってきた。それを沈黙させるには、こちらも攻撃の手をゆるめるわけにはいかない。

一月二十一日、この日は、おりからの晴天にめぐまれ、絶好の攻撃日和であった。私たちは戦隊長機を先頭に、ふたたびシンガポール上空へ出撃した。戦隊長には、僚機として私の中隊から辰巳英夫曹長（下士八十二期）、第二中隊からは第三番機として多久和茂軍曹（少飛第五期）が選ばれて従っていた。私はこの日、第二編隊長としての出撃であった。

基地を出てから五分くらい経過したときだった。ふいに私の愛機が横ぶれの振動を起こした。同時に、爆音も不調になった。

いままでにない珍しい故障であった。私は翼を振って引き返す旨を戦隊長に知らせると、急遽、基地へ引き返した。

飛行場では、不調爆音をたてながら帰ってくる飛行機を見て、整備員全員が、滑走路のほうへとび出してきた。私が着陸し、赤の矢印の第二中隊とわかると、第二中隊担当の中尾整備班長と石田准尉が、申しわけないという表情で走り寄って来た。二人ともいまにも泣き出しそうな顔していたが、石田准尉の方は、拳で自分の頭をコツンコツンと叩いている。

私は飛行機から飛び下りると、一機あった予備機の方へはしった。

すでにエンジンが始動している。すぐにそれに乗りかえると、私はふたたび戦隊のあとを追った。

戦隊長はいつもより高度を高目にとんで敵地上空に進入し、制空をつづけながら爆撃隊の進攻を待っていた。私が追いついて行動をともにしていると、千メートルくらい上空を飛翔している一個編隊を発見した。一見したところ、友軍機とも見えたが、確認できない。「彼我不明のときは敵と思え」の原則通り、戦隊長は急上昇に移った。太陽を背に敵の前方をおさえる態勢で近づいて見ると、まぎれもなく敵戦闘機バッファローの五機編隊であった。戦隊長は、今日は完全に奇襲態勢にあると満足していたのであろう。ダ、ダ、ダ、ダ！と機を逸せず、ただちに攻撃に移った。だが、この一瞬、他の編隊はまだこの敵を的確に見つけていなかったのである。あれよと思う間に、敵もわが方に気づき、垂直に降下して逃避しようとした。ここで彼我の間に壮烈な空中戦が開始されることとなった。

辰巳曹長は戦隊長機に従って戦闘に加入し一機の敵機を追撃していたが、逆に後方から他の敵機の奇襲を受けた。これを必死に旋回してはずそうとしたが、一瞬、機体は火につつまれてシンガポール南方海上に散っていった。しかし、私はこのとき、中隊の部下が戦死したのも知らず、単機で戦隊長を探し求めていた。おりから立ちこめる靄のために視界が極度にわるく、ついに見つけることができなかった。

この日の戦隊の戦果は撃墜六機を数えたが、私の中隊は辰巳曹長を失い、またしても戦力は下がるばかりであった。

戦隊長は、帰還後、ただちにつぎの作戦打ち合わせのため、飛行団司令部に飛び立っていった。それにしても、戦隊長はいつ休養をとっているのだろう。中隊長の役割も兼ねる戦隊長の労苦は、とても私たちには推しはかることはできなかった。このところ飛行機から下りるたびに、戦隊長は右の拳で左の肩をトントンと叩きながら、控所に入る姿が目立つようになっていた。そのようすには色濃い疲労の影が宿っていた。

そんなある日のことだった。その日は整備に当たっていた日なので、私は戦隊長に報告することがあって、戦隊本部を訪れた。ちょうどそのとき、無線班の下士官が呼ばれて無線のことで戦隊長から指示を受けている最中であった。

私がかたわらで立って聞いていると、いくら努力しても聞こえぬ無線機とあっては、無線班の下士官の声はしめりがちで、目を伏せてうつむいたまま返事をしていた。すると、戦隊長は、

「君！　相手と話をするときは、まっすぐ相手の目を見て答えなさい」

とたしなめていた。人間はつねに正直で、しかも自信をもって相手に接することが人間としての基本であることを教えられていたのだ。

無線班は、小森淳四中尉（陸士五十三期）が隊長で頑張っていたが、無線はまったく通せず、その構造的欠陥に、彼は泣かされていた。

そんな状況だったので、戦隊長に呼ばれている小森中尉の姿を、私は毎日のように見かけていた。彼は宿舎に帰っても、沈黙の日がつづいていたのであった。

戦隊長は明野陸軍飛行学校の教官であったときの昭和十一年、陸軍通信学校で徹底的に通信の教育を受け、戦闘機パイロットとしてはただ一人の権威者であった。こうしたことから、とくに無線の知識が豊富で、空中戦で失った部下たちについても、無線さえ聞こえていたら、けっして死なすことはなかったのに！と、いつも残念がっていた。しかし、こうした構造的な欠陥は、一無線班の力だけではどうにもできない問題であることも、戦隊長は知っていたのである。

このころ、戦隊の出動回数は、地上軍の進出に呼応して制空権を完全に確保するために、

ますます多くなっていた。だが、敵機は徹底した持久戦をとっており、そのため一挙に撃滅することが困難であった。ましてや敵のハリケーン戦闘機は、私たちが六千メートルで入ると八千メートルで進入すると、七千メートルの上空にいる。それではと七千メートルで待ちかまえているという具合で、まったく捉え難い敵であった。

一方、一式戦闘機「隼」は、最大速度は四百九十五キロで、馬力は百五十馬力、十二・三ミリ機関砲一門と、七・七ミリ機関銃一梃の装備であるが、それに対して敵機ハリケーンの速度はほぼ同様だが、七・七ミリ機関銃十二梃もの火砲装備をもっており、しかも操縦席の背当板は三十ミリの厚い鉄板で防弾をしているという重装備ながら、高空の戦闘には強かった。

高度七千メートル以上では、私たちが全馬力を出し、エンジンも割れんばかりに追いかけても、ずんずんと引き離され、切歯するだけであった。私はいろいろと考えたすえ、なんとか有利な戦闘をしたい、という一念から、ある日、庄子機付長と一緒に愛機の胴体内にもぐりこみ、「これは要るか、要らないか?」と使用していないものはタンク類やら付属品を、つぎつぎと取りはずした。操縦席の背当板もジュラルミンの椅子をおおっている皮革などは、まったく防弾の用もなさないので取りはずした。それで少しは重量が軽くなったが、私の希望する重量削減までには、ほど遠かった。そこで無線班の少年飛行兵出身の増田昌信伍長を呼んで、

「増田伍長、じつは敵のハリケーンをやっつけるために重量を軽くしたいんだ。この無線機

は聞こえないから役に立たん。すぐに取りはずしてくれ」

と、なかば命令調で言った。すると、色白の増田伍長は、顔をまっ赤にして、しばし私を睨んでいたが、返事はしなかった。私はなおも重ねて、

「かまわんから、早くやれ」

というと、彼はしおれたようすで作業にとりかかった。やがて取りはずされた無線機を持ち上げてみると、相当な重量であった。

「よし、これならハリケーンと五分にわたり合えるぞ」

私は自信をもってハリケーンと遭遇する日を待った。

その日の夕食のときだった。私は戦隊長にお願いした。

「僚機に任せていては、なかなか撃墜する機会が回ってきません。今度は真っ先に、私にやらせてください」

すると、戦隊長は笑いながら、さとすようにこう言った。

「よしよし、まあいいだろう。しかし、慌てるなよ。戦さはまだまだつづくんだからな」

つぎの日の戦闘で、戦隊長の真下へハリケーンが一機、ふらふらと迷いこんできた。さっそく戦隊長は私に、「やれ!」の合図を送ってくれたので、間髪を入れず後上方から一連射をぶちこんだ。だが、敵機は発火の寸前に、まっ逆さまに雲の中へ逃げこんでいった。

私も惰性で一緒に雲の中へ突っこんだが、夢中で機首を引き起こして雲の上へ出た。敵も

あの速度で密雲の中へ突入したのでは、どんなに優秀な操縦者でも地面に激突のほかはあるまい。しかし、もちろん戦果には入れてもらえなかった。

あくる二十六日、この日は戦隊長機には私の中隊から、菊地愛人少尉と後藤力曹長（下士七十七期）の二人を僚機としてさし出した。

九時四十五分に出撃して、例のようにシンガポールへ向かった。私は奥山曹長を率いると、第二編隊として離陸した。

十一時三十分——高度六千八百メートルで、シンガポール上空に進入した。約三十分間にわたり大きく旋回して爆撃隊を掩護する。

爆撃が終わり、連日、炎上するセレター軍港の石油タンクから立ち昇る黒煙を見ていると、突如、戦隊長機の翼が激しく振られた。戦隊長は遙か左前方に二式戦闘機（キ四四）の二機編隊が飛んでいるのを見ていたが、それがだんだん近づいてくるので注意はしていたが、それがハリケーンだと気がついたときは、すでに遅く、こちらは完全に不利な態勢となっていた。そこで戦隊長は不覚をとったと悟り、とっさに翼を振ったのである。ところが、幸運なことに、敵機もまた私たちを友軍機と間違えたのか、旋回して機首をはずしたのだ。

——やれ、助かった！

私は冷や汗が出る思いで戦隊長機の方に近づいた。すると戦隊長は、左手を前方へ突き出すようにして、「いけ、いけ！」と合図する。

私は胸をおどらせて、その敵に対して後上方から追撃した。射距離に入ると、まだまだ、充分に近づいてからだ、と逸る気持を押さえて、なおも追う。上空では戦隊長編隊が大きく旋回して見まもってくれている。敵機の両翼には紅の襷のマークがはっきりと見えた。

――よし、いまだ！

私は、ダ、ダ、ダ、ダッ！　と一連射撃ちこんだ。すると敵機の右翼から、ガソリンが白い尾を引いた。一瞬、敵機が反転する。その腹に、派手な赤いマークがいくつもついているのが見えた。それは撃墜機数を表わすマークで、さぞかし名パイロットが搭乗していたに違いない。だが、いまやその敵機は、私の目の前を悪性錐りもみとなって、大きく弧を描いて下へ下へ吸いこまれていった。

おそらく今夜は敵基地で、この名パイロット戦死の追悼式が行なわれることだろう。また、同僚や後輩たちが戦友の仇とばかり、闘争心を燃やして挑んでくるはずである。私たちも、そして彼らもまた必死であり、これが戦争というものなのであろう。

私が基地に帰って報告をすませ、ピストで休んでいると、伝令がきた。戦隊長が第二中隊の整備班で、私を呼んでいるという。

「何ごとだろう？」

さっそく赴いて見ると、増田伍長が戦隊長の前で小さくなって立っていた。私が取りはずさせた無線機が、巡視中の戦隊長に見つかったらしい。

「これは風向きが悪いぞ」

私はそう思いながら、

「檜中尉、参りました」

と言った。しかし、その言葉も終わらないうちに、

「檜、無線機をなぜはずしたのか！」

戦隊長の大声が私の耳を打った。

「はい！……」

私は後の言葉がつづかなかった。ハリケーンの対抗措置といおうとしたが、それが口から出ない。戦隊長の胸元の無線のレシーバーと、咽喉送話器が大きく目に写ったからである。それは日ごろから「空中戦の勝敗は無線で決まる」と、口癖のように言い、絶えず無線訓練に努力している戦隊長の姿であったからだ。私はただ一言、

「申しわけありません」

と、すなおに謝るしかなかった。すると戦隊長は、

「すぐに積みなおせ」

一言だけそう言うと、すたすたと行ってしまった。こんなとき、くどくどと文句は言わない。が、その口数の少ない一言には、数多い小言より一段と骨身にこたえるものがあった。

大いに反省しながら控所にもどると、ふいに横合いから、

「檜中尉どの！」

声をかけてきた者がある。見ると三砂英吉曹長（下士八十二期）が直立して、敬礼をしていた。

「あっ、……三砂！」

私は思わず幽霊ではないかと、その足元を見つめた。もう戦死したものと諦めていた私は、夢中で彼に飛びついて、

「三砂、無事だったのか。よかった、よかった」

彼は前日の出撃でエンジンに被弾、クアラルンプール沖のクラン海上に不時着したという。三砂は泥まみれの航空服の背中に、箱のようなものを背負っていた。よく見るとそれは、彼の郷里の氏神様の神棚であった。三砂はいつも神棚を飛行機に乗せて、戦っていたのである。

前日――、私が攻撃から帰ると飛行場で、三砂機の機付整備員が車輪止めを捲いたまま、放心状態になっていた。

「どうしたのだ？」と聞くと、

「はい、三砂曹長どのがまだ帰還されていないのです。檜中尉どのはご存じありませんか？」

と、いまにも泣き出しそうな表情でいう。控所で帰還した連中にたずねると、

「クアラルンプール沖の海岸で、一機ひくく飛んでいる飛行機を見た」

と言う者がいた。そこで私は、なおも南の空をじっと見つめている整備員に向かって、

「これから、おれが探してきてやるから待っていろ」

連日の出撃で疲れていたが、そんなことは言っていられない。私はすぐに捜索に飛び立った。現場付近におもむくと、無数に入り組んでいる小島の椰子の梢すれすれに、何度も旋回

飛行をくりかえして探し求めた。だが、四、五十分もすると、周辺は次第に暗くなって捜索が困難となったため、諦めて帰るよりなかったのだ。そのことを三砂曹長に告げると、

「そうでしたか。上空を旋回する飛行機はよく見えました。けれど椰子のかげになっていて発見してもらえなかったのですね」

彼は海面に不時着すると、すばやく沈みかける機体から神棚だけを下ろして島に泳ぎついた。そして、島のマレー人の小舟で、地上部隊の駐屯地まで送ってもらい、そこから部隊の車で帰り着いたのであった。

空中戦士の掟

私が中隊長代理になって、初めて味わった苦労は、人事面のことだけではなかった。とくに苦労したのは、出撃からもどって、中隊長の任務となっている戦闘詳報を記入することであった。

これにはその日の出撃機数、出発時刻、彼我の位置関係、攻撃開始、あるいは攻撃を受けた時刻、空中戦闘の状況、戦果、わが方の損害、戦闘終了の時刻、基地帰還の時刻等を細かく綜合的に記録しなければならないのだ。またこの記録によって、将来の所見を述べることも要求された。

指揮官は出撃のとき膝当板（記録紙のケース）を、左膝につけておく。そして、空中戦の模様をメモし、さらに戦闘終了ともなれば敵地上空の地点を標定して羅針方位を決定する。

その上で部下を連れて帰らなければならないし、もちろん戦死した部下の活躍状況の記録も重要である。とくに上官の消息とか、部下の戦闘状況を見定める能力を持たないと、部下は心から安心して従ってくるものではない。

また、この戦闘詳報を受け取る戦隊本部の担当官の事務は、さらに繁忙をきわめた。飛行団司令部よりの命令受領、情報の収集、戦闘詳報、功績名簿の保管等、煩雑な仕事が山積していた。そのため担当の市川信雄軍曹は連日の激務に追われて、病人のように顔色がすぐれなかった。

私はある日のこと、戦闘詳報を携えて戦隊本部におもむいたが、そのとき、

「戦隊長、いままでの戦闘状況を戦訓として、明野飛行学校へ送られては如何ですか」

と進言した。すると戦隊長は、

「檜、うちの戦隊で戦訓になるような戦闘は一回もないよ。恥ずかしいことを言うな」

と一蹴された。

私は中隊長代理となって日も浅かったが、中隊を率いる重責に夜も眠れぬ日がつづいた。指揮官としての孤独と苦悩をはじめて知ったのもこのころである。

一月二十九日、この日の攻撃は払暁の出撃となった。戦隊長機と僚機二機、私の率いる三機の六機編隊であった。私が愛機に乗りこんで、いざ出発というとき整備班長の中尾中尉が、翼の上に駆け上がってきた。

なにかあったのか、とレバーを閉めて回転をおとすと、彼は私の耳元へ口を寄せて大声で、

「檜、死ぬなよ。いいか、かならず帰ってこいよ！」

と、命ずるような、哀願するような、熱い眼差しでそう訴えた。私は力強くうなずきかえすと、出撃の合図をして離陸に移った。

彼は中隊の操縦者が次々と戦死するのを、見ていられなかったのであろう。それまでもどれほどの操縦者が、笑顔を残して出撃したことだろう。それがまるで神かくしに合ったように、二度とふたたびもどって来ないのである。その未帰還の原因を、「自分たちの整備の不備ではないのだろうか？」と省みて、出撃の度に整備兵たちは、祈るような気持で私たちの帰還を待っていたのであった。

私は上昇を終えて水平飛行に移ったとき、いまの中尾中尉の言葉が実感として甦ってきた。——やっぱり同期生はいいものである。よし、やるぞ、中尾！　そして、かならず帰るからな。

空中戦士の生きて帰る道は、勇敢に戦い、絶対に勝つことである。

この日も例によって戦爆連合で攻撃する予定で、マラッカ海峡のクアラルンプール沖で集合することになっていた。しかし、どうしたわけか予定時刻になっても、爆撃隊の姿は見えなかった。たぶん出撃が遅れたのだろう。戦隊長は爆撃隊の進入する前に、敵を叩いて置こうと決心すると、ただちにシンガポールに向かった。

一時間近くも、大きく旋回して制空をつづけたが、やはり敵機は見えなかった。張りきっていた私は、いつもより攻撃時刻をずらしたので、もしや敵と遭遇できるのではないか、と期待していただけに、残念でならなかった。

高度七千メートル――この日の寒さは格別であった。地上は炎熱下でも千メートル上昇する毎に約六度ずつ気温が低下する。軽装で上空にいる私たちには寒さが身にしみる。ふと気がついて見ると、前方を飛んでいる戦隊長の天蓋が、いつになく閉まっている。こんなことは、いままでに一度もなかった。

――おや、どうかしたのかな？

戦隊長の顔は真っ黒いサングラスで隠れている。

やがて戦隊長は高度を静かに下げていった。高度計の指針は六千五百メートルを指している。シンガポール南方海上に出たとき、突然、ジョホールバール方向で、高射砲弾が激しく炸裂しているのが見えた。その弾幕につつまれるようにして飛んでいるのは、爆撃隊の大編隊であった。

――しまった！

私がそう思ったとたん、戦隊長機の天蓋が開けられた。ただちに全機は全速で爆撃隊の後を追ったのだが、どうしても合流することができなかった。爆撃隊は、遠くから見たところでは、その乱れた編隊のようすなどから、「敵戦闘機の攻撃を受けた可能性が強い」と推測できた。戦隊長も、「もしや爆撃隊が被害を受けたのでは？」との気持が強かったようだ。

このため基地にもどっても、爆撃掩護の任務が果たせなかった自責の念からか、いつになく沈痛な面持であった。しばらくすると、第一中隊の大森庄吉曹長機が帰還し、つぎのように報告した。

この朝の出撃計画は、大森曹長を加えて、三個編隊で出撃する予定であった。が、大森機はエンジン不調となったので、急遽、編成替えをして二個編隊で出撃したのであった。だが、まもなく大森機の故障はなおり、ふたたび編隊のあとを追った。大森機は全速力でマラッカ海峡上空まで来たが、編隊を発見することができない。なおも南下をつづけていると、後方から爆撃隊の大編隊が進攻してくるのに気がついた。大森曹長はとっさに、

――そうだ、この爆撃機についていけば、編隊と合流できるだろう。

と判断し、ただ一機で爆撃隊の後上方からついていった。まもなくシンガポール上空まできたが、目指す編隊の飛行機はどこにも見当たらない。そのうちに爆撃隊は、爆撃目標のコースに入り爆弾を投下した。すると、そのとき突然、敵の高射砲の弾幕がいっせいに爆撃隊をつつんだ。これが合図のように、敵戦闘機六機が爆撃隊に襲いかかってきたのである。大森曹長は、「よし!」と、勇敢にも単機でこの敵戦闘機六機に立ち向かった。そして、激しい空中戦の末、そのうちの二機を撃墜した。ふと前方を見ると、爆撃機が一機、ガソリンの尾を引きながら降下していくのを見かけた。さらに他の一機も隊列を離れたという。

この大森曹長の報告を聞いていた戦隊長は、「二機の爆撃機が犠牲になった」と聞くと、急に顔色を変えた。

任務必達を信条とする戦隊長には、堪え難い打撃であったにちがいない。夕食のときも安間大尉がしきりに話しかけていたが、ひと言も返事をせず、沈痛な表情をくずさなかった。

ところが、食事が終わりかけたころ、戦隊本部の大崎少尉が電報を持ってやってきた。

それは爆撃隊長からの電報で、

〈密接ナルゴ協力ヲ深謝ス、我方一機クアラルンプール飛行場ニ着陸、ホカ異常ナシ〉

つまり、一機はぶじに基地に辿りつき、他の一機は占領したばかりのクアラルンプール飛行場に不時着したことが判明した。これを知った戦隊長の表情に、やっといつものような笑みが浮かんだのである。

戦隊長はこの日の失敗について、

「間合いの取り方を油断していた」

と深く後悔していた。これは爆撃目標付近を中心に行動していて、即座に対応できる距離に間合いを保つべきであった、という反省でもあった。

得意自重、失意泰然

ある夜ふけのこと、私は眠れぬままに宿舎を出て飛行場へおもむいた。翌朝はまた出撃なので、夜間整備をやっている中隊の整備兵を激励しようと思ったのだ。

熱帯の夜は飛行場をおしつつみ、無風のためか暑さがムッと全身をおおう。その中で、懐中電灯を頼りにエンジンの整備をする者、機関砲の調整をする者、黒い人影がいそがしく働いている。明朝の出撃に備えて、翼の下で仮眠をとっている者などもいる。「整備班も大変だなあ」と私は改めて感じ入った。

将校食堂で戦隊長と一緒に私たちが食事しているときも、整備班長の新美中尉と中尾中尉がその席に姿を見せたことは、開戦以来、一回もなかった。

——いったい、彼らはいつ食事をし、いつ寝ているのだろうか?

私は知らぬまに、戦隊歌を小声で口ずさんでいた。

寒風酷暑ものかわと
艱難辛苦うち耐えて
整備に当たる強兵が
しっかりやって来てくれと
愛機に祈る親心

ふいに闇の中から整備班の石田周三曹長の姿が見えた。私を目ざとく見つけて飛んできたのだ。

「整備班、夜間整備中、異常ありません!」

元気いっぱいに報告する。私は、

「いや、ご苦労さん、明朝の出撃は早いので、よろしく頼むよ」

とねぎらうと、石田曹長は笑顔で、

「はい、頑張ります。加藤教ですか……」

と、そう言うと、闇の中へ消えていった。このころ、戦隊ではいつからともなく、任務を果たすことを、〝加藤教〟という言葉で表現するのが流行していた。

――なるほど、加藤教か。

と、私は、教祖にも似た信頼を戦隊長に抱いている自分を改めて見なおすこととなった。

『軍隊では命令で部下を動かすものでなく、心で動かすものだ!』

これが加藤戦隊長の信念でもあった。連日の出撃――それを可能にする心の通った整備ができたのも、戦隊長の人柄のなせる業と言っても過言ではない。

また加藤戦隊長は、開戦以来、一式戦闘機「隼」の構造的欠陥で最愛の部下をつぎつぎに失ったことに、人知れず堪え難い苦悩を抱いていた。たとえ作戦上の要求とはいえども、なんたる非情かと自らを責めていたのである。

そういうことから戦隊長は、航空本部に対して、欠陥の改修を、微に入り細に入り要求しつづけていた。それが貴い体験によるものだけに改修が急速にすすみ、補給される飛行機は名機「隼」に変貌しつつあった。強度を強くしたことは、空中分解をおそれる私たち搭乗員にとって、なによりの喜びであった。

さて、こうした連日の激しい戦闘での消耗と出動回数の増加のために、エンジンの摩耗がはげしく出力も低下したので、戦闘性能がわるく、そのころ私たちは、新しい補給機の到着を待ち焦がれていた。

前の年の十二月二十九日に、本山明徳中尉（航士五十三期）が補給機三機を台湾から受領してきて以来、徐々にではあるが、また新たな補給機が入ってくるようになった。私としては、シンガポールに対して連日出動の状況下では、一機の補給機でも、のどから手が出るほど欲しいが、私の中隊への割り当ては少なかった。

というのは、なにしろ第三中隊は安間大尉が大先輩とあって、戦隊長の信頼も厚い。その上、安間中隊は、国井中尉、竹内中尉、遠藤中尉、細萱政晴曹長、安田義人曹長、横井明司軍曹（少飛五期）といった強力な陣容で編成されていた。しかも戦力は船団掩護で都築曹長を失った以外は、開戦以来、一人の戦死者もなく戦果を挙げているのだ。それにくらべて私の中隊は、相ついで戦死者を出し、見るかげもないほど戦力が低下していた。

——ああ、補給機が欲しい。だが、わがままは言えんなあ！

第二中隊長代理である私も、この点で意気消沈した毎日を過ごしていた。

こうしたある日、また新しい塗装をほどこした補給機が到着した。

——また指をくわえて、眺めていなければならんのか。

と、思っていると、

「檜中尉どの、戦隊長どのが戦隊本部でお呼びです」

と、当番兵が伝えに来た。さっそく、戦隊本部まで出向くと、そこにはすでに安間大尉と片岡中尉が私を待っていた。三人がそろうと戦隊長から、補給機の配分の申し渡しがあった。

それは思いもかけず私の第二中隊と、片岡中尉の第一中隊、安間大尉の第三中隊と平等の配分であった。私と片岡中尉は、思わず顔を見合わせニヤリとして、戦隊長に深く頭を下げた。戦隊長の配分は公平で、なにごとにも深い配慮が感じられるのだった。

いよいよシンガポール攻撃も大詰めに迫っていた。イギリス帝国が難攻不落を誇っている東洋の牙城も、いまや見るも無残に崩れ落ち、市街地のいたるところから、まっ黒な煙を上げていた。中でもセレター軍港付近の黒煙は、すでに十日あまりも炎々と燃えつづけていた。

私は機上から大きく振り返って、南方の海上を見た。そこには座礁した大小さまざまの艦船の間を縫って、おびただしい数の敵の舟艇が数十条もの白波を蹴立てて、南へ南へと逃れていた。それはつぎの防衛線への集結であろうか。

すでにわが地上兵団は破竹の勢いで、シンガポール島の対岸ジョホールバールへ殺到している。地上部隊の合言葉は、『二月十一日の紀元の佳節にシンガポール全島の攻略を！』であった。

シンガポール攻撃がはじまってから、すでに二十日近くの日時が経過している。各地では文字通りの死闘がくりかえされていたが、敵はもはや組織的な抗戦は不可能と判断されていた。

一月三十一日――この日は私も、僚機に後藤力曹長と奥山長市曹長を連れて、第三中隊の竹内正吾中尉の指揮する一個編隊にしたがって出撃した。合計六機の編成であった。その任務は、第十二戦隊（北島部隊）重爆隊の掩護である。ふと高度計を見ると、七千八百メートルを指している。道理で寒いはずだ。私はマフラーを左手でかき合わせて上着の襟をたてると、爆撃隊の右側上方に位置した。

これまでの連続攻撃により敵戦闘機を撃滅しているので、今日はまず敵は現われないだろうと、私は予測していた。

そうした考えのためか、気持にも余裕が生まれ、ときには、爆撃隊の搭載している爆弾が爆撃機の機体を離れる瞬間を、間近に見たいものだと、思ったので、私は座席から上半身を乗り出した。その瞬間、ふいに愛機がぐらぐらっと揺れた。見ると、すぐ近くで高射砲弾が炸裂しているではないか。私は初攻撃のとき敵の高射砲弾のために編隊を乱したことがあった。そのとき、戦隊長と安間大尉から、「高射砲が怖いような者は、戦闘機に乗るな!」と、同じように注意されていたことを、ふと思い出した。だが、いざとなると、やはり恐ろしい。いくら平常心を保とうとしても、内心おだやかではいられなかった。

やっと弾幕をはずして市街地の上空へ進入すると、南側にある港湾付近が、爆撃隊の正確な爆撃で白煙につつまれていた。

全弾命中! 任務を終えた爆撃隊は、ゆっくりと左旋回して、ジョホール水道の上空を北上し帰路につきかけていた。そのときだった。左後上方でピカリと光るものがあった。

——敵機だ!

私にはすぐにピンと来た。

よく見ると、ハリケーン戦闘機十数機の大編隊であった。私は急激に翼を振って僚機に合図すると同時に、ただちに攻撃に移った。爆撃隊を狙っていた敵機も、私たちを見ると猛然と立ち向かって来た。爆撃隊は、増速し、必死に戦場からの離脱をはかっていた。が、早くも一機の敵機がその爆撃隊に迫っていた。友軍の爆撃隊には防弾装置もなく、また燃料タンクの防火設備も不備だった。もしも敵弾を受ければひとたまりもない。私はなにを置いてもこの敵を追い払わなくてはと、エンジンを最大限にふかし全速で敵の一機の真後ろにぴったりとつけた。幸い敵機はそれに全く気づいていない。

——しめた！

ぐんと距離をつめ、照準眼鏡に正確に敵機を捉えると、発射ボタンに指をかけた。だが、もう一度よく見ると、なんと私の照準眼鏡の中には味方の爆撃機も入っていたのだ。ここで撃てば友軍機にも命中する。止むを得ず私は照準をはずして、ダ、ダ、ダ！　と威嚇射撃を行なった。いままでの敵機なら、こちらが機首を向けるだけで、反転して逃げたのだが、いま私の前にいる敵機は、いっこうにひるむようすもない。いや、こちらの攻撃に気づいていないらしい。

私は一瞬、どうしようかと思った。後方からは早くも別の敵機が迫ってきていた。もう一刻も待てない。このままでは爆撃機が落とされると思った瞬間、前方をゆく味方爆撃機が猛烈に反撃に出た。もう躊躇してはいられない。同士討ちになりかねないが、私は決心すると、ダ、ダ、ダ、ダ！　と発射ボタンを押した。すると、前方の敵機はたちまち黒い煙に包まれて墜落していった。幸運にも私の弾丸は味方機からそれたと見えて、全機なにごともなく飛びつづけている。私は反転して、ふたたび戦闘圏に入ると、竹内中尉機が二機の敵機を相手にくんずほぐれつの戦闘の真っ最中であった。

どうやら敵は最後の決戦に出たのか、旋回戦闘で執拗に戦いを挑んでいた。だが、竹内中尉は、生来、豪胆で、操縦技倆にすぐれ、とくに近迫射撃は絶妙をきわめ、鬼中尉とまで言われた、いわゆる〝撃墜王〟の一人であった。

その彼の射撃をうけるや、たちまち敵の二機が、キリもみとなって落ちていった。私はそれを横目で見ながら上昇中の敵の一機を追った。

水平速度では、いくぶん敵機の方が速い。だが、旋回性能では、こちらがはるかにすぐれていた。よく見ると、敵機の尾翼に鮮やかな赤色のマークが見える。相当なパイロットらしい。射距離は五十メートル。私は敵機の座席付近に狙いをつけ、ダ、ダ、ダッ！と、発射した。すると、敵機は急反転を打ち、白い腹をさらした。いまだっ！と私は、その白い腹めがけて、さらに一連射、撃ちこんだ。その瞬間だった。敵機の翼の付け根から真っ赤な火が噴き出した。そして、ブキテマ付近のジャングルに吸いこまれていった。

このとき、はるか下方に、敵機を追っている後藤曹長機を発見した。ところが、なんと後藤機の後方からは、別の敵機が迫っているではないか。しかも後藤はそれに気づいていないようすだった。

――後藤、危ない！

私はまっ逆さまに突っこんで、救援に向かった。敵機はしだいに後藤機に迫っていく。一瞬の猶予もならなかった。いくぶん射距離は遠いが、思い切って、ダ、ダ、ダッ！と一連射を撃ちこんだ。が、それとほとんど同時に、敵機も後藤機に一連射を浴びせたらしい。後藤機の座席から、パッと赤い炎がはしった。そして、つぎの瞬間、私が狙った敵機の右翼の付け根からも、青白い煙が尾を引き、宙返りをうつと、そのままキリもみで落ちていった。だが、その上空には、すでに後藤機の機影は見当たらなかった。

——ああ、後藤！

数少ない精鋭の部下を失ったことに対して、私は言い知れぬ沈痛な思いにつつまれた。だが、その一方、たったいま後藤機が狙っていた敵機を見ているうちに、あらたな闘志が猛然とわき起こってきた。ただちに敵機を射距離に追いつめた。

——よし、いまだ！　と、生唾をのんで発射しようとしたとき、折あしく私の航空眼鏡の前の継ぎ紐が切れた。そして、その二つになった眼鏡が、激しい風のあおりをうけて、私の後頭部をガンガン連打しだした。それは頭の芯がしびれるほどの痛さだった。

——ええい、この好機になんてことだろう。私は夢中になって、左手で眼鏡をむしりとろうとしたが、どうしても航空帽からはずれない。眼鏡の強打を避けようとしているとき、後方から敵機が近迫しているのに気がついた。驚いて強引に反転し、敵を回避したが、敵機は執拗に追ってくる。絶体絶命だった。いよいよおれも最期か！　そう思ったときだった。後方に追尾していた敵機がいきなり火を噴き出した。なにごとならんと見てみると、戦闘を終えた奥山曹長が私の危機を見て、上空からかぶせるように集中攻撃をしてくれたのであった。私は、「ありがとう」と翼を大きく何度も何度も振った。九死に一生を得たのである。どう感謝の気持を表わしたらいいかわからなかった。

この日の空中戦は、いままでにない激しさだった。そして、この空中戦を境に敵空軍はまったく影をひそめて、シンガポール上空での空中戦は終わりを告げたのである。

味方の爆撃隊に損害はなく、七機の敵機を撃墜した。だが、私は自分の僚機をはじめて失った衝撃で、戦果の喜びも半減していた。

基地に帰ると、私は後藤を失った報告をしながら、思わず涙で目がかすんだ。戦隊長はそれを聞くと、「そうか……」と、一瞬、沈黙していたが、思いなおしたように、

「ジョホールバールには友軍が進出して敵と交戦中なのだ。落下傘降下か不時着でもしていれば、ひょっとして助かるかも知れん。まだ諦めるのは早いぞ。おれはこれから飛行団へ頼んで、連絡してもらうから待っていてくれ」

と言ってくれた。そればかりか、私と竹内中尉は、爆撃隊の掩護と戦闘による活躍に対してとくに賞された。しかし、私にとってなによりも嬉しかったのは、やはり戦隊長のいった通り、後藤曹長のぶじが確認されたことだった。彼は発火後、必死で消火に努めたが、火は燃えひろがるばかりで、やむなくジョホールバール上空で落下傘降下を敢行した。そして、地上部隊に救出されたのだった。

このころ、戦隊長は風邪気味なのか、どことなく元気がなかった。そこで早目に部屋にもどろうとして席を立つと、

「おい、檜！」

と、ふいに呼び止められた。私が振り返って直立すると、

「檜、きみは大丈夫だよ、死にはせんよ。これまでにずいぶん殺されているからな」

戦隊長は微笑しながらそう言った。かたわらにいた安間大尉も、私の顔を見て笑っている。

私は一瞬、なんのことだろうと戸惑った。が、すぐにその意味がわかった。

私は広東時代に、よく殺されたものだった。まず最初にやられたのは、戦隊の将校たちが行きつけの小料理屋で、であった。そこには私に好意をもっている小柄で色白の美しい娘がいた。

ある日、朝日中尉と奥村中尉が、後輩を二、三人連れて飲みに行った。が、そのときこの悪童連中は、事前の打ち合わせ通りに全員が神妙な顔で店に入ると、まず朝日中尉が沈痛な声で、

「それでは厄払いに……」

と、しんみりしたようすで音頭をとって乾杯。彼女が料理を運んでくると、

「いいか、このことは今日は言ってはいかんぞ」

と声を落として、彼女に聞こえるような聞こえぬような声でヒソヒソやっている。

「うん、それにしても、檜のやつ、可哀そうなことをしたな」

いつもは陽気に騒ぐ連中である。それがなんだか少しようすがちがうので、気にならない方が不思議である。

「ねえ、何かあったのですか?」

と、彼女がたずねると、

「いや、何でもないよ」

と、かねての打ち合わせ通りそっけない返事をする。こうなると、ますます聞きたくなるのが人情だ。なおもたずねる彼女に、朝日中尉が、

「どうせいつかはわかることだ。話してやるが、泣くんじゃないぞ。じつはなあ……」

と言って、悲しそうなようすで、

「今日の午後、戦闘訓練中になあ、やつは衝突事故で死んだんだよ。惜しいやつだったのになあ」

そのあげくに全員が目を伏せる。すっかり真にうけてしまった彼女は、泣きながら奥へ駆けこむ。それを見て全員がゲラゲラ笑い出した。

「ちょっと芝居が上手すぎたかなあ。どうも薬が効きすぎたようだ」

後はこの殺人劇の成功を祝して、どんちゃん騒ぎとなる寸法だった。しかも朝日、奥村両中尉は、他の飲み屋へいっても、これをやる。このため、私は何度、彼らに殺されたかわからなかった。

ところが、である。この私の事故死が飛行団司令部へ知らされた。どこをどう伝わったかは不明だが、これを聞いた飛行団副官が、深夜、加藤戦隊長に直接電話を入れてきた。

「戦隊で事故があったのに、飛行団に報告のないのはなぜか？」

戦隊長はすぐにまた若い将校のいたずらだと判断して、

「なにかの誤りでしょう。そんな事実はありませんから、ご安心下さい」と、丁寧に陳謝するというエピソードまで生まれたほどだった。戦隊長はそれらのことをおぼえていて、「檜は死なん」と言ったのだった。

が、戦争は敵と戦うことだけではない。ときとして予期しない損害をこうむることもある。基地で予想だにしない不幸な出来事が起こったのは、私の中隊が夜間防空の任務に当たることになっていた日であった。飛行場には内地から到着したばかりの飛行機が、準備線に並べられ、ひさしぶりに威容を見せていた。

私は防空当番の空中勤務者に指示をあたえて、イポー郊外の宿舎に引き上げていた。例によって私たちは、戦隊長と食事をかこんで雑談にふけっていた。

話題はこの街の温泉のことであった。宿舎から車で約二十分ほどの離れたところに、岩の間から流出している美しい岩風呂温泉がある。いつしか話題は経営者の老中国人の妻女が、長崎県出身の人だということに集中していた。

「あのやさしい顔をしている老婦人のどこに、異境の地で活躍する根性が潜んでいるのか？」

話がすすんだところで、戦隊長は願望をこめて言われた。

「作戦の暇を見て、ひと風呂浴びにいきたいものだな」

戦隊長もその日本婦人に関心を抱いたらしかった。私は話題を変えて、

「戦隊長、宿舎の裏に生《な》っている紅毛タンという赤い皮の果物をご存じですか」

とたずねてみると、果物には目のない戦隊長は、

「ほう？」と目を輝かせた。

「いや、知らんな。どんな味だ？」

そこで私が、すこしとぼけて答えた。

「甘ずっぱい……そうですね。言ってみれば初恋の味のような……」

戦隊長はますます目を輝かせた。

「ぜひ見てみたいな」

戦隊長がそう言われるので、私たちは外へ出た。そのときだった。突然、はるか飛行場の方角から大音響が聞こえてきた。しかもつづいて、二回目の音がした。私たちは、一瞬、顔を見合わせた。

「これは、ただごとではないぞ！」

周囲はもう薄暗くなりかけていたが、夕陽の残照で上空はまだ紅色の彩りに輝いている。

「確かに、なにかの爆発音だったぞ」

しかし、だれにも、それがなんの音響であるかは判断がつかなかった。いずれにしても、もう果物どころではなかった。しきりにその音響について話していると、伝令が息せききって飛んできた。

「報告！　第一中隊の飛行機が燃えています！」

伝令が叫ぶように報告して去っていった。

「なに、一中隊の飛行機が？」

戦隊長が聞きかえすと、片岡中尉の顔色が見る見る蒼白になった。

片岡中尉と私は同期生であった。しかも航空士官学校では、同じクラスで寝食を共にした仲でもあった。それが上級者がつぎつぎと戦死したので、若輩でありながら私と同じく中隊長代理として、彼は第一中隊、私は第二中隊を取り仕切る任務を課せられているのである。

私は顔面蒼白で、一瞬、うずくまるように腰を落とした彼に、

「片岡、気を落とすな……」

と、片岡中尉の肩に手をおいて慰めた。そこへつぎの伝令が飛んできた。

「檜中尉どのに報告！　炎上中のものは、第二中隊機であります！」

「なに、二中隊か！」

私は、瞬間、脳天をハンマーで殴られた思いだった。戦隊長はその報告を聞くと、

「檜、おれの車ですぐいけ！」

私は全速で飛行場へ向かった。飛行場入口までくると緊張しきった警備兵が、

「爆弾が破裂するかもしれんのです。入っては危険であります」

両手をひろげて車をさえぎった。私は車から降りて、聞くと事情はこうだった。

シンガポールの夜間爆撃に向かう第九十戦隊の双発軽爆撃機が、爆弾六発を抱いて離陸中に方向を誤り、私の中隊のピストの近くへ突っこんで来たのである。この衝突のため爆弾二発が炸裂し、後の四発が爆発の危険があるというのだ。軽爆撃機の搭乗員は幸い全員がぶじ

であった。だが、私は中隊のことが心配でならず、

「おれは檜中尉だ、通せ！」

私は、警備兵の制止も聞かず、ピストへ向かって懸命に駆けた。自分の足がまるで宙に浮いているような感じであった。もしかしたら、残りの爆弾が爆発するかもしれない！　とは思ったものの、ふしぎに恐怖感はなかった。

やっと爆発現場に着いたが、私はあまりの惨状に思わず呆然となった。内地から到着したばかりの飛行機一機が炎上し、五機が見る影もなく飛び散っている。その損傷機の間を縫うようにして、大惨事を起こした問題の軽爆撃機のそばへ駆け寄ったが、私は、「あっ！」と、思わず叫んで、金縛りにあったように、その場に立ちすくんでしまった。

金山軍曹が、吹っ飛んだ爆撃機のエンジンの下敷きになり、しかも両腕を地面に突き立て、そのエンジンを背中で持ち上げているではないか！　私はようやく我にかえって走りよった。

「おい、金山、しっかりしろ！」

と、声を限りに叫んだ。しかし、なんの反応もなかった。金山軍曹はすでにこと切れていたのである。落ちて来たエンジンの下敷きとなって悶絶したのである。彼は苦しさのあまり最後の力を振りしぼって、この重いエンジンを両腕で突っぱって持ち上げたのだった。

「金山、さぞ苦しかったろう。苦しかったろうなあ！」

金山軍曹の無残な姿を見ているうちに、私の両眼は涙でうるみ、なにも見えなくなってい

った。

金山軍曹は、中隊から技術修得のため内地の学校へ派遣されていたのだが、数日前に内地から帰任したばかりであった。成績抜群の彼は、卒業のさい、航空総監賞の栄誉に輝いた逸材で、「隼」の機関砲整備のために期待されていたのである。さらにまた、この突発事故で、自転車で現場を通りかかった大月正司軍曹と、整備中に事故にあった青山幸夫兵長も爆死していた。私は変わり果てた彼らの姿を見て、やり場のない悲しみで涙もかれはて、その場にただ黙然と佇むのみであった。

この事故で第二中隊の無傷の飛行機は、わずかに一機だけとなってしまった。災難を危うく逃れた整備員たちは、飛行機の残骸を見て、男泣きに泣いていた。

私はその夜、ベッドに入ってからもなかなか眠れず、やたらに涙が流れ出て止まらない。奇妙なことであった。親が死んだときも涙が出ないほど、子供のときから泣いたことのない私である。それが戦地に来てからは、ちょっとしたことにもすぐ涙が出る。ふと私は戦隊長のことが頭に浮かんだ。

船団掩護で高橋中尉たちを失ったとき、夜半すぎまで雨の中で待ちつづけていた戦隊長……。その後、つぎつぎと戦死していった部下たち……。戦隊長は、どのようにその悲しみに耐えていたのだろうか？　その戦隊長の悲しみにくらべれば、私の悲しみなど微々たるものではないだろうか？　戦隊長は日ごろから、「逆境に立てば立つほど、指揮官たる者は泰然としていなければならない」と言っていた。「得意自重、失意泰然」が戦隊長の信条であった。私はこのとき、元気を出そうと思った。この相つぐ不祥事を排除しよう！と、決心した。

広東の天河飛行場で事故が多発したとき、戦隊長は広東神社の神主を呼んで御祓いをしていた。私はそれを思い出し、なんとかこの暗い流れを変えたいと思った。

翌朝、私は中隊全員を集めて訓辞した。

「中隊は中隊長の戦死以来、将校、下士官、兵がつぎつぎに斃れ、戦力が極度に低下している。昨夜のような惨事を受けることすでに二回、戦場の実態とは申せ、わが中隊に対して重なる不幸の連続である。北支以来の伝統に輝く、わが中隊の名誉にかけて、最後の一兵となるまで戦い抜こうではないか……」

そして、戦死者の冥福を祈り、ふたたび中隊がこうした不幸に見舞われないことを心から祈った。

限りなき慈愛

二月一日、わが地上部隊はついにジョホールバールを完全に占領した。これによってシンガポール島は、いまや、わが火砲の制圧下に置かれることとなり、地上部隊の主力が二月八日の午前零時を期して、ジョホールバール水道を突破してシンガポール島に上陸を敢行することとなった。

だが、そのころ、軍上層部では、今次作戦の最大目標であるパレンバン攻略に関して、南方総軍の山下兵団と第三飛行集団長菅原中将との間で意見が激しく対立していた。

第二十五軍の山下奉文中将は、

「シンガポール攻略こそ、わが軍最大の目的であり、また課せられた任務である。いまや砲弾はほとんど撃ちつくし、その攻略すら危ぶまれている。そうしたときに、パレンバンに兵力を割くなど、もってのほかである。一兵たりと送るわけにはいかん」

と、頑として飛行集団側の意見をはねつけていた。しかし、飛行集団側は、今次作戦の意義はあくまでもパレンバンの石油資源の確保にあった、として、両者の意見は対立し、しだいに溝がひろがるばかりであった。これについて加藤戦隊長は、再三再四にわたって、菅原集団長に会って自分の意見を具申していた。

「もしも、シンガポールが陥落した後に落下傘部隊を降下させれば、パレンバンはイギリスとオランダの連合軍によって堅固な防塞がつくられ、降下作戦そのものが困難となる。決行は、敵が油断しているシンガポール陥落前に強行するよう決断されたい」

というのが、加藤戦隊長の主張だったのである。だが、それには、どうしても山下兵団の協力を仰がねばならなかった。山下中将は剛毅な性格の持ち主である。いったん言い出したら絶対に譲らないことは、万人の認めるところであって、とうてい実現の見込みはないように思われた。

ところが、山下兵団の参謀辻政信中佐から、菅原集団の参謀長川嶋虎之輔大佐に電話がはいったのである。その内容は、「山下中将を説得できるのは川嶋大佐以外にはない。直接、話をしてもらいたい」というものだった。

川嶋参謀長は、辻参謀とは陸軍大学校の同期生でもあり、とくに、山下中将が航空総監の時の部下でもあり、山下の信頼が篤い。そこで川嶋参謀長は、ただちに山下中将を訪ねた。

山下中将は川嶋参謀長の顔を見るなり、

「川嶋、なんの用だ。あの頼みなら聞けんぞ！」

と、訪問理由を百も承知しているように一喝した。

「閣下、まあ、そうおっしゃらずに……」

川嶋参謀長は慎重に話をすすめ、シンガポール陥落前の敵が兵力を分散した現在こそ、少ない兵力で占領の見込みがあるが、それを逸してはまったくわが方に利がないことを力説し、さらに、

「兵力を割くと言っても、短期間で、しかも少数であって、なんらシンガポール攻略に影響を及ぼすことはない」

と、重ねて説明した。

山下中将は瞑想するように聞いていたが、使用される航空兵力が、戦闘部隊と輸送部隊と重爆撃隊の一部であることを知ると、

「よかろう、了解した」

と、ついに承諾したのであった。

このパレンバン攻略は、落下傘部隊の降下と、それに協力する地上軍の上陸作戦となる。

もっとも懸念されるのは、パレンバンの制空権の確保であった。

落下傘降下部隊を搭乗させる飛行機は無防備である。もしも敵の戦闘機の攻撃を受ければ、まずひとたまりもないであろう。しかもパレンバンは、敵の要地防空戦闘隊が飛行場群を構成しており、一月末には英空母インドミタブルで約五十機のハリケーン戦闘機が運びこまれていた。その総数は百機と推定され、敵も防衛に懸命となっていたのである。

しかも、まだ健在のシンガポールを飛び越えて、七百キロも離れたパレンバンの敵を撃滅することは難事中の難事であった。それに、わが方の戦闘部隊は、連日のシンガポール攻撃で消耗の極に達していた。加藤戦隊長はパレンバン攻略を進言したさい、「パレンバン航空撃滅戦は、この加藤にお任せ願いたい」と、確約していた。

だが、戦隊長はこうした困難な作戦行動を、私たち部下に高圧的に押しつけはしなかった。よく説明して納得させ、戦隊長みずからが陣頭に立つのである。

イポーでの駐留も、あと幾日もないと思われたころ、朝日新聞社の入江徳郎特派員や毎日新聞社の田中特派員らが戦隊長を訪ねてきた。最近の加藤戦隊の活躍を取材するためであった。

戦隊長は微笑を浮かべて彼らを歓迎したが、口にしたのは世間話ばかりで、戦闘の話にはほとんど触れなかった。そのため戦闘の活動状況は、新聞紙上で報道されることはなかった。それは戦隊で戦果を競っては、やがてチームワークを乱す結果になるとの判断からであった。

中隊のパイロットの奥山曹長や三砂曹長が、暇を見ては整備員と一緒になってエンジンの整備をしている。その姿を見て、私は空地一体の絆の強いことに心を打たれた。これも広東でスポーツを通じて培われたチームワークが、ここで実を結んでいることを、しみじみと感じずにはいられなかった。加藤戦隊では、人に知られることなど眼中になく、ただ黙々と戦いつづけることが将兵の一人一人に浸透していたのである。

二月一日には、第三中隊が第六十戦隊の重爆隊を掩護してシンガポール攻撃に向かったが、敵の船団の上空を飛行中のバッファロー戦闘機を見つけ、そのうちの一機を撃墜したのみであった。

つづいて二日にも、第十二戦隊の重爆隊を掩護してシンガポール攻撃に向かうことになったが、私はその早朝、加藤戦隊長に呼ばれ、

「檜中尉、いよいよパレンバンをやるんだ。七日からだぞ!」

と告げられた。私は感きわまって、

「待ちかねましたですね」

と答えたが、それから後の言葉が出なかった。

——パレンバン! いよいよ石油が手に入るのだ! そう思ったとたん、かつて航空士官学校に在学していたときのことが私の脳裏に浮かんだ。

それは昭和十四年の暮れのことだった。当時も燃料不足で、われわれは飛行訓練の制限を受けていた。土曜日は燃料節約の名目で、野球、バレー、剣道を行なっていた。その他の曜日でも、雨が降ると補給係の下士官は、「今日は燃料がいらんぞ!」と、小躍りして大喜び

をする光景が見られたりした。また、満州の実戦部隊へいっても、一日に二十分ぐらいの割り当てしかもらえず、一にも二にもただガソリンのことだけが頭にこびりついていた。そのガソリンが手に入るのだ！　そう考えただけでも感無量であった。いやでも闘志が湧いてきた。

戦隊長は、机上にひろげた地図を指さして、

「今度は距離がだいぶあるから、ちょっと骨が折れるぞ。檜はすぐにここへ行って、戦隊の受け入れ準備をしてくれんか」

戦隊長が指さしたところはシンガポール北方約百キロの地点、クルアンからさらに東方へ約四十五キロ離れたところにあるカハン飛行場であった。そこはつい先ごろ、地上部隊が占領したばかりの飛行場だった。

「いいか、檜、敵から多少、妨害を受けるかも知れん。が、パレンバンは遠い。落下傘部隊と共同で進航をはかるには、このカハン飛行場から出撃するしかないのだ。可能な限りくわしく、偵察して来てくれ」

「はい、ではただちに出発いたします」

私が飛行場へ出かけようとすると、戦隊長は私を呼びとめて、

「君の中隊も不運つづきで大変だろうが、どうか頑張ってくれ」

その言葉のひびきには、部下を思いやる限りない慈愛が満ちているようだった。その余韻が中隊長代理とは言いながら、二十二歳の若い私の心を大きく揺すぶった。

――よし、やるぞ。いや、絶対にやらなければ！

私は改めて新たな決意に燃えた。この作戦に参加できる栄光をしみじみと味わってもいた。しかも転進する飛行場の偵察は重要任務とあって、それを与えてくれた戦隊長の親心に、私は感涙したのであった。私はさっそく、単機でカハン飛行場へ向かった。

カハン飛行場はゴム林の中に赤土の滑走路を持つ、大きな飛行場であった。着陸して見ると、驚くほど辺りは静まり返っていた。ここでは戦争が行なわれているのか、と不思議に思うほどの、のどかさが漂っている。まず地上部隊の隊長と打ち合わせ、それから戦隊本部、各中隊のピスト、飛行機の繋留場所、宿舎と一通りの配置を行なった。それを終えた私は、ほっとして、ピストの近くで、しばしの休息をとった。が、帰ろうとして腰を上げたとたん、かたわらで何かガサガサと音がした。なにげなくそちらを見ると、「うわっ！」と、私は思わず飛び上がった。なんと大きなサソリが二匹、航空靴の上に這い上がってきているではないか！　私は、驚いてそこから走り出た。この辺りは、人家といわず林の中といわず、サソリの多いことで有名なところであった。

私はさっそく、近くにあった板きれをとると、航空靴にへばりついているサソリを払い落とし、軍靴で踏み潰した。私にはそのサソリが、敵機よりもおそろしく思えた。

やがて、私はここを離陸して帰途についた。いままで高空からばかり見ていたシンガポールの黒煙を、こうして下から見上げてみると、その濛々たる勢いに不気味ささえ感じるほどだった。イポーの基地に降る雨は黒く、その原因がなんたるかを知らなかったが、こうして黒煙を見上げてみると、黒い雨の元凶がこれであったと理解できた。

私は徐々に高度を上げながら、シンガポールの断末魔の様相を目のあたりにしていた。すると、このとき、この黒煙を背景にして一機の大型機が、ゆうゆうと東に向かって飛んでいるのが見えた。私は行きがけの駄賃とばかり、全速でそれに迫った。頃はよしと反転して機首を向け、攻撃態勢に入った。が、近づいて見ると、なんと日の丸のマークがついている。それは海軍の攻撃機であった。

——危ない、危ない。もう少しで味方を撃ってしまうところだった。さすがにこのときは、サソリ以上に胆を冷やした。

こうしてイポー基地に帰還し、戦隊長に報告をすませてまもなく、昨年十二月二十二日にクアラルンプールの空中戦で、壮烈な戦死を遂げた私の中隊長高山忠雄中尉の遺骨が、藤原特務機関の手でとどけられてきた。

戦隊長は、高山中隊長の遺骨の前で頭を垂れたまま、しばし身動きもせずに手を合わせていた。空中分解による戦死——それは「隼」の構造的な欠陥とはいえ、あまりにも非情なことであった。たぶん戦隊長は、「隼」誕生のかげに散ったいくたの犠牲に対し、万感の思いがあったのであろう。私が深々と拝礼したあとも、戦隊長は遺骨の前でなおも手を合わせ、冥福を祈っていた。

二月五日の二十四時を期して加藤戦隊は、一期間だけ第三飛行団遠藤三郎少将の指揮下に入ることとなった。第三飛行団は、一月二十五日に、第五師団が占領した直後のクルアン飛行場に進出して、シンガポールの攻略支援とパレンバン空挺作戦の二つの任務を与えられていた。が、そのうちのパレンバン作戦を成功させるためには、七百キロにおよぶ長距離進攻を達成できる足の長い「隼」の協力が必要だったのだ。

加藤戦隊長は、その日の昼すぎ、内報を受けると、ただちにクルアンの第三飛行団司令部に遠藤飛行団長を訪ねて、指揮下に入る旨の挨拶をした。

遠藤少将は加藤戦隊長の姿を見ると、駆けよるようにして出迎え、

「加藤が来てくれれば、百万の援軍を得たようなものだ」

と、喜んだ。加藤戦隊長から受ける安心感は、それがそのまま絶大な信頼感となって戦隊長に返ってくるのである。これは戦隊長の生まれながらの徳と、長い間に培われた修練の賜であった。

遠藤飛行団長はこのとき、兵力集中使用の必要性から、第三飛行団隷下の部隊で「隼」を持つ第五十九戦隊（戦隊長中尾次六少佐・陸士四十期）を加藤戦隊長の指揮下に入れた。そのため加藤戦隊長は、中尾戦隊長と作戦行動についての綿密な打ち合わせを行なった。

カハン飛行場はシンガポールより二十分の航程しかなく、敵の拠点に余りにも近く危険であった。これは当時はまだレーダー設備等が未開発だったこともあり、しかもシンガポールの敵空軍は瀕死の状態にあるとは言え、けっして侮れない、と考えていたことにもよる。

私がカハンの偵察を終えた翌三日、戦隊長はまず安間中隊を前進させた。これはシンガポ

ールの敵がどう出るかを確かめるためであった。

二月三日の夜は満月であった。私たちが広東を出発してから、ちょうど二ヵ月目である。いま私たちは、あの広東で見た満月をクルアンの地で眺めている、そう思うと感慨無量であった。これまでに何名の先輩、同僚、そして部下が、戦死をしたであろうか。この澄んだ月を眺めながら戦争の悲惨さを味わい、妙に感傷的になったものだった。

戦隊主力は敵の不意の攻撃を避けるため、二月六日まではイポーに止まり、その夕刻、カハン飛行場に移動し、翌七日の早朝より長駆パレンバン攻撃の火蓋を切ることとなっていた。

その夜半になって、突然、遠藤少将より緊急命令が下った。

『七日予定の攻撃まで待つことなく、機を失せず六日にこの敵を捕捉撃滅せよ』

というものであった。これはこの日の偵察機の報告で、パレンパン飛行場に六十数機の敵機が集結していることが、確認されたためであった。

遠藤少将は緊急のことでもあり、カハン飛行場にまだ移動していない加藤戦隊の使用は無理とは思ったが、遠藤少将のせっかちな性格からして待つことはできなかった、というのが実情である。加藤戦隊長も実のところ、この突然の命令変更に驚いたが、大局的な見地から考えれば、集結中の敵を逃がしてはならぬと、その早朝に、発進基地となるカハン飛行場に移動を開始した。

そこで戦隊長は、さっそく、クルアンの第三飛行団司令部を訪れ、事前に遠藤飛行団長と緊急打ち合わせを行ない、第七十五戦隊徳永賢治中佐（戦隊長）と第九十戦隊瀬戸克巳中佐

（戦隊長）の双発軽爆隊との協同攻撃を決定した。

ついで戦隊長は、指揮下に入れられた中尾戦隊に対しては、その戦力が最大限に発揮できるように比較的自由な敵機の攻撃任務を与えた。戦隊はこれに対する支援と、軽爆隊の掩護の責任を負う戦闘部署を決定した。

これは加藤戦隊長が隷下部隊に対して花を持たせ、みずからは縁の下の力持ちとなる——そうした心情の表われであった。陽を与えて陰をとり、進んでみずから難局に向かう——これは加藤戦隊長の本懐とするところであった。

空挺作戦成功の鍵

かくて戦隊は、イポー飛行場からカハン飛行場への移動を終了し、燃料補給後、ただちに出撃となった。この日も整備員の陸上移動はとても間に合わない。そのため、またまた整備員は機体の胴体に潜りこんで、苦しい移動となった。だが、整備員たちは意気軒昂であった。万一、敵と遭遇すれば危険きわまりないのだが、平然として、狭い胴体内に窮屈な姿勢で数時間の飛行に堪えた。

カハン基地に到着した私たちは、やがて開始される大作戦に、さすがに興奮していた。

「パレンバンでは、もう落下傘部隊が降下するというので大変らしいぞ」

「それに〝落下傘部隊に注意〟のポスターが張り出されているらしいなあ」

「だが、敵は五十機以上だそうだ」

ピストで、私たちは昂ぶる気持を静めようとして、雑談でまぎらわせていた。と、そのとき私たちの背後から声がかかった。

「おい、みんな、これをよく見ておけ！」

その声に振り返ると、いつ来たのか戦隊長がそこに立っていた。そして、一枚の空中写真を、みなの前に示したのである。それは偵察機が撮ったパレンバンの空中写真だった。そこには、敵の大型機十一機、戦闘機五十四機がはっきりと確認された。まっ先に写真をのぞきこんだ片岡中尉が、

「戦隊長、沢山いますですね！」

と歓声をあげた。しかし、戦隊長の表情は、日ごろ雑談をかわすときと、まったく変わらない。いくぶん、不敵な笑みさえ浮かべながら、

「今回はいつもより、少々やり甲斐があるぞ」

とこともなげに言った。けれども、この言葉の奥には、落下傘の降下作戦の日程までに、敵を一挙に撃滅せねばならぬ、という重大任務への決意がみなぎっていた。なぜなら、降下部隊は、空中ではまったくの無力である。それを安全に降下させるには、たとえ一機たりとも攻撃を許すことはできない。だが、われわれの出撃兵力は、敵の三割にも満たない劣勢なのである。

私は空中写真を見て、表面は無表情をよそおっていたが、胸中はおだやかではなかった。心臓の鼓動が全身に伝わるのが、はっきりとわかるほどだった。他の者はどうかと、それと

なくみんなの顔を見なおしたが、やはり私と同じ気分のように思えた。さすがに安間中隊長の白い顔も少し緊張しているのか、頰がひきしまっている。その中でまったく力みのないのは戦隊長ただ一人であった。しばらくして安間大尉がエースの貫禄を示して、

「おい、みんな、パレンバンへいく途中に、ジャブン岬というのがあるぞ。ジャブンといかんように気をつけろよ」

と、大声で冗談をとばした。この一言で、だれもが肩の凝りまでポクッと解けたような気がした。

基地移動直後の出撃とあって、整備員は食事する暇もなく整備をつづけている。彼らは、昨夜来、一睡もしていないのである。パイロットたちが握り飯を手に下げて飛行機の方へいき、わき目もふらずに整備している整備員の口元へ、握り飯を頰張らせている姿も見られた。ずらりと並んだ「隼」は灼熱の太陽を翼いっぱいにうけて、パレンバンの敵撃滅に、いましも発進しようとしていた。

やがて、椅子から静かに立ち上がった戦隊長は、歩きながら、右の拳で左の肩をよじらすようにして、とんとんと、三つ、四つ、叩くと、ぐっと胸を張って、私たちが中隊ごとに全員集合している前面に立った。このときの戦隊長の目は、黒い遮光眼鏡の奥で、きらきら輝いているようであった。いままでの柔和な態度とは打って変わって、厳正な威容で、「命令！」と、右足を一歩踏み出し、右手で航空帽の右耳のおおいを開くようなポーズをとり、

「戦隊は、ただいまより出動、第三飛行団の軽爆隊と協力してパレンバンの敵機を撃滅する。

日ごろ話してある通り、今次戦争の勝敗を決する本日からの攻撃は、どんなことが起ころうとも、成功を期さねばならない。したがって自分ひとりの功名にはしらず、あくまでも戦隊の集中威力を発揮するよう心がけよ。とくにシンガポールには、まだ敵の残存航空部隊がいるものとして行動せよ。余は、第一、第二中隊を直率する。また第一、第二中隊は、僚機を各一機さし出すようにせよ。離陸開始十四時四十分、終わり！」

その声には、この作戦に賭ける意気ごみが感じられた。

私は戦隊長の僚機に菊地愛人少尉を選出した。私自身は奥山曹長を従えて、二機編隊の出撃となった。残念ながら私の中隊の三砂曹長と佐伯軍曹は、一月三十一日にあの不良離陸の軽爆機より受けた損傷で、涙をのんでの居残りとなった。全般の命令が終わった後で、戦隊直率の第一、第二中隊の戦闘部署を命じられた。

「前回の出動では、檜編隊は第二編隊だったから、本日は第三編隊で支援任務、片岡編隊は第二編隊とし攻撃任務とする」

戦隊長は連日の出撃で他の業務も多忙だったにもかかわらず、平等に部署を交代させるなど、細かいところまで、神経をつかっていた。

私たちは決意も新たにカハン基地を飛び立った。飛行場上空で逐次高度をとり、中尾戦隊や軽爆戦隊との集合点であるクップ岬上空に向かった。ところが、午後になると、赤道南部のスマトラ付近はかならず天候が悪化する。これはこの地方特有の気象であった。

このために私たち戦隊がかろうじて集合できたのは、軽爆戦隊瀬戸部隊のみであった。

シンガポール西方海上を迂回して、敵にこちらの攻撃意図をかくしながら、一路、パレンバンへ向かった。セレター軍港の黒煙は、はるか南方海上の空高く棚びき、その黒煙のためにシンケップ島南方の赤道無風帯までがかすんでいた。

日本軍上陸の危機におびえているシンガポール島は、まるで箱庭を見るように美しい。島から脱出する艦艇が白く波を蹴立てて、後から後からつづいている。ジャブン岬を通過し、赤道を越えてしばらくすると、やはり南部スマトラ一帯は低い暗雲に閉ざされていた。右下方を飛行している軽爆編隊が見えかくれし、その前方下のゴム林の頂上から六千メートル上空まで、一面に白い壁のような雲にさえぎられている。軽爆隊はだんだんと高度を下げ、パレンバンにあと四十キロ地点に近づいたころは、超低空になっていた。

もうあと十分航程である。パレンバンは目睫の間にあるはずだ。だが、乱雲は厚く、その隙間はまったく見つからない。軽爆隊も急旋回して引き返して来た。

私たちは、上空を旋回しながら掩護の任務についていた。軽爆隊は何とか乱雲の隙間を見つけようと必死になっている。一刻も早く目標を発見して攻撃しないと、こちらの企図を見破られる恐れがある。すると、このとき、突然、軽爆隊が一列縦隊になった。

「はて、どうするのか？」と見ていると、その隊形で、ふたたび乱雲を突破しようとしている。しかし、それでも密雲を抜け出すことは不可能だった。

軽爆隊は無念そうに翼を振って、編隊をととのえながら帰途についた。ふと気がつくと加藤戦隊長は、いつのまにかサングラスをはずしていた。戦隊を鮮やかにまとめ、乱雲の中を見えかくれしながら、軽爆隊の左側後上方に位置して掩護の任についていたが、やがて軽爆隊が一列縦隊から、しだいに距離をちぢめて、ふたたび正規の編隊にもどると、これで安心と思ったのか、突然、戦隊長機が左に傾き、旋回をはじめた。

——ははあ、戦隊長、やる気だな！　と、私はとっさにそう判断した。〈軽爆隊がだめなら、われわれの戦隊だけで独力攻撃を！〉これが戦隊長の偽らざる真情だったのだ。

戦隊長機は高度を五十メートルから、さらに低空にとり、ゴム林の梢をかすめて雲の間を突破していった。私は激しく揺れる機体に操縦桿を奪われそうになりながら、それにつづいた。ちらりと下方を見ると、人跡未踏のジャングル地帯と見え、いたるところに大きな倒木があり、一抱えもあるような葛が縦横に絡み合っていた。それは身震いするようなジャングル地帯であった。見たこともない鳥の群れが、ときどき戦隊長機と愛機の間をすり抜けていく。私には、もうどこを飛んでいるのか、まったく見当がつかなくなった。と、どうしたことか超低空で飛んでいるのに、急に眼前が真っ黒になった。厚い雲に入ったのだ。戦隊長機の機影も見えない。私は戦隊長機に衝突してはならんと、機首を無意識に左に向けて、雲の中を上昇した。

だが、やっと雲間から脱出したときには、戦隊長の機影はなかった。ふと不吉な予感が全身を走り抜けた。

——いったい、どうなったのだろう？

不安がしだいに高まっていく。私は夢中で旋回をつづけた。それは雲に入ったり出たりの苦しい旋回であった。左後方の雲の隙間を見ると、ゴム林の頂上をおおっている雲と上層雲の中間の切れまから、安間編隊と、これも戦隊長機から離れた片岡編隊が飛んで来た。しかし、私はなおもそのまま旋回をつづけながら、必死になって戦隊長機を探し求めた。

ところが、そのころ、戦隊長は僚機の菊地少尉機を伴って、超低空でパレンバン飛行場に迫っていたのである。ようやく飛行場の東側まで到達したものの、地面に垂れ下がった密雲に阻まれて前進は困難だった。しかし、なおも屈せず進路を左にとり、今度は飛行場の南方より進入しようとパレンバンの市街上空まで出た戦隊長は、ここで迂回して、ふたたび飛行場をねらった。だが、やはり密雲は厚い。それでも戦隊長はあきらめずに、ふたたび雲壁に沿って北上をつづけた。雲の壁の向こうが、敵飛行場とあって、雲の間隙を粘り強く探した。

一瞬のことだが、その雲間に滑走路の一部がパッと目に写った。

「しめた!」とばかり戦隊長は、猛然とその飛行場に向かって突進した。見れば敵の戦闘機六十数機あまりが、翼もふれ合わんばかりにぎっしりと並んでいるではないか!

ダ、ダ、ダ、ダ、ダ! と戦隊長は、思いきり一気に、並んでいる敵機群を狙い撃った。

この奇襲に、敵兵はびっくりしたのであろう。おくれて地上からの射撃がはじまった。が、それは、超低空飛行の戦隊長機に対しては、まったく無意味な射撃であった。戦隊長機は、さらに一旋回――ダ、ダ、ダ! と、ふたたび一連射をしかけると、敵の大型機が暗雲を焦がすように炎上しはじめた。しかし、それ以上の、攻撃をつづけることは無理だった。戦隊長は、飛行場をおおった雨雲のために、視界がまったく効かなくなったからだ。しかし、戦隊長は、大型機一機炎上、無数の敵機を撃破するという戦果を収めたのであった。

その時刻、私はなおも旋回をつづけて戦隊長を探していた。と、私の真下の雲の切れ間から、まっ赤な敵の曳光弾の弾幕が一面にひろがってきた。はっとして、そちらを見ると、どうだろう！　曳光弾の弾幕の先へ先へ、目を移していくと、翼に白の襷を描いた戦隊長機が、ゆうゆうと翼を振りながら、飛んでいるではないか。私は戦隊長のこのぶじな姿に、「ああ、戦隊長！」と思わず叫んだ。

戦隊長機は、まるで鬼神のように私の目に映った。そして、飛びかう敵の火砲がつくる花火のような輝きが、神の発する後光のように感じられもした。

私が雲間を縫って、全速で戦隊長に追いついたときは、雲も晴れて、安間中隊も、片岡中隊も、集合してきた。

一方、加藤戦隊の指揮下に入った飛行第五十九戦隊は、密雲のために集合ができず、しばらく集合点で待機していたが、集合できずと判断し、加藤戦隊より約二十分おくれてパレンバン上空に進入した。そのときは雲も切れ、敵飛行場は、先刻の戦隊長の攻撃で大混乱におちいっていた。ちょうど、敵機は空中待避のまっ最中だった。中尾戦隊は、この離陸しようとする敵機を急襲することとなり、またたくまに十三機を撃墜し、さらに勢いに乗じて、地上の敵機三機も撃破するという大戦果を収めたのである。加藤戦隊長の勇敢な行動が、中尾戦隊の大戦果の原動力となったのだった。

この日、戦隊が基地に帰還したのは日没近くであった。整備員たちも、この日の大戦果に湧き立っていた。だが、祝い酒を飲む暇はない。今夜も徹夜作業が待っていたからだ。航続距離の長い「隼」は、出撃すると五、六時間は帰って来ない。そのため作業はほとんど徹夜作業となる。とくに武装班は、プロペラの高速回転の間断を縫って連続発射される機関砲の調整には、極度の神経を使うのである。また通信班も構造的な欠陥に悩まされながら、少しでも聞こえるようにと、その調整に専念していた。

その夜、私は徹夜作業をつづけている整備員をねぎらって回った。

「中隊長どの、任せて下さい！」

こう声をかけてくる彼らに私は、全幅の信頼を寄せていた。それは私だけでなく、空中勤務者全員が同じ思いだった。

翌七日――「今日こそ、パレンバンの敵機に決戦を挑み、一挙に死命を制さなければならない！」

私たちはその決意に燃えていた。軽爆隊は、山下奉文中将との約束通りシンガポール攻略戦に対しても協力中であったため、パレンバン攻撃に参加するのは瀬戸部隊の軽爆六機だけとなり、戦闘機による攻撃が主体とならざるを得なかった。しかし、パレンバンはマレー半島とジャワ島との中間にある。当然、ジャワ島にある敵空軍の目がパレンバンに向けられる可能性も充分に考えられた。このためにも、是が非でも、短期決戦が必要であった。

この日、早朝の百式司令部偵察機からの報告によってパレンバン飛行場には、まだ三十数機の敵機がいることが判明した。

「よし、今日こそ徹底的にやるぞ！」

加藤戦隊長は第一中隊の近藤菊也曹長を二番機に、私の第三中隊からさし出した菊地少尉を三番機に従えて、第一、第二中隊を直接指揮して出撃し、軽爆隊の左側上方に位置した。安間中隊は攻撃任務で、敵戦闘機を求めて、はるか右前方を進航していった。

十三時五分――編隊の構成が終わり、すでに進路はパレンバンに向かっている。天候も昨日に比べて良好そうに見えたが、赤道を越えるころから、雲が次第に増してきた。

はるかかなたのシンガポールの方向には、立ち昇る黒煙が天に冲している。それは新しく炎上したものらしく、セレター軍港のガソリンタンクの方はもうすでに消えかけていた。

この島も夜半零時を期して、山下兵団の総攻撃が開始される運命にあった。

十五時三十分――ジャブン岬付近に達すると、私たちは高度を三千メートルにとった。このとき安間中隊長の僚機として飛行していた遠藤中尉は、離陸して五分もたったかと思われるころ、突然、下腹部が痛み出した。

「ああ、こんな重要な出撃のときに腹痛とは！」

一瞬、不吉な予感が遠藤中尉の脳裏をよぎった。

やがてピアイ角岬上空にさしかかった。もう目標のパレンバンまでは、あと一歩だった。だが、激痛は情け容赦もなく増すばかりだった。脂汗がたらたらと飛行帽の内部に滲み出てきた。しかし、編隊は規則正しく高度を上げている。

高度が上昇するにつれて、気圧の変化がさらに腹の苦痛を加速度的に上昇させる。どうにも我慢ができそうもないが、引き返すことは彼の責任感が許さない。

「ええい、ままよ」と編隊から右へ離れると、左手に操縦桿を握りかえ、座席のバンドをはずし、狭い椅子の上で尻を浮かして飛行服をずらし、越中褌に受けて大空を乱舞しながら、一世一代の「空中用便」を行なったのである。彼はかつて陸軍幼年学校在校中、人格高邁で成績優秀の模範生として下級生の賀陽宮邦寿王（陸士五十五期）の指導生徒をつとめる光栄に浴したほどの人物であった。だが、そうしたことも激痛の生理現象には、かなわなかったのである。ところが、この空中用便をすませると、堪え切れないあの激痛は嘘のように消えていた。

いよいよパレンバン近くになったころ、戦隊長の編隊群にもおかしなことが起こり出した。第三編隊長の片岡中尉機が、第二編隊の私の下を縫うようにして、先頭の戦隊長機の右前方へ向けて、戦隊長機の翼下をくぐって前方へ突き出ていった。そして、しきりに何度も翼を振るのだが、それが何を意味するのか、私にはまったく見当もつかなかった。が、戦隊長にはすぐにその意味がわかったようで、大きくうなずくと、「帰れ、帰れ！」と、左手でそう合図をしていた。片岡機はくるりと機首を返して、基地に帰っていった。そして、片岡編隊長のいなくなった第三編隊は、清水武准尉が編隊長になって隊形をととのえた。ところが、どうしたことか、戦隊長僚機の菊地少尉機が左に急旋回して、機首を下げると、これも戦列から離れて帰途についた。

――なにか故障でも起こったのかな？

私には事情がのみこめなかった。が、とりあえず、私の右側に従っている佐伯軍曹機に合図して、戦隊長機の僚機になるように指示したが、彼はいっこうに編隊から離れようとしない。ふしぎに思って左を見ると、なんと僚機の奥山長市曹長がちゃんと戦隊長機の僚機の位置に納まっているではないか！　彼と私とは操縦経験が同じであった。彼は彼なりに戦隊長の身を案じ、欠員補充にいち早く気を利かしたつもりだったのだろう。しかし、私は編隊長なのだ。その編隊長の指示もなしに、勝手に行動するとは、なにごとだ！　私は、一瞬、憤りを感じた。

——よし、基地へ帰ってから、こってり注意しなければ！

と思ったのだが、これが彼にとって生死を分けることになろうとは知る由もなかったのである。

やがて、わが戦隊は、断雲を縫って、パレンバン市内に進入した。市街上空はうす曇りで煙っていた。三千メートルの中空に層雲が棚びき、これが上下をかっきりとわけている。刻々と目標の飛行場が迫ってくるにつれて私は、爆撃隊は雲上爆撃をするのだろうか、もしそうだとすると戦果は期待できない、などと案じていると、軽爆隊が雲下へ向けて急降下に移った。

戦隊長は戦闘態勢をとって軽爆隊の左側前方へ全速で出ると、急降下中の軽爆戦隊の上空を蛇行しながら掩護をつづけた。そして、さらにその上空を安間中隊がかためていた。

私もただちに戦隊長の左後方に接近していくと、滑走路がぐんぐんと迫ってきた。爆撃隊は高度三百メートルまで降下すると、いっせいに爆弾の雨を降らせた。たちまち滑走路の西側が火網につつまれ、もうもうと砂煙が立ちこめた。軽爆隊は機首を左に変えると、そのままの高度で一散に離脱していく。私たちもそれにつづく。

飛行場一帯は、砂煙と黒煙と火煙が入りまじって何も見えない。その中で、敵の撃ち出す曳光弾が目にまぶしかった。飛行場をはるか離れた地点で振り返って見ると、砂塵も静まり、三、四本立ち昇っている黒煙が層雲と一体になっていた。

私はこのまま、軽爆隊と一緒に帰るのは残念だと思っていた。すると軽爆戦隊の帰途は心配なしと判断したのか、例によって戦隊長は、翼を振って急旋回し、高度を上げながら、ふたたびパレンバン上空に引き返していく。

——戦隊長、やっぱりやる気だな。

わが意を得たりという気持だった。このときの猛攻は凄まじいものがあった。

精鋭を誇る安間中隊は、全機で在地の敵三十数機に対して反復地上掃射を加えて、敵を完膚なきまでに打ち砕いた。しかし、中層雲が、一面にひろがっていて、雲上にいる私たちはこの状況を知るすべもなかったのである。ふと前方を見ると、千五百メートルほど離れた雲上に、敵ハリケーン戦闘機六機の編隊が飛んでいた。

「敵機！」

私は戦隊長に接近すると翼を振って合図した。戦隊長はすでに気づいていたらしく、頭を前後に動かしてうなずき、全速を出して敵に迫っていった。ところが、敵機は意外にも、つぎつぎと垂直降下して雲間に突入していった。これは、雲下で活躍中の安間中隊を発見しての、自軍の援助のための降下であった。そのときすでに安間中隊は、全機集合して雲上に向かって急上昇の途中であったのだ。

戦隊長はその敵機を追って、ぐんぐん高度を下げた。が、雲を境界にして安間中隊と上下入れかわりの形となった。飛行場の西方約十キロの地点へ出た瞬間、「あっ！」と私は思わず叫んだ。飛行場が安間中隊に完膚なきまでに叩かれて、まるで地獄絵そのものであった。飛行場は火の海と化し、黒煙が二十数条も立ちのぼり、パッパッと爆発する飛行機が残骸を空中に飛散させている。私はこの凄惨な光景に目をみはった。

この日の安間大尉の指揮する第三中隊は、軽爆隊の爆撃に狼狽している敵の飛行場を強襲して大戦果を収めたのである。安間大尉は、二番機に安田曹長、三番機に遠藤中尉を従えて突入していくと、ちょうどハリケーン一機がふらふらと離陸中のところであった。そこですかさずこの敵を、敵機が脚を引っこめないうちに叩き落とした。これが手はじめとなって、安間編隊、国井編隊、竹内編隊と、くりかえし凄まじい対地攻撃を行なった。中でも国井中尉の奮戦は目ざましく、爆撃による炎上の煙をたくみに利用して七撃も喰らわせ、飛行場に散在する小型、中型の敵機に片っ端から射弾を浴びせた。

味方の各機が弾丸を撃ち込むと、その度ごとに、スポッ、スポッ、と敵機は、火を噴き、飛行場のあちらこちらから、黒煙が立ち昇る。竹内中尉、遠藤中尉もそれに負けじと一機ずつ炎上させた。急降下して、四、五十メートルの距離から、ダ、ダ、ダ！と一連射を浴びせ、ぐいと操縦桿を引き上げると、ぽっと赤い火炎が出て、敵の機体を後ろへ撫でるように噴き出すのである。

やがて完膚なきまでに敵機をやっつけた安間機は、翼を振って、「攻撃止め、集合」の合図をし、僚機と合流した。しかし、戦隊長機がどこなのか、安間大尉が、いくら探しても見当たらない。一旋回、二旋回して、上空にいるはずの戦隊長機を求めたが、どうしても見つからない。それもそのはずで、このとき戦隊長機と私たちの編隊は、雲下に降下した敵を追っていたからだ。安間大尉はやむなく部下を引きつれて帰途についた。

一方、私はなおも戦隊長に従って飛行場へ接近した。高度は二百メートル。戦隊長機はものすごい速度で二階建ての戦闘指揮所に近づいていく。私は指揮所近くの小型機を狙った。それは地面に衝突するかと思われるほどの低空であった。ダ、ダ、ダ！と一連射を浴びせると、たちまち、ぱっと炎が上がった。その炎のまっ赤な色が、前方を飛ぶ戦隊長機の翼に反射した。

戦隊長が一機を叩いて急上昇した、そのときだった。ふいに私の右をかすめていった飛行機があった。戦隊長僚機の奥山曹長機であった。彼はどうやら敵機の攻撃を受け被弾しているらしかった。見るまに右旋回して、薄雲の中へ消えていった。ダ、ダ、ダ！と、突然、私の後方から弾丸が飛んできて、滑走路にはね返った。あわてて振り向いて確かめると、なんとそこにハリケーンのプロペラが大きく迫っていた。

私はほとんど反射神経だけで、すぐ近くに柱のように見えている黒煙の中に、とっさに突っ込んで敵の攻撃をかわした。ところが、敵もさるもの、なおも私の後方に喰らいついて離れない。ダ、ダ、ダ、ダ！と急接近して猛射してくる敵弾を、必死になって斜め宙返りで避けた。まさに喰うか喰われるかの正念場であった。こうなっては逃げた方が撃たれるのは必定である。助かる道はただ一つ、敵を斃す以外にないのだ。私は黒煙の中を何度も旋回した。旋回性能では、ハリケーンより「隼」のほうが断然すぐれているからである。

追う方も追われる方も、必死だった。私を追跡している敵もあきらめて引き上げるわけにはいかない。そんなことをすれば、逆に反撃を食うことは必至であるからだ。が、数度目の旋回を終えて振り向くと、急迫していた敵機は滑走路に衝突して火の柱となっていた。その爆発の衝撃が私の機にも伝わり、激しく機体が揺れた。

私はホッとして上昇していった。上昇しながら戦隊長機の所在をさがした。いくら神技をうたわれる戦隊長の操縦も、この黒煙の中では、闇夜に鉄砲というか、流れ弾丸に当たるという万一のこともあり得る。不吉な予感が胸中を去来した。そのときである。左上方に、ちらっと友軍機らしい二機の機影が見えた。味方か、戦隊長か？と、胸をおどらせて接近していった。すると、戦隊長機と同じ白い矢印が見えた。が、それは第一中隊の清水准尉機と多久和軍曹機であった。

私は両機に翼を振って分かれると、さらに戦隊長を探しつづけた。だが、ついに戦隊長を探し出せないまま、進路を北に、上昇しながら帰途についた。雲上には、灼熱の南国の太陽が、照り輝いていた。しばらく飛行をつづけていると、ふとその眩しい光の中に何か黒いものが目に入った。飛行機だが、敵か味方かわからない。そういうときは敵として扱う、の原則通り、私は高度をとって、軸線をそらしながら、近寄っていった。

——あっ、敵機だ、まさしくハリケーンだ！

私は思わず生唾を呑みこんだ。しかし、敵はまったくこちらに気づいていない。私はすぐに真上から反転し、後上方攻撃に移った。

敵はまっすぐに飛んでいる。五十メートル、三十メートル……照準眼鏡に機影をとらえた。周囲には敵機はいない。

——よし、いまだ！　と、発射ボタンを押した。が、一発も弾丸が出ない、まだ残弾は相当あるはずである。必死になって、二度、三度と押したが、やはり発射しない。右の機関砲は故障が多いのだが、左側の機関銃までが故障とは！　敵は相変わらず、こちらの追撃に気づいていない。そこでいったん急上昇して、発射装置を点検し、今度は大丈夫だと、ふたたび急降下してボタンを押したが、やはりなんの反応もない。

私は悔やしさのあまり、思いきり敵機の頭上すれすれに飛ぶと、敵は驚いて反転した。私はもう一度、近寄ると、「お前は生命拾いをしたんだぞ！」と、翼を振った。すると、敵機も翼を振って、それに応えて去っていった。

私はジャブン岬を標定して、基地に帰還した。僚機の佐伯軍曹と、第一中隊の清水准尉、多久和軍曹、戦隊長僚機の近藤曹長らはすでに帰っていた。すると、戦隊長はただ一機で、まだ飛んでいるわけである。佐伯軍曹は奮戦よく三機と渡り合って二機を地面に激突させる戦果を挙げていた。だが、地上攻撃の直前、私の右をかすめていった奥山曹長機は、パレンバン飛行場西北方一キロの地点のゴム林で、壮烈な自爆を遂げたことが判明した。私が佐伯軍曹を戦隊長僚機にいかせようとしたとき、奥山曹長は自らすすんで戦隊長機の僚機になったのである。私は彼の戦死を知り、改めて、「生死の境は紙一重」の感を深くした。

それにしても、戦隊長の帰りが遅い！　しだいに不安がつのり出してきた。みんなの顔も暗くなり、口数もすくなくなった。私たちは、いたたまれない焦燥を感じて飛行場に佇んでいた。しばらくすると、はるか南の方から近づいてくる機影があった。

——どうか戦隊長であってくれ！

私たちは祈るような気持で、準備線まで駆け出していった。その飛行機は、遠くから、すっと脚を出している。

「戦隊長機だ！」

僚機の佐伯軍曹がわっと泣き出しそうな大声で叫んだ。

戦隊長は着陸には慎重であった。私たちのように着陸直前に、格好よく脚を出すようなことは絶対にしなかった。だが、どうもようすがおかしかった。いつもの戦隊長なら、ゆっくりと着陸態勢に入るのだが、それが今日に限って非常に急いで着陸してきた。しかもその着陸操作も荒っぽい。私たちは走り寄ると、停止した戦隊長機の機体をとり囲んだ。

いつもの戦隊長なら、「やあ！」と、私たちに笑いかける。が、機から下りて来た戦隊長の表情は、不機嫌そのものだった。怒ったような表情で機付兵に向かって、なにごとかボソボソと座席を指さしながらささやくと、報告をしかける私たちを無視して、さっさと自動車に乗りこみ、さーっと戦隊本部へ引き上げていった。

——いったい、どうしたというんだろう？

私たちはこれまで、これほど不機嫌な戦隊長に会ったこともない。私たちはたがいに顔を見合わせるだけだった。

——もしかしたら空中集合せずに、単独で帰還したことがいけなかったのか？

などと、いろいろ考えてみたのだが、あんなにまで機嫌を損ねるほどの悪い理由ではなさそうだ。

私が首をひねりながら戦隊本部へいって見ると、先に帰還した安間中隊長と片岡中尉が報告のために待っていた。

「どうも戦隊長は、機嫌がよくないようですよ」

と私が言うと、

「それにしても遅いじゃあないか」

安間大尉はいつもの癖で、航空靴をコトコト打ち合わせて鳴らしながら、瀬野尾副官の方へ声をかけた。なぜか副官は下を向きながら、

「戦隊長は……いまちょっと着替えにいっておられるから……」

ほとんど聞きとれないような低い声で、ボソッと答えた。なにが何だか分からず、狐につままれたような気持だった。しばらくすると、戦隊長がピストに現われた。私たちは怒鳴ら

れるのではないかと、おそるおそる顔を見ると、どうだろう。先刻までの不機嫌な表情と打って変わって、いつもの戦隊長の明るい顔にもどっていた。

安間大尉の「敬礼」の号令に、片岡中尉と私が敬礼すると、耳を擦り上げるような答礼。これもふだんとまったく変わったところはない。安間大尉がまず報告した。

「第三中隊はパレンバン飛行場に対して対地攻撃を施行。五機炎上、三機撃破、空中戦において二機撃墜、わが方、異状ありません」

つづいて片岡中尉が、少々照れくさそうな口調で、

「第一中隊、戦果三機撃墜」

と報告してから、一、二度、声を呑んで言いにくそうに、

「自分は途中、腹痛で我慢できず……先に帰って参りました。申しわけありません」

しどろもどろの報告だった。戦隊長は報告が終わるまでは、「うん」「うん」とうなずいて聞いていた。

つぎに私が、

「第二中隊、戦果撃墜二機、敵自爆一機、奥山曹長機未帰還であります」

と報告すると、戦隊長は、

「何、敵自爆？」

と、さも意外だというように反問した。

三人の報告が終わると、改めて、片岡中尉の方へ向きなおって、

「片岡、おまえが腹痛だと言うことは分かっていたよ。じつは、おれもなあ……いや、失敗したよ。上で出してしまったんだ。しかし、キツイもんだなあ、あれは……。よほど先に帰ろうかと思ったもんな」

ニコニコしながら右手を頭の上に乗せて、照れ気味であった。

じつはこのカハン飛行場は占領直後とあって、爆薬等の輸送で手いっぱいで、食糧品の補給までは行きとどかなかった。

この朝は、粉味噌の汁に雑草を入れて、煮こんで食べたのが下痢の原因であった。片岡中尉や菊地少尉は引き返したが、戦隊長にはそれが許されなかったのである。そのことを告白した戦隊長は、

「おい安間、三中隊の戦果報告は、ちょっとおかしいぞ」

と安間大尉に向きなおった。

「はあ?」

「おれの見たところでは、もっとあるはずだと思うが」

「では、国井中尉を呼んで来ましょう」

安間大尉は国井中尉を呼びにやった。その間にお鉢が私に回って来た。

「おい檜、二中隊の佐伯軍曹が撃墜したのは、どういう状況だ」

「はい、その敵機は黒い煙を噴いて降下していきましたが、最後までは確認しておりません」

「それだけじゃあなあ……」

戦隊長は納得いかんぞ、と言ったようすで考えこんでいる。

「では、佐伯軍曹を呼んで参ります」

さっそく、佐伯軍曹がやってくると、戦隊長はその状況を説明させていたが、

「佐伯軍曹の手応えは確かと思うが、敵飛行場上空だからな。二中隊の撃墜は一機にしておこう」

日頃から戦果には厳密な戦隊長である。ましてこのパレンバン攻撃では、一機の敵を撃滅したかどうかで、落下傘部隊の降下が成功するか、否かの鍵が握られている。このため戦隊長は、とくに詳細に調査したのであった。戦隊長は下痢に苦しみながらも敵地上空に最後までとどまり、敵飛行場の黒煙が鎮静化するのを待って敵状の確認を行なって帰ってきたのである。つまり降下作戦のために、欠くべからざる調査であったのだ。

まもなく国井中尉がやって来た。彼は、戦隊長の質問に対して、自分の記録板によって戦果の説明をした。それに対して戦隊長は、

「いや、それは違っている。このときはおれも確認している」

と実証して、炎上五機は十機に、また撃破三機を四機に訂正した。結局、安間中隊はこの日、随一の戦果を挙げたことになった。それにしても、戦隊長が戦果を自分の目で確認して増加したのは、後にも先にもこのときだけであった。このことからも落下傘部隊にかける加藤戦隊長の意欲はすさまじいものがあった。

総合してこの日の戦果は、撃墜六機、十機炎上、五機撃破となり、私の報告の、地上に激突した敵自爆一機は撃墜と認められた。

夕闇迫る基地

この日の夕刻、クルアンの第三飛行団司令部で、落下傘部隊久米精一大佐以下、関係各部隊長が参集して、降下作戦の細部打ち合わせの作戦会議が行なわれる予定となっていた。そこで加藤戦隊長は明日の第三次パレンバン攻撃の準備を私たちに指示すると、すぐに自動車でクルアンに向かった。

毎日六時間も、狭い座席に太いベルトで縛りつけられたままで行動する戦闘機パイロットの疲労は筆舌につくし難いほど大きい。それにもかかわらず戦隊長は、さらに頑張りを見せる。タフとはいえすでに四十歳である。二十歳代の私たちが、疲労と腰の痛みに悩まされているのに、戦隊長は疲労をものともしない。しかし、最近では上半身裸になって柔軟体操をしている戦隊長の肋骨が、私たちが心配するほど目立ってきた。しかも十六歳のときに幼年学校の精密検査で、胸膜炎と診断され、半年間、入院するという前歴を持っているのである。

この作戦会議で、戦隊長は遠藤飛行団長に対して、「パレンバンの航空撃滅戦は、本日の攻撃で成功した」旨を自信を持って報告した。

「戦争は勢いである」――戦隊長のこの言葉に、落下傘部隊の関係団隊長の志気は、いやが上にも昂揚した。この落下傘降下作戦は日本陸軍最初の試みでもあり、その成否に文字通り国運がかかっている。そのため作戦会議は延々とつづき、ついに深更におよんだ。戦隊長が遠藤少将に別れを告げて、司令部を出たのは夜半であった。

遠藤少将はいまから基地に帰り、すぐに早朝の出動では、いかに元気いっぱいの加藤戦隊長といえども定めし疲労が大きいことだろうと戦隊長の身を気遣い、わざわざ玄関まで見送った。そして、車が闇の中へ消えていくのを、いつまでも見ていたという。

七日の戦闘における下痢の被害者は、戦隊長をはじめ、遠藤中尉、片岡中尉、菊地少尉、いくらか軽症なのは国井中尉、細萱曹長と多数にのぼっていることが判明した。これを聞いた第三飛行集団の川嶋虎之輔参謀長は、

「君たちがこんなに苦しんでいるとは知らなかった。すまなかった、さっそく食糧の手配をしよう」

と、参謀長はみずから私たちの宿舎へ、日本酒をさげてやって来た。板の間で、参謀長を中心に、私たちは車座になって、落下傘部隊成功の前祝いをすることができた。

翌二月八日、カハン飛行場の夜は明け放たれた。朝露を宿したゴム林の葉かげに螢が明滅し、木立ちの茂みから一歩踏み出すと、薄明るい空がひろがっている。私たちの頭上を羽根の青い小鳥がぴゅんと飛び立ち、雫が航空帽に滴り落ちた。そうした光景は、いったい、どこで戦争が行なわれているのだろう？　と思われるほどの、のどかさに満ちていた。

しかし、この静けさの中にも、南方作戦の運命を決する重大な準備が着々と進められていたのである。翌朝、私たちの戦隊は、昨日につづいて、軽爆隊と協力して第三次パレンバン

攻撃を敢行した。

二月八日付の私の日記には、こう記されていた。

『——早朝出発、三次パレンバン攻撃ヲ実施ス。我ガ中隊出動機数僅カ一機ナリ。予ノミ出動ス。哀レト言ウベシ……』

飛行機の補給が遅れ、私はただ一人で加藤戦隊長の僚機となって出撃した。

この日も爆撃隊は、超低空で爆撃を敢行し、そのまま全速で戦場を離れた。爆撃するのもこれが最後である。と、いうのは、二月十日に予定している落下傘降下までに、弾痕を敵に修理させておかないと、私たちが占領してから使用できないからである。そのためには、敵に修理させる時間が必要だったのである。

昨日の攻撃で、敵は再起不能となったのか、飛行機の残骸が山積みとなっていた。このとき、どこからきたのか、私たちが旋回している真下へ、敵のハリケーン四機が迷いこんできた。

安間中隊がいっせいに攻撃を開始した。

戦隊長と私は、上空を警戒しながら見まもっていると、たちまち敵の一機が発火し、墜落していった。他の三機は必死に逃げまどい、なかなか発火しない。強固な防弾装置のため、こちらの低空攻撃では角度が浅いので発射弾が、防弾板に阻害されるのである。しかし、相当に被弾しているにちがいない。おそらく二度と飛行することはできないだろう。それを見とどけると、戦隊長は翼をふって集合を命じ、全機そろって帰還した。

基地に帰ると戦隊本部前に、矢印のない「隼」が、一機おいてあった。天幕の下から、小柄で目のぱっちりした彫りのふかい美男子が姿を見せた。一瞬、私はその顔色の白いのに驚いた。彼は、第一中隊長の後任として着任して来た大谷益造中尉（航士五十一期）であった。

だが、考えて見れば、ここは灼熱の地でも内地はまだ厳寒の二月である。日焼けしていないのも不思議ではない。大谷中尉は、昨年十二月七日の船団掩護で戦死した高橋三郎中隊長の後任として、明野陸軍飛行学校の教官から転任してきたのであった。その赴任を待ち兼ねていた片岡中尉は、やっと肩の荷を下ろした。

この夜、机のない板敷きの広間で、大谷中隊長の歓迎会を兼ねて、戦隊長を中心に夕食をとった。それが戦隊長の意向で、どんなに困難なときでも、将校は一堂に集まって夕食をとるのだ、と聞いた大谷中隊長は、

「なるほど、これなら戦隊の縦と横の連絡が密になるし、しかも当番の人手もはぶける」

と、いたく感激していた。

「戦隊長、この戦隊は将校の雰囲気がいいですね」

と、大谷中尉は、着任の感想を述べた。戦隊長は笑いながら、

「戦闘機乗りだものなあ」

と一言いっただけだった。

二月九日、零時二十分に第五師団が、同日零時二十五分には第十八師団が、それぞれシンガポール島の一角に上陸し、合図の吊星が夜空に高らかに尾を引いて舞い上がった。

わが戦隊の当面の目的であったパレンバンの航空撃滅戦も、二月八日の第三次攻撃によって徹底的に痛撃を与え、いちおう敵の航空勢力を殲滅した。このパレンバンに関するかぎり、飛行機の撃破も重要な意義があった。イギリス本土から、艦船による補給はきわめて困難だったからである。

いよいよ世紀の空挺作戦を明日に控えて、私たちの緊張度はいやが上にも高まっていった。ところが、その出鼻をくじくように、落下傘部隊の輸送機到着が大幅におくれるという思いもかけない事態が発生した。そのため、十日の決行は延期となり、作戦日時も不明となった。まもなく第三飛行団長遠藤少将より特別の指令が出された。それは、加藤戦隊は連日の出撃で、飛行機の整備が必要であるから、当分休養するように、とのことであった。

加藤戦隊長は、ただちにクルアンの飛行団司令部に出頭して、遠藤飛行団長に進言した。

「第三飛行団での戦闘任務がなければ、原所属の第七飛行団に復帰させてください。いま第七飛行団の重爆隊はシンガポールに連日攻撃をかけています。私の戦隊だけが休むわけには参りません。重爆隊を掩護しますから、第三飛行団の作戦のときは、すぐ呼びもどしていただきたく存じます」

もともと第七飛行団所属の加藤戦隊は、重爆隊とは兄弟のように密接な関係にあり、重爆隊だけを攻撃に向けて自分の戦隊が休養をとっているに忍びなかったのである。

この申し入れを聞いた遠藤飛行団長は、その積極的で崇高な精神に感きわまり、ただちに菅原集団長にその趣旨を具申した。かくてわが戦隊は、第七飛行団に復帰して作戦に従事することとなった。

この日は夕刻になって、また一機の「隼」が舞い下りてきた。その飛行機から口髭を生やした、がっちりした体軀の将校が降りてきた。私の中隊の高山中隊長の後任として到着した丸尾晴康大尉（陸士五十期）であった。

私はこの丸尾大尉の着任で、開戦以来の重荷を一挙に下ろすことができた。それにしても中隊長代理としての役職がわずか一ヵ月であったにもかかわらず、私にはそれが何年もの長い長い期間であったように思われた。それほどシンガポール攻撃が、ほとんど毎日つづいていたからでもある。

長い間の極度の緊張から解放された私は、宿舎で久し振りの休養をとっていた。そうしたある日、ふいに戦隊長から呼び出しをうけた。いったい、何ごとだろうと、不審に思いながら戦隊長室へおもむくと、戦隊長は私の顔を見るなり、

「檜、後藤曹長が生きていたぞ……」

と、言った。

「えっ！　後藤が？」

私は、一瞬、驚きをかくせなかった。

「いまジョホールバールのスクタイ第五師団第二野戦病院に収容されている。あすの朝、迎えに行ってくれ」

と嬉しい知らせであった。私は喜びで声も上ずって、

「はい、いって参ります」

僚機の生還を手放しで喜んでいる私の顔を、戦隊長はじっと見つめている。そして、いつもと変わらぬ表情の中にも、目の底には、なにか深い悩みを蔵しているのが私にはすぐに理解ができた。後藤曹長は、もしかすると、敵の捕虜になっていたのではないだろうか？　一瞬、不吉な予感が私の身体を走りぬけた。私はあらためて戦隊長に、

「それでは、戦隊長、明朝、出発いたします。処置については、よく心得ております」

と、声を落として、静かに戦隊長室を出た。

部屋に帰ってベッドに横になったが、なかなか寝つけなかった。敵手に落ちた後藤曹長の顔や、私が彼に自決をうながしている光景などが、走馬燈のように現われては消え、消えては現われ、やっと寝ついたときは、すでに夜も白みかけていた。

日本武士道の悲壮な掟——生きて虜囚の辱しめを受けず——確かにその通りかもしれないが、かわいい部下に向かって、私は果たして死ねと言えるであろうか。先にスマトラで不時着し、武士道の作法通り壮烈な自決をした韓国出身の武山隆中尉の顔が、私に笑いかけてくる。また人一倍、部下思いの加藤戦隊長は、軍人精神の権化ともいうべき古武士の風格を備えているだけに、掟と人情の板ばさみで苦しんでおられるであろうと思うと、私はさらに胸が痛んでくるのをおさえることができなかった。

こうして私は部下に会える喜びと、一抹の不安を抱きながら、二月十日の早朝、中隊付の信田貞郎准尉（三重県久居市出身）とともに、戦隊の乗用車で出発した。腰の拳銃一挺をた

よりに航空服のままで、激戦の跡も生々しいジョホール街道を南下していった。

ジョホールの街に近づいたとき、前方にハリケーン戦闘機の残骸を発見した。道路わきの小高い丘の上に砕け散った敵機の最後の姿であった。

私は、くるまの窓を開け、走りながらなおもよく見ると、操縦者が機体の横にころがっている。操縦者のその無残な姿を見たとき、私にはとても見過ごすことができなかった。私の心中には、そのとき敵も味方もなかった。私はすぐに停車を命じた。この空飛ぶ戦士の運命が明日の自分にも通じている。〈戦する身と空飛ぶ鳥は、どこのいずこで果てるやら〉という唄があるが、私だって明日はどうなるかわからない。この敵の戦闘機は、シンガポール陥落を目前にして最後まで戦い、昨日の空中戦で安間中隊に撃墜されたものに違いなかった。踵のくち果てた航空靴、無残にも破れた飛行服が、同じ空中戦士の私の気持をとらえてやまなかった。しかし、時間の余裕もなかったので、急いで死体を凹地に引き込み、胸の上に手を合掌させた。そして、足元に咲き乱れている草花を摘んで、そっと手向けてやった。

くるまはやがてジョホールバールの市街に入って来た。

ここジョホールバールは、マレー半島の最南端にあり、狭い水道をはさんでシンガポールに面している都市で、その市街地の近くまでマレー特産のゴム林がひろがっており、そのゴム林の中には、シンガポール総攻撃を待つわが地上軍の精鋭が、あちこちに分散待機していた。いよいよ戦機が熟しているの感が強く、いななく軍馬の声にも緊張をおぼえるほどである。

そういう陣営の中を、あちらの部隊、こちらの部隊と聞き歩いて、やっと探し当てた病院は、ゴム林を伐採した空地にある立派な病院であった。

案内してもらって、後藤曹長の病室の前に立つと、私は呼吸をととのえてから、静かにドアを開けた。後藤曹長は、全身を包帯でぐるぐる巻きにされ、眼だけを出して横たわっていた。

「後藤曹長！」

「檜中尉殿！」

二人の声はからみ合った。いまにもとびついて来たげに、身もだえしている後藤曹長の目からは、大粒の涙がとめどもなく流れている。

「よかったな、戦隊長が心配して、くれぐれもよろしくと言っていたぞ！」

と言うと、起き上がろうとするので、私は包帯だらけの後藤の手を押さえて静かに横にさせた。心の中で私は、当時の状況をどう切り出して聞こうかと戸惑っていた。と、後藤曹長は、

「檜中尉殿、……この後藤はぶじに敵の手を逃れました」

と、私が聞かぬ先にそれを訴えた。

日頃の薫陶にこたえてくれて、私はなによりもうれしかった。

「そうか、そうか、ほんとによかった！」

私は後藤の話を聞いた。

彼の話によると、空中戦で敵機を急追していると、後方からせまってきた敵機の弾丸を受け、瞬時にして火を発し、落下中、無意識のうちに落下傘降下して、ゴム林の中の小さな村落に降りた。ちょうど敵が、なだれのように敗走しているまっ最中であった。敵に目標を与えてはならぬと思い、一目散に当てもなく走って、ともかく落下傘の側を離れることに成功した。

そして、村のはずれの一軒屋の物置のかげまで来た。そこで、じっと息をころして、物置の中の草むらに身をひそめて外をうかがっていると、退却して行く敵兵の姿が見える。

夕刻になって周囲がうす暗くなった。敵の通過も少なくなったころ、家の中から、十六、七歳のマレーの少女が出てきて、彼のいるところをどうして知ったのか、「来い」「来い」と手でさしまねいている。はじめは、不安そうに近づいて来なかったが、しばらくすると、盆の上に握り飯をのせて、それを一間ぐらい離れたところへ、そっと置いて、家の中へ走り込んでいった。

空腹ではあり、疲労と火傷の痛みも加わり、さかんに欲しくなるが、じっと我慢していた。そうする間も彼は腰の拳銃を取り出し、敵に備えると同時に、みずからも俘虜の辱しめを受けないように自決の覚悟をしていたという。

そのうちに夜になった。また少女が現われて、招くので、痛みをこらえて、ふらふらとついて行った。家の中には、年とった父親が何か細工物をしていたが、後藤曹長の姿を見ると、その手を止めてしばらく少女と話をしていた。そのようすにはなんの敵意もなく、戦場の怖さを感じているようには見えなかった。

やがて彼は、少女だけを残して外へ出ていった。後藤曹長は、敵に告げに行ったと思ったので、立ち去ろうとすると、少女が手を横に振って引きとめて放さない。そうしているうちに、五、六人の若者を連れて父親がもどって来た。

後藤曹長は、一瞬、はっとして満身の力をしぼって拳銃を身構えた。ところが、なんとこのマレーの青年たちは、ニッコリとして、みんなが手を出して、「カラー」「カラー」と掌を叩きながら叫んでいる。手の色も、顔の色も同じだ、われわれは味方なんだというのである。

後藤曹長も安心して身を横たえた。

彼らは、じつによく後藤曹長を看護してくれた。家の外は、若者たちが鎌や棒をもって護衛してくれている。父親と少女は、草の葉をとってきては、それを焼いて傷に塗りつけ、布で巻いてくれた。

後藤曹長の感激は頂点に達していた。彼は傷ついた身体も心もふるわせて泣いたという。

やがて第五師団の第一線部隊が進出して来た。そして、彼はスクタイの野戦病院に収容されたのであった。

私はこの話を聞いて、内心、昨夜来の杞憂が晴れて小躍りしたい気持であった。私はなによりもまず顔いっぱいに笑いを浮かべて、「ああ、そうであったか、よかった、よかった」と大きく首を前後に振って喜ぶ戦隊長の姿が思われた。

万事を病院長にたのんで、ふたたび基地へのくるまに乗った。

二十分ぐらい北上したとき、道路の左側に大きな工場を見つけた。ゴム林を切り開いた広場に、工場一棟と倉庫二棟が建てられている。信田准尉が、

「中尉殿、罐詰工場らしいですね」

というので、門の標札を見ると、英人経営のパイナップルの罐詰工場である。奥の方に、日本兵が二人、歩哨に立っている。信田准尉は中国大陸の戦線に従軍した古強者だけに、なにか獲物を感じたらしい。くるまを降りて広場を進んでいく。私も後からついていった。

倉庫の中をのぞくと、いままで見たこともない大罐のパイ罐が、倉庫いっぱいにギッシリと山積みされている。信田准尉が、

「みやげに、少しもらって行きましょう」

といって、倉庫から現われた下士官と話している。

私はカハン飛行場の設営のとき、食糧の集積の不備で雑草を食べる不始末をやらかし、そのとき戦隊長以下、多くの人たちに迷惑をかけたので、その罪のつぐないに、パイ罐のみやげを考えた。私も工場管理の下士官に、少し引き渡してくれるようにたのんだ。

下士官はしばらく考えていたが、

「はい、承知しました。それでトラックは何台分ですか」

とこともなげにいうので、今度はこっちが驚いて、

「いや、この乗用車のトランクに積んで帰るのだ」

というと、回りにいた者たちから、いっせいに笑い声が上がった。

くるまのタイヤが拉《ひし》げるほど積んで、夕闇迫る基地に帰って行った。

途中、通過した町も、村も、戦場の跡とは思えぬ活気に満ち、民衆は平和な暮らしをしているようにさえ見えた。

第四章　桜花の散るごとく

空の神兵の祈り

二月十一日、紀元節の日を私たちはカハンで迎えた。この日をシンガポール攻略の目標としていた山下兵団は、再三にわたって、敵の軍司令官パーシバル将軍にたいして降伏勧告をしていたが、回答はなかった。

敵の抵抗は予想以上に激しく、日本軍はシンガポールを目前にして、突入の態勢にあったが、敵は海上から多くの兵員資材を後方に退却させ、パレンバン、ジャワ地区での防衛線を築き、徹底抗戦の構えを見せていた。このため、第十八師団と第五師団の精鋭が総攻撃に打って出たのは、二月十二日であった。

一方、落下傘降下作戦は、落下傘部隊と同時に船団によって上陸を決行する第十六軍（今村均中将）隷下の第三十八師団の一部を掩護し、さらにジャワにあった蘭印艦隊の攻撃に備えて、空から協力する海軍航空隊の集結がおくれたために、決行日が再度、延期され、「十四日決行」となった。

そこで、その前日の十三日、それまでに行なわれたパレンバン航空撃滅戦で敵の大部を撃滅してはいたが、さらに残存の敵を一掃すべく、四回目の攻撃を実施した。

この日、私たちは敵飛行場の上空を旋回して敵の出現を待ったが、向かってくる敵影もなく、さて帰路に着こうとしたときだった。安間中隊の下方に、二、三機の敵機が舞い上がって来た。

ただちに安間中隊の国井正文中尉機が、上方から急降下で襲いかかり、射距離に入ると、ダ、ダ、ダ、ダッ！と一連射を浴びせた。敵機はたちまち黒煙をふき、攻撃をすませた国井機が、機首をグッと引き上げた、と見えた、つぎの瞬間だった。とつぜん、国井機の両翼が、まるで洋傘をたたんだように、ぴったりと胴体にひっつき、そのまま地上に突っ込んで行った。

空中分解を起こしたのであろう。私は無意識に、その一瞬、目をつむり、呆然となった。先頭をいく戦隊長機を見ると、機体が激しく揺れている。座席から身を乗り出して、地上で炎上する国井機を見つめているであろう戦隊長の苦痛が察せられた。

国井中尉は、加藤戦隊の三羽烏として、安間大尉、竹内中尉とならび称され、開戦劈頭の船団掩護いらい、抜群の武功を誇っていた部隊の至宝ともいうべき人であった。しかし、その最後は、桜花の散るごとくなんともあっけないものだった。

この日、基地にもどった加藤戦隊長には、いつものような笑顔は見られなかった。国井中尉の戦死がよほどこたえたらしく、わずかにその目が涙でぬれているようであった。

基地に帰還後、ふたたび第三飛行団の指揮下に入ったので、遠藤少将のもとへ報告に向かった加藤戦隊長は、補佐する部員もなく、ただ一人で疲れも想像以上のものがあったようだ。自動車に乗り込む戦隊長の身体を、私たちはなによりも気遣っていた。

遠藤少将は、いつになく萎れている戦隊長の、部下を思う燃ゆるような愛情に心をうたれ、国井中尉の戦死をなぐさめ、かつ激励したという。

国井中尉に対しては、菅原集団長より、つぎのような感状が授与され、それが上聞に達した。

感　状

加藤飛行部隊　陸軍中尉　国井正文

右ハ大東亜戦争ノ劈頭、編隊長トシテ、夜暗ト悪天候トヲ克服シテ、至難ナル船団掩護ノ任務ヲ完遂シ、モッテ軍ノ作戦ニ寄与セシ所、頗ル大ナリシノミナラズ、爾来二月十三日、パレンバン飛行場ニ戦死スルマデ、常ニ率先難局ニ立チ、勇猛果敢敵ニ当リ、或イハ熾烈ナル鉄火ヲ冒シテ対地銃撃ヲ敢行シ、或イハ空中ニ捕捉シテ一撃必殺ノ銃砲火ヲ浴ビセ、モッテ多数ノ敵機ヲ撃滅セリ。是レ其ノ優秀ナル技能ト卓抜ナル機眼トニヨルコト固ヨリナルモ、中尉ノ烈々タル攻撃精神ト、生死ヲ超越セル責任観念トニ基クモノニシテ、真ニ空中戦士ノ亀鑑トスベク其ノ武功ハ抜群ナリ、仍テ茲ニ感状ヲ授与ス。

昭和十七年四月二十九日

馬来方面陸軍航空部隊

最高指揮官

こうして国井中尉が戦死し、門脇曹長は帰還せず（不時着し、のちに小舟で帰還）、むなしく、さびしい心を抱いて、われわれは、その日、うす暗くなったゴム林の中の細路を宿舎の方へ帰っていった。

すると、そのゴム林の中の広場に、たくさんの兵士が車座になって座っている。そして、その正面に黄色い袋の落下傘が高く積み上げられ、祭壇が設けられて、数本の蠟燭が灯っている。「空の神兵」たちがぶじなる開傘を祈って敬虔な祈りを捧げている最中であった。

私たちは足を止めて、成功を祈り、深く頭を垂れた。行き過ぎようとすると、走って追いかけてくる人影がある。近づいて来たのを見ると、太った元田精一中尉と、小柄な飯塚英夫中尉、そして、並はずれた大柄の野崎幹雄中尉――みんな同期生で落下傘部隊の操縦者である。

降下部隊の中隊長徳永悦太郎中尉もいるはずだが、このときはめぐり会わなかった。みんなはち切れそうに元気な顔をしている。

「おお、檜、パレンバンの敵さんはどうだい」

同期生の気安さで、彼らはさっそく私に敵地の状況をきいてきた。ところが、仲のいい、わんぱく仲間の同期生の顔を見ていると、つい、むらむらとからかってやりたくなってくる。

「パレンバンには、いるぞ、いるぞ。戦闘機が山ほどいるから、危ねえものだぞ」

とたんに彼らの顔は、一瞬、引き締まったようだった。

「ほんとか、降りたら、こっちのものだが、降りるまでは、なんともならん、降りるまでは頼むぞ」

「心配するな、うちの部隊がついているんだ。安心して、おフクロの夢でも見て寝ろよ、大船にのった気でなあ」

なにか言って激励したい、慰めたいと思っていても、遠慮のない同期生が数人よると、出る言葉はいつもの乱暴な悪口の連発でしかなかった。

「じゃあ、あしたな」

「うん、頼むぞ」

結局、そんな短い言葉をかわしただけで、肩を叩き合って別れてしまった。

明くれば二月十四日、日本陸軍初の落下傘降下作戦が実施される日だ。その成功、不成功は、友軍の士気に影響する重要な作戦である。そして、これを掩護するわが第六十四戦隊の隊員は、いやが上にも緊張していた。降下兵を搭載した輸送機が、もしも敵の攻撃をうけるようなことがあれば、わが戦隊の名折れになる。

われわれは「成功」を神に祈りながら、勇躍、基地を飛び立った。

カハン飛行場からは、第一次挺進団久米部隊の降下人員三百余名を搭載した九機のMC輸送機と二十五機のロッキード輸送機が飛び立ち、クルアン飛行場からは、武器弾薬その他の物量を搭載した飛行第九十八戦隊の二十七機の重爆撃機が飛び立って上空で合流し、それを加藤戦隊長以下のわれわれが、飛行第五十九戦隊の「隼」部隊をも指揮下に入れて掩護するのである。

九時零分、激戦中のシンガポールを左下にのぞみながら、パレンバンに向かって飛行をつづけた。私たちはこの掩護には、今までとはまたちがった緊張をおぼえていた。掩護している飛行機は、物量搭載の重爆撃機をのぞいてはまったくの無防備なのである。万一、敵の攻撃を受ければひとたまりもないからであった。

なんとしても守り抜かなければならない！その使命にだれしもが、重圧を感じていた。

掩護隊形は、パレンバン飛行場降下部隊と、精油所降下部隊が、それぞれの目標に分進するまでは密集隊形で航進することになっていた。つまり輸送部隊の左側上方に加藤戦隊長機、それにつづいて新任中隊長の大谷中尉の指揮する第一中隊、その後を私の指揮する第二中隊の「隼」戦闘機三機。第三中隊は私の編隊の三百メートル上空を、左右に蛇行しながら進んでいく。さらに、はるかその後上方に中尾戦隊が加藤戦隊長の指揮下に従っている。

大編隊は、一糸乱れぬ隊形で、堂々と進撃をつづけていた。輸送機搭乗の降下部隊の勇士たちの運命は、私たち戦闘隊の掩護の如何にかかっている。

──彼らは俺たちを頼りにしているんだ！

そう思うと、上空の寒さが極度に緊張をさそうためか、身ぶるいをおぼえるほどであった。降下員たちは、すべて陸軍戸山学校で鍛えられた武道の達人、地上ではまさに一騎当千の強者ばかりである。しかし、その猛者たちも、空中では猫の子にもひとしい存在なのだ。

──どんなことがあっても、生命にかけても絶対に守り通さなければならない！

しかも輸送機の一機には、落下傘降下のできない指揮官の久米部隊長と参謀たちが乗っている。彼らの降下地点は精油所付近の湿地帯とされていた。そのため脚を下ろしての着陸は不可能であり、最初から胴体着陸が計画されていた。この指揮官搭乗機のパイロットは、同期生の野崎幹雄中尉であった。久米部隊長はじめ搭乗員は全員が鉄カブトをかぶり、胴体着陸に備えている。

やがて、シンケップ島がかすかに見えはじめる。上空一面は厚い雲に覆われていて、しかもその雲は異様に乱れが増すばかりで、すでに時間の上ではパレンバン上空へ到着しているはずであった。だが、密雲の切れ間は容易に発見できなかった。

とうとう先頭の輸送機がゆるやかに旋回して引き返しはじめた。

──いつまでうろうろしていては、敵の備えを強化させるばかりだ！

ふと、不吉な予感が脳裏を駆けめぐった。が、やっと雲の切れ間がひらけてきた。この機を逸せず高度を六百メートルまで下げて、雲の直下をバレンバンに向かって突進した。だが、雲の下もさらに天候が悪く視界がほとんど利かない。編隊が少し動揺しはじめている。不安がつのるばかりだ。

やがて左前方にパレンバンの市街が見えはじめた。

ここで、輸送機編隊の後尾部隊が左へ機首をそらし、ムシ河畔の精油所のほうへ向かった。私の掩護する主力部隊は、パレンバン飛行場へ直進した。たちまち精油所降下の輸送機は薄墨のような雲につつまれて、視界から消えていった。まもなく市街から大きな黒煙がパッと立ち昇った。精油所に火がついたのだ。私は思わず、しまった、と叫んだ。精油所が燃えてしまえば、いままでの苦労も水の泡になり、今次の大作戦の意義もなくなるのだ。一瞬にして精油所付近は阿修羅の巷と化した。もはや考える余裕はなかった。敵の戦闘機がどこから襲ってくるかわからない。目を皿のように四方を警戒した。輸送機に近寄り、守りをがっちりと固めた。右前方にいままで幾度も攻撃をした滑走路が、ぼんやりと薄茶色に浮かんでいた。本来ならば白く見える滑走路の舗装が、われわれの数度の銃撃によって炎上した飛行機の熱と煙で全面が焼けただれて、いまや茶褐色に変色していたのだ。

いよいよ降下のときが近づいてきた。人員降下のさいには、飛行速度を一挙に時速二百キロ近くまで落とすことになる。このときが敵に襲われると最も危険な時間である。高度は約三百メートル、落下傘降下の最低高度だ。雲のために、これ以上の高度がとれない。前方にも、後方にも、上にも下にも敵機は見えない。

――いまだ、早く降りてくれ！

私は思わず神に念じた。翼の先端付近に、座席から飛行場が見えかかった。ときまさに十一時二十五分、操縦席前面の飛行時計の針が歴史の瞬間を指している。輸送機が速度を落としたように思えた瞬間、中から黒いものがパラパラと無数に転がり出た。そして、あっと思うまに、純白の落下傘が、間隔をおいてパッパッと目にまぶしいように開いて青空の中に浮いた。

同時に、それを待っていたように、敵の地上砲火がいっせいに火を噴いた。一時は白い落下傘が、地上砲火の炸裂する閃光と火柱を映して赤々と見えるほどだった。おびただしい数の火柱が、私の飛行機の翼下を突き抜けていき、二百メートルぐらい斜め後方で高射砲が炸裂しはじめた。

――この地上砲火で、落下傘部隊は全滅したのではないか？

そう思えるほど敵の砲火は、熾烈をきわめていた。しかし、幸いなことに、敵も周章狼狽しての射撃であったために落下傘部隊の被害はこの時点で皆無であった。奇跡としかいいようがない。それにしても私には、降下の際の人員の降下と器材投下の距離が非常に離れていたように思われ、いささか気がかりであった。が、まもなく地上からの対空砲火も、しだいに沈黙して来た。降下部隊がそれを制したのであった。

後日、聞いた話によると、私の想像した通り、彼らの中には投下した武器を入手できず、徒手空拳で活躍した勇士もいたという。文字通り〝空の神兵〟なのである。

後上方を振り向くと落下傘部隊の降下した上空を、加藤戦隊長の編隊がしきりに旋回していた。私たちは帰還する輸送機を、ふたたび掩護するため、速度を増して輸送機の後方についた。ゆらゆらとまだ降下途中の落下傘部隊に、「成功を祈る！」と心の中で呟きながら機首をめぐらした。

こうしてパレンバン飛行場が遙か右下方に見えるところまで離れたときだった。ふいに私の機体の左右を細い曳煙弾が尾を引いて流れていった。

——さては敵機か？ と旋回して周囲を見回したが、敵機はまったく見えない。翼を振りながら物量投下した重爆撃隊の側へ寄っていくと、ふたたび細い煙が尾を引いて追ってきた。なんとその友軍機からの射撃だったのだ。

——こいつ、掩護してもらっている戦闘機を撃つとは、何ごとだ！

私は左へ全速で駆け抜けて、機体を右に垂直旋回して、背を向け、この「日の丸」の標識が目に入らないのか！ と見せつけてやった。たぶん、その重爆の機上射手は、砲煙と敵の火衾にうろたえて友軍機を敵機と錯覚したのであろう。

パレンバンも遠ざかり、垂れこめていた雲も晴れて、もはや敵機襲来の恐れもなくなってくると、一度に緊張感がほぐれ疲労が出て来た。だが、心配のタネがつぎつぎと頭をもたげてくる。

——落下傘部隊は地面につくまでに、ほとんどやられてはいないだろうか？

——輸送機は全機ぶじだろうか？

——後に残った加藤戦隊長以下の戦闘機は、敵と交戦して苦戦しているのではないか？

などと、気持は少しも休まらなかった。

ちょうどそのころ、戦隊長編隊群は、高度八百メートル、降下地点の上空で最後の輸送機を掩護していた。そこへハリケーン一機が、輸送機にたいして攻撃してきた。

「敵機だ！」

ただちに第一中隊の大谷中隊長機がこれを撃退し、高度二千メートルまで上昇して、主力降下部隊の上空を制空していたところ、十二時五分、敵スピットファイアーらしき戦闘機五機とハリケーン五機編隊が、パレンバン市街方向から前進してくるのを発見した。

加藤戦隊長はまっ先にこれを攻撃し、他の編隊機とともに、十二分間にわたって、敵味方の間で、壮烈な空中戦を行なって、このうち数機を撃墜し、十二時二十五分、落下傘部隊が着地後、しだいに結集しているのを確認すると、戦場を離脱し、帰還の途についた。

戦隊長が、悠然として基地に降り立ったのは、われわれが重爆撃機を全機ぶじに掩護して基地に着陸してから、約三十分後であった。

全機ぶじ帰還とはいえ、われわれは手放しでこの成果を喜ぶ気にはならなかった。それは、精油所降下部隊の物量投下をした重爆撃機の一機が、対空砲火をうけて炎上し、物量投下を果たした後に、精油所近くで、壮烈な自爆を遂げていたからだった。しかもその機長は、私の同期生の須藤直彦中尉(航士五十三期生)であった。

基地にもどった戦隊長は、この降下作戦の成功にもニコリともしなかった。航空帽をつけたまま、白湯をぐっと一気に飲み干し、さっと立ち上がったのだ。そして疲れも見せず、

「さあ、出かけよう！」

と、すでに夕闇が迫っていたが、息をつかずの連続出撃であった。その出撃任務は、降下した落下傘部隊に協力する手筈となっている第三十八師団麾下の部隊を満載した味方船団の掩護のためであった。

われわれがムシ河の上空にさしかかると、二十隻あまりの大船団が見えた。そのまま船団掩護を続行し、やがて辺りが夜のとばりにつつまれるころ、戦隊長は、味方のぶじ上陸を確認して帰途についた。

加藤戦隊長は、その日、基地に帰還すると、またすぐに自動車で飛行団司令部におもむき、遠藤少将にその日の戦果を報告した。遠藤少将は心から労をねぎらったものの、気持がシンガポール総攻撃の方に傾いていた。そのため、落下傘部隊の降下後の状況には思いも至らなかった。しかし、やはり気にはなったのか、明日の早朝、戦闘隊に出動を命じ、落下傘部隊に協力をさせたい意向を参謀にもらしていたが、戦闘隊は、十三日いらい連続して出動し、十四日のごときは飛行時間五時間にわたる出動を二回もくりかえしているので、飛行機の点検、整備のいとまもなく、司令官として、出動命令は下せなかった。

そういう司令官の苦衷を察して、加藤戦隊長は、突然、遠藤飛行団長に向かって、

「飛行団長、私の部隊に、明日の任務を仰せつかっていませんが、もしよろしかったら、せっかく降下に成功した久米部隊をこのまま見すごすことはできませんので、明早朝、久米部隊の掩護に出動させていただきたいと存じます」

と意見具申をした。それを聞いて遠藤少将は喜ばれた。大局的な見地から自らを律する加

藤戦隊長の心には、毀誉褒貶もなく、任務必達の精神が躍動するだけであった。

二月十五日の朝、偵察機から報告が入った。

「精油所は火煙のため確認できざるも、飛行場占領部隊は集結した部隊をもって飛行場を攻撃。その占領も時間の問題と考えられる」

不安に明けた一夜のうちに落下傘部隊の精鋭は、じつによく大任を果たしたのである。

わが部隊は早朝から、戦果拡大のために送る第二次挺進団を掩護するための出動準備に追われていた。そして、敵機の抵抗もなく、第二次落下傘部隊を掩護して、パレンバン飛行場上空に到着したときには、すでに飛行場は日本軍の手に渡っていた。

飛行場近くのジャングルのここかしこには、白い落下傘が引っかかり、風に吹かれて漂い、前日の激戦の跡がしのばれた。一方、ムシ河より遡航した第三十八師団の部隊もまた、無血上陸に成功していた。しかもその部隊の一部は、それまでまったくわが方が気づかなかった「ゲルンバン飛行場」を発見し、これも占領していた。

こうして第二次挺進団は、なんの支障もなく予定通りに降下し、パレンバンは完全に日本軍の占領するところとなったのである。

また、この占領によって後方を遮断されることとなった英軍は、ついに二月十五日十九時五十分、白旗を掲げて降伏し、東洋の牙城シンガポールは陥落した。

これは後日になって判明したことだが、敵の第二飛行場ともいうべきゲルンバン飛行場は、地上軍の上陸によって偶然に発見されたのだが、なんとそこには、敵の主力戦闘機十数機が落下傘降下の直前まで残存していたという。

この事実を、われわれはまったく知らずに出撃していたことになる。もしもそれらの敵機が戦闘に加入していたら、わが方にも相当の犠牲が出たにちがいなかった。敵がなぜその主力部隊を出撃させなかったかは、定かではないが、たぶんジャワ防衛を強化するためだったのであろう。その証拠に、ゲルンバン飛行場の敵機は、落下傘部隊降下の翌日、ジャワ島防衛のために撤退し、最後の拠点ジャワ島の決戦に備えたのであった。

出撃につぐ出撃

二月十七日の朝早く、私は戦隊長に呼ばれた。戦隊長は私の姿を見ると、席を立って、命令を下達した。加藤戦隊長は、たとえ一機の出動でも、かならず折目正しく命令を下すことを忘れなかった。どのようなときも、けっしてこの姿勢を崩すことがなかったのである。それは、この一瞬が今生の別れとなることを考えてか、相手の顔を食い入るように見つめて、命令を与えるのを常としていた。もちろん複数の部下の場合は、一人一人の顔を確認して、脳裏に刻みこむように、ゆっくりと命令を伝えるのであった。

「檜中尉は部下二機を指揮し、ただちにパレンバン飛行場に前進して、明十八日、前進する主力部隊の受け入れの準備をすべし」

私はそれを復唱すると、さっそく飛行機の準備を命じた。僚機には油断を戒めるために、

「たとえ友軍が占領しているといっても、まだ飛行場には敵の仕掛けた地雷が残っているかもしれん。おれの機の着陸をよく見て、その通りのコースへ着陸しろ」と指示し、さらに言葉をついで、「また飛行場の上空には、敵機がジャワより来襲することも考えられるから、注意するように」ともつけ加えた。

私は自分の飛行機の胴体に、パレンバンで宿舎の設営をし、戦隊長の当番となる予定の伊藤千秋上等兵を乗せて、僚機二機とともに出発し、正午すぎ、パレンバン飛行場の近くに迫った。私は大事をとって、ぐんぐんと高度を上げ、六千メートルまで上昇し、目を皿のようにして敵機を警戒しつつ、飛行場上空へ進入した。ふと、市街のほうを見ると、果たせるかな敵戦闘機の五機編隊が、ジャワ方向へ飛んでいくのが見えた。私はすぐに、「敵機発見」の合図の翼を急激に上下に振って、全速で敵に迫っていった。こちらは前進基地へ移動のため機内に伊藤上等兵と荷物を積んでいるが、静かに戦闘すれば大丈夫と判断し、いよいよ攻撃寸前のところまで近づくと、敵機もこちらの機影を発見したらしい。しかし、敵にまったく闘志はなく、機首をぐっと垂直に突っ込んで、あわてて南方海上へ逃避していった。どうせいずれはわが手にかかる敵だから、何もいそぐ必要はない、と私は攻撃を断念して引き返し、飛行場上空を超低空で旋回して、地上のようすを確かめた。

まさか地雷はなかろうが、なんとなく緊張をおぼえながら着陸コースに入ろうと、ふたたび上昇していると眼下のゴム林の中に、飛行機らしいものが見える。あの飛行機はもしかすると、二月七日、加藤戦隊長の僚機で戦死した奥山曹長機ではないかと、機首を返して旋回しながらよく見ると、私の中隊の「赤い矢印」の標識が直角に突っ立っていた。さらによく確かめていると、機体の大半を垂直に突っこみ地面に埋まっているではないか。そのようすは、地面に激突したことを物語っていた。私は静かに黙禱して奥山曹長の冥福を祈り、着陸態勢に入った。

飛行場には地上整備員もすでに到着していて、部隊の受け入れ準備も終了していた。私は宿舎の準備のために、市街へ向かった。

ところが、驚いたことに、市街は予想以上に惨状を呈していた。道路の交叉点付近では、かならずといっていいほど落下傘部隊の活躍の跡が見られ、オーストラリア兵の遺体が、あちこちに転がっており、水牛の死体の間には衝突で横倒しとなった自動車の残骸が見られた。その光景は筆舌につくし難いむごたらしさであった。

さらに行くと、道路脇のゴム林の中には、石油罐が山のように積まれていた。私たちが、「ガソリン一滴、血の一滴」のスローガンのもとに節約を余儀なくされていたその石油が、ここでは無尽蔵にあるではないか。また、市街の至るところに立て札が立っていて、そこには落下傘部隊降下の場合に備えて抵抗することを指示した絵入りのポスターが貼られていた。敵はこのことを予測していたのであろう。だが、その落下傘降下作戦は、当然、シンガポール陥落のあとと思っていたらしい。つまりわが日本軍の奇襲降下は、完全に効を奏した感があった。ただ、街角のガソリンスタンドの油には松脂《やに》が混入してあったらしく、このガソリンを使用した日本軍のトラックは、至るところで故障を起こした。これは敵が退却のさいに、わが方の追撃を防ぐためにやったことらしかった。

しかし、街はすでに平穏をとりもどしていた。住民たちは日本軍に敵意を示すどころか、非常に好意的だった。また、いつつくったのか「日の丸」の小旗を振って、私たちを歓迎している。その歓迎ぶりは、私たちが戸惑うほど熱烈であった。

ともあれ、私はカハン飛行場での粗末な耐乏生活の償いをしようと、街の空屋になっているオランダ人の家を探し歩いた。するとそのとき出逢ったインドネシアの青年が、良い家があると言って案内してくれた。それは、日ごろ彼らが目の敵にしていたオランダ政庁の役人の家だった。瀟洒なヨーロッパ風の邸宅で、青年は、われわれに、ここに住むようにすすめてくれた。

家の中に入ると、大きな冷蔵庫があり、りっぱな応接室と浴場があった。私は初めて見るその豪奢な生活ぶりに驚いた。食卓には、食事が準備途中のまま置かれてあり、冷蔵庫の中には、ミルクや果物がぎっしりつまっていた。まさか毒はあるまいと、ミルクを一杯いただいたが、異状はなかった。

私はオランダ政庁高官の家を、われわれの宿舎に定め、椅子や机を飛行場のピストへ運んだ。それにしても、各家の車庫に自動車がそのままに置かれてあったのは不思議であった。どこかへ逃げる重要な足であったろうに、どうしたことであろう。

さっそく私は、縦長の紙に、「加藤部隊」と書いて、車庫という車庫に貼って歩いた。後刻、後続の部隊が、わが部隊をたずねて来て、自動車を一台ゆずってくれと頼んでくる一幕もあった。

二月十八日の正午ごろ、加藤戦隊長の率いる一隊がパレンバンに到着した。加藤戦隊長は到着すると休むまもなく、すでに前進を終えていた第三飛行団司令部に出頭し、遠藤少将に、

「我が部隊の出動準備はすでに完了しております。この地の精油所の防衛のためにも、本日ただちにジャワ島に対する攻撃を断行すべきであります」

と、強引とも思える意見具申を行なった。

この具申は、戦隊長が常にいっているところの「攻撃こそ最良の防御である」との考えから出たものであった。遠藤少将も同じ考えであった。敵機の跳梁をゆるしている現状では、隷下各部隊の到着を待って、一刻も早く、その日のうちにジャワ島の敵航空基地を叩きたかったのだ。ところが、ぞくぞくと到着してくる各部隊は、飛行団長の意図に反して、ただ単にパレンバン飛行場に移動することのみ考えていたため、出撃準備など、おぼつかない状態であった。こうした情況から、進攻作戦は一日延期せざるを得なかったのである。

二月十八日の加藤戦隊長の日記には、これについてこう記されている。

「本日、直チニ攻撃ヲ指向シ、数撃連続攻撃ノ要アル旨具申シ待機シアリシモ、他部隊中ニハ漫々的ニシテ明朝ノ攻撃ヲ顧慮セザルモノアリ、已ムナク明朝ニ延期ス。遠藤閣下モ少々御機嫌斜メ」

加藤戦隊長は、他の戦隊の行動に不満を抱いているように見えた。だが、私たちに対しては、雨のため一日延期したのだと言って、なにくわぬ顔をしていた。

明くれば二月十九日、遠藤第三飛行団長は、パレンバンに攻撃してくる敵爆撃機を制圧するため、第一撃の攻撃目標を、有名な植物園のあるバイテンゾルグ飛行場と決定した。九時五分、加藤戦隊長が飛行第五十九戦隊をもあわせ指揮して、「隼」約二十機をもって、パレンバン飛行場を出発した。

飛行場上空で同行の軽爆撃機編隊（小編隊）と集合し、一路、西部ジャワへ向かった。

この日は第三中隊が攻撃に当たり、戦隊本部と第一中隊が攻撃隊を支援し、私の中隊は上空掩護と決められていた。

――初見参のオランダ空軍の腕前はいかに？

私は胸をおどらせていた。おりからの快晴にめぐまれ、絶好の攻撃日和であった。

やがて眼下に、ジャワ島が、南海洋上にその姿を見せはじめていた。そのまま、飛行をつづけ、バンドン北方の海上から進入し、バイテンゾルグ上空にさしかかった。高度は敵と決戦を交える意味で三千五百メートルの中空を選び、一挙に雌雄を決しよう、という戦隊長の作戦であった。

敵地上空にさしかかると軽爆隊は、つぎつぎとバイテンゾルグ飛行場を爆撃し、あっというまに、地上の大型機九機を撃破し、さらに四機を炎上させて帰途についた。しかし、どうしたことか、敵の戦闘機は地上にまったく見当たらなかった。ということは、空中に待機している公算が大きかった。だが、いっこうに姿を見せない。そろそろ引き上げの時刻である。

時計を見ると、十時十五分。このとき、突然、戦隊長機の翼が、急激に上下に振られた。「敵機発見！」高度は約二千五百メートル。戦隊長機の接敵方向を見ると、前方約七百メートル付近にP-43とおぼしき敵の編隊十六機が何も知らずに飛んでいる。

戦隊長の攻撃下令の翼が振られた。まず安間中隊がいっせいに反転し、敵の後上方から基本通りの攻撃姿勢で迫っていった。私が上空から敵機を目で追っていると、なんとふしぎなことに敵機の両翼には、アメリカの標識が見える。私は躍動する胸をおさえながら、上空掩護の任務のため、手出しはできず、中隊長丸尾大尉機の後から、一コ編隊を指揮して、いまや空戦の開始されようとする空域の上空で、ゆるやかに旋回しつつ上方の警戒にあたり、はじめてのオランダ空軍との対決を見まもっていた。

やがて安間編隊は、まっすぐに飛んでいる敵の各機に対して、それぞれがぴったりと喰いついた。と、見るまに、すうっと数条の曳光弾が流れた。すると、もう敵の落下傘が五つ、パッと開いた。それは一瞬の出来事だった。そして、降下していく落下傘の間を縫って、空いっぱいに、くるくると格闘戦が展開された。いままでのイギリス軍の戦法とは異なり、オランダ空軍は回り込み回り込みながら、こちらの得意とする格闘戦にもってくるので、わが方の最も望むところであった。

それはまるで撃墜して下さい、とでも言っているように見えた。敵機はつぎつぎと火を吐き、敵の編隊は早くも総くずれとなった。利あらずと知って逃走をはかる敵の数機に、加藤戦隊長と第一中隊の各機がさっと襲いかかった。敵はあわてふためき、中には、上空掩護のために旋回している私の飛行機の真下へもぐってくるのもいる。ちょっと機首を向ければ撃墜できるんだが、とむずむずしてくるが、上空掩護任務の手前、自重のほかはない。

第三中隊は、降りていく落下傘を二つばかり翼に引っかけている。また敵機の中には、攻撃されていないのに、やたらに宙返りをやっているのもいる。そして、残りの三つの落下傘が地面に着いたころには、敵の全機はわが方に撃墜されてしまった。

こうして第一撃の戦果を収めて基地に帰還するや、ただちに燃料補給を行ない、われわれは急いで食事をすませた。そして十五時二十五分、ふたたび軽爆隊と共同して、バンドン飛行場に第二撃の進攻を行なうべくパレンバンを出発した。この連続攻撃が、じつは加藤戦隊長の本領なのであった。

だが、戦隊長以下、われわれがこの第二撃の進攻に向かってまもなく、敵の爆撃機編隊がパレンバン飛行場に来襲し、滑走路一面に爆弾の雨を降らせた。もちろん防空隊が必死に防戦し、そのうちの一機を撃墜したものの、私たちを送り出した後の整備員たちは、防空壕に入るいとまもなく、ただその場に伏せているだけだったので整備員の中には、舞い上がった土砂で身体が埋まってしまった者もあったという。

空中に上がっていて、そんなこととはつゆ知らなかった私たちは、爆弾の直撃をうけることとなった整備員に、「すまぬ、すまぬ」と頭を下げたが、それにしても、もしもわれわれの第二撃の進攻が少しでもおくれていたら、敵の爆撃で大損害をうけていたかもしれなかったのだ。危ういところであった。

なお、この落下傘部隊降下作戦への協力により、わが飛行第六十四戦隊は、部隊にとって五度目の感状を、二月十五日付で伝達された。

私たちには一日も休養日はなかった。来る日も来る日も出撃であった。みんなの顔に、疲労の色が漂っていた。もちろん総指揮をとる加藤戦隊長の肉体的、精神的疲労は、とても部下である私たちどころではなかったろう。しかし、戦隊長は一度として弱音を吐かなかった。私たちが、その「艱難辛苦」に堪えられたのは、ひとえに、戦隊長の気迫に励まされてのことであった。

こうしてわが戦隊は、翌日の二月二十日には、戦隊の総力をあげて瀬戸部隊の軽爆十機を掩護し、戦隊長みずから陣頭に立って、敵のカリジャチ飛行場に第三撃をかけ、爆撃隊は在地敵機を火網でとらえ、大型機八機を炎上させた。加藤戦隊長のピストン攻撃は功を奏しつつあった。

戦隊は、なおも攻撃の手をゆるめなかった。翌二月二十一日には、戦隊長の僚機として、総数十四機で、バンドン、カリジャチに対して第四撃目の攻撃である。十時二十五分に基地を出発し、十二時三十五分、高度五千メートルでバンドン上空へ進入したところ、哨戒中の敵機P-43の七機編隊が、六千五百メートル付近の絶対優勢の高位から攻撃をかけてきた。

加藤戦隊長はただちにこれに応ずべく、すばやく編隊をとくと、雲間に入って敵の攻撃をはずし、執拗に迫ってくる敵を高位より下位に追い落とし、態勢をたてなおして、壮烈な空中戦となった。このときの第三中隊機（安間中隊）の活躍は目ざましく、逃げる敵機を追い回して、その大半を撃墜したが、この戦闘で東山正三伍長（少飛第六期生）を失った。

戦闘後、私と菊地少尉機は戦隊長機にしたがって、バンドンの東から西へかけぬけた。高度四千五百メートルで飛行していると、ふいに戦隊長が私の方を振り向いて、笑顔でしきりに前方を指さしている。何だろう？　と、そちらへ目を向けると、四機の敵の戦闘機が、下方をこちらへ向かって近づいて来つつある。

「いいカモだ！」

私は菊地少尉機に合図した。正面から飛行して来た敵機は、私たちの下方にもぐる形となった。どうやら敵機は、私たちを友軍機と勘ちがいしたらしい。戦隊長機がくるりと反転した。私もその後にしたがった。戦隊長は、敵の編隊長機をねらっている。私は敵の二番機を目標にした。

肉薄して射距離に入った。が、敵はまったく気がついていない。ダ、ダ、ダッ！　と戦隊長がまず一連射した。銃口から、パッパッと赤いものが目を射た。ほとんど一瞬のうちに敵の編隊長機の左翼がパラパラッと砕けた。と見る間にバランスを失って、下方の雲の中に吸い込まれていった。残った敵機はそのとき初めて、日本機と気づいたらしく、あわてて編隊をとくや、くるりと急反転した。

――逃がすものか！　と私も反転して敵の二番機に狙いをつけた。だが、敵機は必死でその追撃をはずそうと、左旋回しながら徐々に高度を下げていく。私はなおもそれを急追した。

このためオーバースピードになった。

——いまだ！　と、射距離内に敵機を捕捉すると、垂直降下のままで、ダ、ダ、ダ、ダッ……と一連射を浴びせた。速度があるので飛行機が安定し、命中精度がよい。目標機の翼の上で榴弾が炸裂して飛び散っているのが、手にとるように見える。だが、いっこうに火を吐かない。敵機の防弾装置が効果を上げているのだ。

私は、ダ、ダ、ダ、ダッ！　とさらに一連射を行なうと、今度は敵機の右翼がはがれて飛び散り、そのまま雲の中へ錐もみ状態となって落ちていった。

このとき私は、自分の機の速度がかなりオーバースピードになっていることを、つい忘れていたので、一刻も早く戦隊長機の僚機の位置にもどろうと、操縦桿を力の限り引き起こした。すると、連日の疲れもあったのか、とたんにそのまま気が遠くなり、目の前が真っ暗となった。そして、さらにそれが少し薄暗くなって来たとき全身のしびれが起こり、またしばらくしてパッパッと目から火花が出た。飛行中のことではあり、すべて瞬時の経過なのだが、つぎには少し落ちついてきて、だんだん前が開けて来た。はっとして自分にかえったとき、目の前に、なんと戦隊長の大きな頭がひろがっていた。うわーっと、私はとっさに機首をはずした。間一髪で衝突をまぬかれたのだ。私はこのとき、こういう急激な機首の引き起こしをすると、子供のころに、鉄棒から落ちて頭を強打し、火花が散るとき以上のしびれがあることを知った。

さて、この日は、昨日の戦闘で被弾した少飛五期出身の横井明司軍曹機（安間中隊）が、バタビア（現在のジャカルタ）北方百キロの無人島に不時着し、ぶじであることが確認された。しかし、重要な作戦の最中であったため、すぐには救助にいけなかった。そこで戦隊長は南方軍総司令部を通じて、海軍に救出を依頼した。しかし、海軍の飛行艇は出撃中とあって、基地には一機の飛行艇も残ってはいなかった。

小さな無人島に不時着した横井軍曹は、椰子の葉で愛機を隠して敵の目にふれないようにし、こちらから、毎日、食糧投下にゆく第三中隊の高橋俊二中尉（陸士五十三期生）と、砂浜に椰子の葉で文字を書き、交信し合っていた。四日目に、やはり高橋中尉が食糧投下のため現地におもむくと、砂浜に「アブナイ、カクゴシタ」と、書かれていた。手をふる横井軍曹の姿も元気がなかった。

――横井は、ひょっとしたら自決するつもりかも知れん……。

中尉はそう直感した。その砂に書かれた文字が、「これ以上、迷惑はかけられない」とも受けとれたからである。

高橋中尉はなんとかして横井軍曹の決意を思いとどめさせようと、何度も上空を旋回しながら、激励文を書こうとしたが、いくらポケットを探っても鉛筆が見つからなかった。そこでなおも旋回をつづけながら自分の右手の指を歯で噛み切り、滲み出た血で、「アスタスケニクル、ガンバレ」と書いて、航空靴に入れて投下した。基地にもどった高橋中尉は沈痛な面持で、このことを戦隊長に報告した。そこで、戦隊長はふたたび総司令部におもむいて、海軍側に強く要請したこともあって、翌二月二十五日、海軍の水上偵察隊が現地に急行して横井軍曹はぶじ救助されたのであった。

この間にもジャワ島の敵航空機に対する攻撃は、休みなくつづいていた。

二月二十二日は、敵の戦闘機隊を徹底的に叩く意図を秘めて、加藤戦隊長は、いままでよりさらに高空の高度七千メートルで、バタビア上空に進入した。しかし、敵機と遭遇せず、やむなく帰還の途についたが、その帰途を陸地ぞいにとってバイテンゾルグ敵飛行場の上空に至り、おりから在地していた敵機にたいして執拗な銃撃をくりかえして五機を炎上、八機を撃破した。

しかし、連日の出撃で、戦隊の各機も稼働オーバーで徹底的に整備の必要があり、二十三日は、ひさしぶりに飛行機の点検整備が行なわれることとなった。私はこの機会を逃がしては、またいつになるかもわからぬと思い、思いきって戦死した奥山曹長の自爆現場に行ってみることにした。

さっそくインドネシアの青年三人を雇い案内してもらった。飛行場から二キロぐらい離れたゴム林の中に、飛行機は胴体の付近まで地中に突っ込んでいた。それは、空中戦士の哀れにも悲壮な最期の姿であり、私は強く胸をうたれた。三時間あまりかかって遺体を掘り出して埋葬を終え、私はこのことを、後で北海道のご遺族に詳細に手紙で知らせ、彼の冥福を祈った。

翌日はもう出撃だった。二月二十四日、飛行第七十五戦隊の軽爆隊を掩護して、わが部隊は、加藤戦隊長を先頭にカリジャチ敵飛行場を急襲した。爆撃隊は、果敢な低空爆撃で大型機七機、小型機三機を炎上させ、大型機九機、小型機五機を撃破した。

その日の午後も、加藤戦隊長は整備の終わった「隼」十三機を引き連れて、引きつづいてバタビアを攻撃した。バタビア上空で、敵の戦闘機一機を発見し、これを攻撃しただけで、大きな効果もなく帰還する途中、海上で敵の四発飛行艇二機が哨戒しているのを発見した。加藤戦隊長から攻撃を開始し、やつぎばやの攻撃でこの二機を撃墜した。

つづいて、その翌日の二十五日は、パレンバン特有の朝霧をついて出撃し、軽爆隊を掩護してカリジャチ敵飛行場を攻撃した。爆撃隊は地上にある大型機七機を炎上させ、十数機を撃破した。

このとき加藤戦隊長は、舞い上がってきた敵ハリケーン二機のうちの一機に攻撃を加え、敵が逃げようとすると、敵機はその先、その先を押さえられ、ついに逃げ場を失って飛行場に強制着陸させられたが、着陸のさいに転倒して大破してしまった。

こうして、連日の猛攻で、ジャワ島の敵機は慴伏《しょうふく》し、ひとまず航空撃滅戦は終わった。

しかし、この作戦が終わってもわが戦隊には、ジャワ島上陸作戦のために編成された第十六軍（軍司令官・今村均中将）の主力である第二師団と第三十八師団の一部を満載した船団掩護の任務が課せられていた。

しかし、休養をとることも明日の戦力を養うためには欠かせない。そこで私たちは、航空撃滅戦が一段落を告げると、オランダ政庁高級官吏の豪華な邸宅で久しぶりに憩いのときを持った。

加藤戦隊長の声もいつになくハズんでいた。さすが高級官吏の邸だけあって、庭も美しく設計されている。いままで相つぐ出動でゆっくり見る暇もなかったが、よく手入れされた庭園の木々の緑が、連日の疲れを癒《いや》してくれるようであった。

夕食の食卓には、大きな伊勢海老がずらりと並べられており、じつにみごとで、それを見た加藤戦隊長は食通らしく大変な喜びようであった。その海老は、主計の村松太郎少尉（元三井物産常務、のち三井アルミ工業〈株〉社長）が街から苦労して、手に入れてきたものだった。彼は商社マン出身らしく、石油の出る海には、かならず海老がいるはずであると、あちこち探し回って手に入れたものであった。

「これは大したものだ。村松少尉は敵機撃墜に勝る功績……」

と、戦隊長からお賞めの言葉をいただいた。おいしい伊勢海老に舌づつみを打っていると、食事の途中で司令部へ連絡にいっていた片岡中尉が帰ってきて朗報をもたらした。それは、加藤戦隊長が、武功抜群をもって、二月十九日付にて中佐に進級したとのニュースであった。食卓はそのまま進級を祝う会となり、みんなで心より祝った。だが、当の戦隊長は苦笑するのみであった。

六度目の部隊感状

一日、充分に英気を養った私たちは、翌二月二十七日、カムラン湾を出港してバタビア沖を南進する第十六軍の船団掩護に当たった。払暁に、まず加藤戦隊長が第一中隊を率いてパレンバン飛行場を飛び立った。つづいて、私たちの第二中隊が、船団上空で先発隊と交替するため、数時間おそく出発した。船団上空に近づいてみると、私は眼前に展開されたその威容に目を見はった。船団はなんと六十隻もの輸送船が二列縦隊となり、黒い煙、白い煙、黄色い煙と、色とりどりの煙を出して航進している。船団の前方には、わが海軍の駆逐艦が八の字形に配列されており、しかも二列の船団の側方には潜水艦が浮上して、左右に数隻ずつ配備されている。その駆逐艦の間を、海軍の飛行艇が下駄ばきで飛翔している。

私の編隊は、船団の周囲を大きく警戒して回った。ひと回りして元の位置にもどるまで十数分を要するほどであった。

しかし、いつまでも船団に見とれてはいられなかった。十時三十分ごろ、私たちは洋上はるか前方のバタビア沖にオランダ海軍の駆逐艦四隻、巡洋艦四隻がいることを発見した。ただちにパレンバンにいるわが海軍航空隊に通報された。しかし、海軍航空隊の兵力の少ないことを知った遠藤第三飛行団長は、任務外のことではあるが、飛行第七十五戦隊と飛行第九十戦隊の軽爆隊を出動させ、この艦隊攻撃に向かわせた。その成果はともあれ、遠藤少将の積極的な行動は特筆に価しよう。

ともあれ、わが船団は、「敵艦見ゆ」との報をうけるや、大事をとって大転回し、そのまま北方へ引き上げていった。

そのころ、ジャワ沖では大海戦が行なわれていた。わが海軍航空隊はその方面に全力を投入、敵の艦隊を轟沈、あるいは撃沈していたのである。そのためもあって船団掩護がおくれていたのである。

一方、陸軍部隊のジャワ島上陸は、三月一日の払暁と決定されていた。そのため翌二月二十八日、船団はふたたび、威風どうどうと二列縦隊の陣容で航進していった。もちろんわが部隊は、終日、この掩護に当たった。

途中、なんの支障もなく船団の主力はバタビア方面へ、東海林支隊はカリジャチ方面へ分かれて航進をつづけ、主力部隊の船団はジャワ島へ三十キロに迫って暗夜を迎えた。私たちはその夜、基地パレンバンへ帰ったが、終夜、霖雨蕭々《しょうしょう》として重苦しく、こうなると友軍の上陸作戦の首尾が気にかかり、深夜まで寝つかれなかった。

明けて三月一日の午前三時三十分、今村兵団はジャワ島上陸に成功した。

加藤戦隊長は、夜の明けるのももどかしそうに、暁の薄明の中を出動し、船団の上陸地点に向かった。海岸で低空飛行をしてみると、無数の舟艇が水煙を上げて船団の間をかけぬけている。そして、海岸には、座礁した船が数隻、目に入った。私たちは海軍のことはあまり知らなかったが、この舟艇は敵の舟であった。

軍司令官今村中将は、乗船が雷撃を受けて座礁し、海の中を泳いで岸についたという話が、後から伝わって来た。

一方、ジャワ島エレタン付近に上陸した東海林支隊は、勢いに乗じて進撃につぐ進撃をつづけ、正午すぎにはカリジャチ飛行場を占領した。このカリジャチ飛行場の占領は、敵にとって大変な打撃であった。このため敵も飛行場を奪回しようとして、空軍の主力を投入し、地上に戦車群まで出して猛烈な反撃をくりかえし、戦闘は熾烈をきわめた。

遠藤少将は砲兵出身で、つねに前線へ前線へ出ようとする。たったいま占領したばかりのカリジャチ飛行場へも前進すると言ってきかない。そのため、第三飛行団の参謀および部員らは、現在のところカリジャチは敵の砲兵の射程距離内にあり、敵機の来襲も激しいので躍進は見合わせて欲しい、と懇願してきた。

それではと、遠藤少将は、加藤戦隊長にたいして自分の搭乗する飛行機の掩護を要請してきた。

加藤戦隊長は、これを聞くと、司令部におもむいて、意見具申を行なった。

「遠藤閣下、護衛もよろしいが、許されれば、先に敵の根拠地のバンドンを叩かして下さい」

遠藤少将は加藤戦隊長の申し出にたいして、

「君の戦隊は準備中だが、大丈夫か」

と心配されたが、戦隊長は、敵を先じて撃滅することが積極的な掩護である旨を述べると、遠藤少将の了承するところとなった。そこで戦隊長は、確信の下に飛行可能の全機を率いて出撃と決した。

戦隊長は、われわれ出撃する者にたいして命令を下した。

「命令、戦隊はただちに出動、バンドンの敵機を空中において撃滅する。第二中隊は高度七百メートルをもって飛行場に進入し、敵機を引き寄せ、第三中隊は攻撃、予は第一中隊を指揮し上空掩護に任ずる」

囮《おとり》部隊となるわが中隊は、丸尾中隊長の三機編隊と私の率いる三機編隊の六機であった。

こうして十六時、加藤戦隊長を先頭に、われわれはパレンバン飛行場を出発した。

パレンバンは海岸で標高ゼロメートルだが、それに対して目的地のバンドンの標高は七百メートルくらいなのでバンドン飛行場上空進入高度は、われわれ第二中隊の場合、高度計の指針が千四百メートルで、地上よりちょうど七百メートルの高度となる計算であった。

ところが、バンドン飛行場の上空に近づくと、丸尾中隊長機はいきなり高度を下げて超低空となった。敵飛行場の格納庫すれすれで旋回をはじめた。しかも敵の地上砲火がいっせいに火を噴いている中を、ゆうゆうと飛翔しつづけている。

私はこの豪胆な振舞いに舌をまいて驚いたが、どうも中隊長は標高の差を勘ちがいして高度計七百メートルで飛んでいるのであろう。しかし、私は定められた高度千四百メートルで飛んでいたので、まるで中隊長機の上空掩護みたいな間隔で飛びつづけた。

こうして、夕方、基地に帰還すると、丸尾中隊長は私を見て、

「檜、貴様は生意気だぞ。なんでキチンと編隊を組まないか！」

と、いきなり大勢の面前で怒鳴った。大変な憤りようであったが、私もこれにはこらえかねて、悪いとは思いながら、

「中隊長、高度はいくらで飛ばれましたか？」

と、つい口から出てしまった。中隊長は私のこの反問に、さらに怒って、

「高度なんかはどうでもよい！」

私はハッと気づいた。上官には水火を辞さず従うのが軍の厳しい掟であった。

「………」

しばし沈黙がつづいた。すると、かたわらでこれを聞いていた加藤戦隊長が、やおら口を開いて、

「ともかく丸尾大尉！　誰があんな低い高度で飛べと言った？　無鉄砲なことをやると生命がいくつあっても足りないぞ」

と言われた。これには丸尾中隊長も一言もなく、「はあ……」と言って下を向いている。私も反省した。中隊長も反省しているようすであった。私は加藤戦隊長の〝大岡裁き〟に心から感謝したが、上官である丸尾大尉に反抗的な態度をとったことを深く反省していた。

こうして、三月三日の午前中に、第三飛行団長はカリジャチ飛行場へ移動した。これは飛行場奪回のため、反撃してくる敵の機甲部隊に対する爆撃攻撃の指揮をとるためであった。

わが戦隊は、戦隊全力を挙げても戦隊長以下十機内外の出動機数となっていたが、この日も上陸部隊の支援とカリジャチ飛行場に対する敵の攻撃を阻止するため、バンドン飛行場を急襲した。同行の軽爆隊は離陸直後の敵機を爆弾の火網でおおった。加藤戦隊長は爆撃隊の爆弾投下の終わるのを見とどけると、バンドンよりさらに南下し、戦闘隊独力で初めて南海

岸に進出し、パメウンピーク飛行場へ向かった。戦隊長は、ここで在地の敵機三機に対し、超低空で得意の銃撃を行ない、たちまちそのうちの二機を炎上させた。

やがて空中集合を終えると隊形をととのえ、上昇しながら、ふたたびバンドン上空を通過して、帰途についた。こうして高度四千メートルくらいに達したとき、後上方に二コ編隊五、六機の機影が見えて来た。

さては敵機かと、一瞬、緊張したが、よく見ると、それは海軍の零戦であり、日の丸のマークが目に鮮やかであった。下方から見る零戦はいちだんと逞しい。が、ふと気がつくと、その零戦の一隊は私たちの前上方に迫っていた。しかもその中の二機編隊が、突然、先頭の加藤戦隊長機に突進していくのが見えた。

戦隊長は、飛行機が四十五度に傾くほど、翼を大きく振ってまっすぐに飛んでいる。私たちもいっせいに大きく翼を振った。他の零戦は、すぐに友軍機とわかり、機首を上げてわれわれの上空を旋回しはじめたが、戦隊長機を攻撃しようとしている二機の零戦には知らせようもない。他の海軍機も、われわれも見ている目の前で、攻撃に入った零戦の機銃が火をふき、その何発かが戦隊長機に命中した。しかし、われわれは、青くなって見送るだけで、海軍機を射撃することもできなかった。

しかし、さすがにこのときになって戦隊長機を射撃した零戦のパイロットも、翼を振りながら悠然と飛ぶ姿に敵ではないことを悟ったのか、しきりに翼を振りながら上昇していった。

私たちは全機が戦隊長機をとり囲むように寄り添いながら、ただ、そのぶじを祈った。だ

が、やっとカリジャチ飛行場に不時着したとき、戦隊長はケロリとした表情で、

「なーに、よくあることだよ。くわばら、くわばら……」

と、首を引っ込める仕種をして、ニッコリと微笑んでいた。

私もかつてラングーン上空で、友軍の九七戦の攻撃を受けたことがある。そのときは垂直降下で、辛くも引き離すことができたが、もしもこの日、私の愛機が襲われたとしたら、どうなっていたかわからない。なぜなら、性能が類似している零戦に対して回避行動をとったとすると、相手はますます敵と思いこみ、攻撃してくるであろう。そうなれば相手は高位で有利な位置であるため、逃げる術はないであろう。こうしたとっさの場合も、悠々迫らざる態度で難を避けられた戦隊長の行為はきわめて賢明であったといえよう。

それにしても、このことは、一瞬の問に起こった恐るべき不祥事であった。

翌三月四日の朝、霧の濃く立ち込める中を、われわれはパレンバンを出発し、カリジャチ飛行場へ前進した。着陸してみると、敵ハリケーン機四機が撃墜されていた。先発した中尾戦隊が、攻撃してきたハリケーン八機を迎撃して、その四機を撃墜したばかりだったのだ。

私たちは一足ちがいで好餌を逸し残念でならなかった。しかし、それでも、ひょっとしたら敵機が飛来するのではないかと、手ぐすねひいて、終日、カリジャチ飛行場の防空に任じたが、その日はついに敵の来襲はなかった。

一方、そのころ、わが地上兵団はぞくぞくと集結を完了し、バンドン攻略の準備に入っていた。六日になって加藤戦隊長以下の主力は、夜明けを待ってジャワ島南岸のタシクマラヤ

飛行場を攻撃し、一部はカリジャチ飛行場の防空任務についた。すでに地上軍は、バタビア、バイテンゾルグを攻略して、東海林支隊はバンドンへ目睫の間に迫っていた。

中一日おいた三月八日には、わが戦隊は第三飛行団の隷下をはなれ、ふたたび原隊の第七飛行団に復帰することとなり、マレー半島北部のスンゲイパタニ飛行場に移動することとなった。

加藤戦隊長はその前夜の夕食のさいに、「今度はいよいよ北だぞ」と言っていた。私はその北の意味を、ソ満国境と考えていたのだった。

わが戦隊は、移動に際して一部の飛行機と機材を、さらに南進作戦に従事する飛行第五十九戦隊に引き渡すこととなった。戦隊長は各中隊の整備班長を集めて、飛行機のリストをみずから点検し、その中の優秀機を、中尾戦隊に引き渡すことを命じた。これは戦隊長の指揮下で活躍した僚友戦隊に対する餞《はなむけ》であった。

三月九日、蘭印が無条件降状した。

この日、加藤戦隊長は宿舎の前で、ひさしぶりに、伸びた頭髪を刈っていた。刈り役はバリカン操作の上手な遠藤中尉であった。かたわらでこれを見ていた私は、戦隊長の半刈り姿がおかしかったので、こっそりと写真を撮り、そ知らぬ顔をしていた。もし撮ることが分かったら、「こら檜、みっともないところを撮るな!」と言われるにちがいなかった。だが、戦隊長も遠藤中尉も、私が手にしていたカメラに気づいていないようすだった。私はうれしくなって、「傑作が撮れたぞ」と内心ニヤニヤしていたが、しばらくしてから戦隊長に呼び出された。さてはさっきの写真のことがバレて、「フィルムをよこせ！」と言われるのかな？　と案じていたが、それは見当ちがいだった。戦隊長は私の顔を見ると、いつもの温顔で、

「檜、ご苦労だが、台湾の屛東へいって、内地から来ている飛行機を受領して来てくれ」

と命じられただけだった。

さっそく私は、スンゲイパタニに飛び、台湾へ向かった。戦隊長は、私の出張している間に、パレンバンで鹵獲したハリケーンの整備を命じ、完全なものが三機できあがっていた。戦隊長は、自分でこの飛行機の性能検査をし、今後の戦闘指導に役立たせると同時に、この機を使用して敵飛行場の偵察と攻撃まで考えていたようであった。整備の完了したハリケーンを見ていた戦隊長は、

「よし、おれがテスト飛行をやるぞ」

意を決したようにその中の一機に乗り込むと、さっさと空中に舞い上がっていった。旋回、宙返りと、いとも軽やかに飛行をつづけた。計器類の表示も違い、飛行の諸条件も何一つわからないのに、大した度胸と腕前であった。着陸した戦隊長は、つぎに乗る安間大尉と、私の中隊の菊地少尉に、飛行の注意を、座席の中を指さしたりして丁寧に教えていた。

こうして安間大尉も、あざやかに試験飛行を終え、つぎに菊地少尉の試乗となった。やがて飛行機が浮上し、高度百五十メートルほどで、あざやかに左旋回をはじめたとき、突然、ハリケーンは機首をまっ逆さまにしてゴム林の中へ落ちていった。菊地少尉の無念の最後だ

った。

菊地は名を愛人といい、彼と戦隊長とは特に深い縁があり、それだけにその死は、加藤戦隊長にとって非常に大きな悲しみであった。それは、加藤戦隊長がかつて仙台陸軍幼年学校在校中に、もっとも信頼していた兄の農夫也少尉が若くして病死したとき、大いに落胆して毎日が放心状態だったことがあり、そのときの、生徒監菊地米三郎大尉の慰撫訓戒によって気をとりなおしたことがあったが、その生徒監が菊地少尉の血縁の人であったのだ。義理堅い戦隊長は、このときの恩情に報ゆる気持が心の奥深く刻み込まれていたのか、菊地少尉の最期を、留守宅の田鶴夫人宛の手紙にも記して、その悲しみを伝えていた。

数日後、加藤戦隊長は北部マレーに移動するため、第三飛行団長遠藤少将のもとに別れの挨拶に立ち寄った。

遠藤少将は加藤戦隊長の協力に対し、申し述べる言葉も出ないほど感無量のようすで、鹵獲した外国製の乗用車を贈ってその労をねぎらった。

移動の当日、加藤戦隊長と安間大尉は、鹵獲したハリケーンを操縦することになった。そして、部下たちが周囲をまもり、味方に敵とまちがえられないようにして、パレンバンを後にした。思えば落下傘部隊降下後、パレンバン飛行場を基地としてジャワ島を攻撃すること二十数回におよび、出動可能な機数も少なかったにもかかわらず、連日の雨の中を、よくぞ戦いつづけることができたものである。中でも加藤戦隊長は、この作戦においても、一回も出動を欠かさず皆勤であった。

「シンガポールで乾盃を！」の合言葉で大戦に突入したが、いまや緒戦からのパイロットは数えるのみとなってしまった。この日、シンガポールに給油のために着陸した戦隊長の脳裏を去来するものがなんであったか、私にもわかる気がする。

加藤戦隊は、マレー半島のスンゲイパタニ飛行場にあっては、長期間にわたる連続作戦から離れ、ひさしぶりに落ちついた雰囲気の中で整備と訓練が行なわれた。そうしたある日のこと、ジャワ島攻略に協力した功績に対して、六度目の「部隊感状」が授与された。

強敵「空飛ぶ猛虎」

昭和十七年三月八日、ビルマの首都ラングーンが陥落した。

この方面に作戦中の第五飛行集団（集団長・小畑英良中将）は、敵の航空戦力をすみやかに撃滅して、第十五軍（軍司令官・飯田祥二郎中将）の作戦に直接協力する任務をうけ、司令部をビルマ領のモールメンに移した。

南方総軍の企図は、ジャワ島の攻略にともなって、第三飛行集団所属のわが第六十四戦隊をはじめ各戦隊を第五飛行集団の指揮下に入れ、一挙に敵の航空勢力を撃滅するにあったのである。

三月三十日までにタイ国チェンマイ飛行場に展開を命じられたわが戦隊は、企図を秘匿してひそかに前進の手筈をととのえていた。

当時、在ビルマの敵の航空兵力は百六十余機といわれ、わが方の九七式戦闘機では速度の差があって、敵機を徹底的に追いつめることができず、制空権は完全に敵の手に握られていた。このため地上軍はラングーン占領後、トングー方面に進撃したものの、頻繁に敵空軍と機甲部隊の攻撃をうけ、立ち往生の格好であり、一歩も前進できず、作戦に苦慮していたのであった。だが、いよいよ「隼」の出番となった。

三月十日、スンゲイパタニを輸送機で出発した私たちは台湾の屏東基地に飛び、ここで「隼」戦闘機十機を受領した。同行の部下たちは新鋭機を受け取って、すっかり活気づき、「早く帰隊しましょう」と、口々に督促するので、最低二週間の予定のところを短縮して、三月二十日には屏東を飛び立ち、十機編隊を組んでチェンマイに帰還した。この一日も早く部隊へ帰りたいというのも加藤戦隊の伝統の一つであったが、さらにこの新鋭機を加えて、戦隊は活気にみなぎり、明日から開始される航空撃滅戦を前にして、すでに敵を呑む勢いがあった。

その日、加藤戦隊長はモールメンの集団司令部で開かれた作戦会議に出席していた。その会議で集団参謀長佐藤正一少将から、

「敵に企図が知られないうちに、早く攻撃を加えたいと思うから二十一日早朝の攻撃はどうか」

という提案がなされた。加藤戦隊長は、大いに賛成であることを強調したが、他の部隊は準備の都合などもあり、加藤戦隊長以外の賛成は得られなかった。このため、攻撃は二十一日の午後と決定した。だが、この決定は不幸を招いた。それは二十一日の午前中、敵編隊が

わがミンガラドン飛行場を奇襲して来たため、その日午後の攻撃準備をしていた六十数機の友軍機が損害を受けたのである。

さらに敵機はモールメンの飛行場にも来襲した。もしも早朝攻撃を断行していれば損害を受けることもなく、かえって大戦果につながったのではないだろうか！　これを知った佐藤参謀長は残念がることしきりであった。

われわれがこれから戦わんとする敵は英空軍のほかに、米軍の志願兵によって編成された「タイガー部隊」と呼ばれ、「空飛ぶ猛虎」のニックネームを持つ戦闘機隊であった。この部隊は、前の年の十二月二十五日、われわれがラングーン上空で遭遇し交戦したことのある強敵である。この「タイガー部隊」は米義勇軍として著名な部隊であり、かつて、われわれが広東に駐屯していたころ、「手強い相手」としてたびたび話題にのぼっていた部隊であった。指揮官は米国空軍の退役将校シェンノートで、部下たちの給与は、月額六百ドルから七百五十ドル、おまけに宿舎、食費等についての加給もあり、さらに彼らにとって一番の魅力は、日本軍の飛行機を一機撃墜するごとに五百ドル賞金がもらえるという報奨制度にあった。

シェンノートは、二機が一組となる戦闘機の「ペア戦法」を実行していた。その戦闘法が単機の敵にも、また編隊の敵に対しても効果的で確実であると判断していたのである。そして、このチームワークによって徹底した訓練を行なっていた。彼らが使用しているP‐40戦闘機は、わが「隼」と比較して、武装もすぐれ、防弾装置も完備していた。が、機動性では「隼」がいささか勝っていた。太平洋戦争の開始とともにビルマ戦線に出動し、開戦初頭の十二月二十三日、わが日本軍をラングーン上空に邀撃して以来、私たちにとっては何よりの強敵となっていたのである。

このビルマ作戦の開始に当たり、いまにして考えれば加藤戦隊長にも一つの変化が起こっていたのである。それは、十二月七日の船団掩護いらい、シンガポール、パレンバン、ジャワと、連日、連夜の激闘に、いかに頑強に鍛えられた身体とはいえ、極限を越えたその活動に、体力の消耗がいちじるしく、ただただ気力のみで自身を支えていたことが推察できる。それは、昭和十六年四月十一日に加藤戦隊長がこの飛行第六十四戦隊に戦隊長として着任した時点から書き起こされた日記が、当初は文字も鮮明に、しかもきわめてていねいに、詳細にわたって書きしるされていたが、翌年の二月二十五日、ジャワ島攻略戦たけなわの日を境に、ぷっつりと跡切れていることからも判断できるであろう。貴重な資料として、最後まで書きつづけて欲しかったと思うのだが、それもならないほど疲労の極に達していたのではなかろうか。

さて、こうして三月二十一日から、ビルマ方面の航空撃滅戦が開始された。

十三時三十分、加藤戦隊長は各中隊を指揮し、爆音をとどろかせて、勇躍、飛行場を飛び立った。チェンマイ上空で同行の爆撃戦隊と集結すると、攻撃目標のマグウェ飛行場へ機首を向けた。

高度は約六千メートル、飛行第十二戦隊の重爆隊はまっ先に目標上空に進入したものの、あいにくの雲に遮られて止むなく雲上爆撃を行なった。ちょうどそのとき、敵のP - 40数機が重爆隊に襲いかかってきた。

加藤戦隊長は、ただちに編隊をとくと、この敵機に攻撃を指向し、たちまちこれを撃退した。この間、後続の飛行第九十八戦隊の重爆編隊が、つづいて目標上空へ入ってきた。しかし、こんどは、飛行場上空が運よく晴れたときだったので全弾命中して帰還をはじめた。この日、わが戦隊は徹底して爆撃掩護に終始したため、執拗に追いすがる敵戦闘機P - 40を撃退しつつ爆撃隊と同行し、全機ぶじ帰還して掩護の責任を果たしたのであった。だが、この戦闘で、着任後、まだ日の浅い第一中隊長の大谷大尉機が未帰還となった。

大谷中隊長は空中戦闘を終えた後、羅針方位を定めておこうと地図を見ようと思ったが、どうしたことか、それがない。あわてて操縦席をいくら探しても見当たらなかった。

——さては戦闘中に落ちたのだ！

そう思ったが、いずれにせよ地図がなければとても地点の標定が出来ない。旋回しているうちに爆撃隊も見失い、ただ一機となり、空中にとり残された格好になった。しかたなく羅針方位を東に向けて飛びつづけた。あとは自分の勘だけが頼りである。タイ領に入ったのではないかと思ったが、飛行場は見つからない。しだいに燃料も乏しくなってくる。

——これでは不時着するしかない！

そう思いつつなおもしばらく飛びつづけているうちに、りっぱな滑走路と飛行場が眼下に見えてきた。だが、どこの飛行場かはまったく不明である。しかし、すでに燃料もなくなったので意を決し、敵に対する構えで着陸を敢行した。

しかし、ホッとする間もなく見知らぬ服装をした兵士がすぐに車で駆けつけて来た。大尉は腰の拳銃を出して身がまえ、

「タイか、ビルマか？」

と怒鳴った。すると、その兵士はニッコリ笑いながら、「仏印、仏印」といって、近寄ってきた。偏西風に流され、さらに追風をうけて、ハノイの飛行場まで来てしまったのだ。

翌日の早朝、大谷大尉はぶじ基地にもどってきたが、さすがに決まりわるそうに、戦隊長に報告していた。

が、戦隊長とすれば、戦死したものと、すっかり諦めていた大谷大尉が帰ってきたのであるから、相好をくずして喜び、大尉の剽軽《ひょうきん》な行動に笑いがとまらないようすであった。現金なもので、「大谷大尉の戦死」でひっそりとしていた戦隊の気分が一転して明るいムードになった。

三月二十二日、この日、われわれは飛行第十二戦隊と、飛行第九十八戦隊の重爆撃機五十三機の大編隊を掩護して出動した。眼下に延々と横たわる「ビルマ公路」を見下ろしながら、重爆隊は目的地マグウエ飛行場上空に達し、猛然と爆撃を加えた。この攻撃によってビルマ地区の敵の拠点であるマグウエ飛行場は廃墟と化したのである。しかし、敵はこの猛攻に敗退はしたが、空軍の主力はアキャブ飛行場に残存していた。その数は約六十数機と判断され、このアキャブの敵を叩くのが、われわれのつぎの任務となった。

翌二十三日の払暁、わが戦隊は、加藤戦隊長を先頭に飛行第九十八戦隊の重爆隊を掩護するため、チェンマイ飛行場を後にして、長駆、敵の最後の拠点アキャブ飛行場を急襲した。ベンガル湾に面したアキャブは、上空から見ると、青い海と対照的にビルマ特有の赤い土壌が露出し、のどかな気分が感じられ、まことに美しい。われわれは、高度五千メートルでアキャブ上空に迫った。やがて爆撃隊がいっせいに爆弾を投下する。たちまち飛行場一面が砂煙につつまれた。

爆撃隊が緩やかな右旋回で帰途につく。そのころになると、飛行場の砂煙にまじって、地上の敵機が炎上するまっ黒な煙が、五、六条、立ち昇ってきた。戦果は甚大の模様だ。私はゆっくりと飛行場から目を転じた。ふと、左側方を見ると、ハリケーン戦闘機三機が編隊を乱して、降下しているのが目に入った。

私は急旋回して敵機に向かおうとした。が、このとき私は座席の中で火薬の臭いがするので、クンクンと嗅いでみたが、火災でもないらしい。翼を見たり、後を振り向いて胴体を見たりしたが、どこにも異状はなかった。そこで敵に急追をかけるべく態勢を立てなおした。しかし、私より一足先に編隊長の本山明徳中尉（五十三期生、熊本県出身、後年、ニューギニアで戦死）が、ひらりと鮮やかな操縦で飛びかかっていった。見るまに敵の二機は、細い煙を吐きはじめた。パイロットがやられたらしい。態勢を立て直せないほどの錐もみ状態で落ちていった。

――先を越されたか！　火薬の臭いに気をとられて、一瞬、攻撃がおくれてしまったので、もはや取り返しがつかない。しかたなく私は加藤戦隊長編隊に合流し、爆撃隊と同行して基地に帰った。

この日、私は連日の攻撃の疲れが出て、基地にもどった後、控所で横になっていた。疲れているので食欲もなく、流動物しか咽喉を通らなかった。しばらくすると、機付長の庄子公平軍曹が（少飛五期生）が青い顔をしてとんできて、

「檜中尉どの、弾丸を受けています」

と報告した。私はむっくり起き上がって、

「馬鹿いえ。おれの目はふし穴ではないぞ」

と反駁した。すると、庄子軍曹は、ますます真顔になって、

「いや、本当に命中しているんです」

と言い張るので、庄子軍曹といっしょに飛行機のところへ見にいってみた。すると、驚くべし、敵の撃ち込んだ鉄鋼弾の一発が、エンジンの上の機関砲の砲身に、三ミリぐらいの穴を明け、はね返している。前上方の、それも遠距離からやられたらしい。精密な機械でやっても難しい作業であり、もしも一ミリでもずれていたらエンジンを貫通することとなり、とても生きては帰還できなかったであろう。しかも、もう一発の命中弾があり、それは尾部を斜めに貫通していたのである。私はぞっとした。そうか、それであのとき火薬の臭いがしたのかと、やっと疑問がとけた。

私がアキャブ上空で火薬の臭いを嗅いだとき、敵は遠距離から発射して、そのまま逃げよ

うとしたところ、われわれの発見するところとなり、本山中尉とその僚機の三砂英吉曹長（福岡県山門郡出身）に撃墜されたのである。

　それにしても、開戦の日にもマレー上空で被弾したが、このときは脚の支柱に弾丸が当ってはね返し、いままた、砲身に被弾して助かるとは、私はよくよく命運に恵まれているのであろう。

　このアキャブ飛行場の攻撃で、いちおう航空撃滅戦は終わり、制空権はわが手に帰した。そのときの喜びを、当時、ラングーンからトングーに向かって進撃していた宇野部隊に所属していた山砲隊の私の同期生である飯村繁中尉が、つぎのように述懐している。

「制空権がなくて苦労しているとき、それを取りもどしてくれたときの喜びは、制空権を最初から取ってくれているところへ進撃していった人にはわからない。それは太陽のありがた味がわからないのと同じだよ。われわれは、敵の戦闘機の銃撃で、愛馬は一頭のこらず道路の両側で斃れ、私たちは少しも頭を上げることができず、一歩も前進することができなかった。そのうちに、日の丸のマークの戦闘機で脚の入った、いままで見たことのない友軍機が、三々五々、頭上を飛んでゆくようになり、逆に敵機は一機も来なくなった。本当に感謝の気持をそのとき味わうことができた」

　飯村中尉は、わが戦隊に心から感謝していた。

　ここチェンマイ基地では、戦隊長以下、われわれに与えられた宿舎は、チェンマイ駅にほど近い一郭にあった。それは粗末ではあったが、広い庭園もあり、一軒家としてはかなり広い建物であった。

今回、航空撃滅戦も一段落したばかりのこととて、村松少尉らの努力で、食堂には、タイ国で獲れた鯰《なまず》の活造りがきれいに盛りつけてあった。が、私はどうも気味がわるくて手をつけなかった。しかし、加藤戦隊長は、目を輝かせて、

「あっ、すごいね、ご馳走、ご馳走……」

といかにも嬉しそうであった。そして、戦隊長の側に座っている安間大尉、丸尾大尉、大谷大尉の三中隊長を相手に、夜おそくまで話し込んでいた。このように、戦隊長は、食事をおいしいといってよく賞めていたが、いつも何を出しても嫌いなものはなかった。

三月二十四日、その日は午後からのアキャブ攻撃準備のため、午前中は整備の日であった。防空任務の当番は、未明から安間中隊の担当で、高橋中尉と武村太郎中尉（陸士五十四期）と安田曹長、平野軍曹（少飛六期）が飛行場で待機しているだけで、他の者は比較的ノンビりしていた。私もその朝ひさしぶりに、払暁にはまだ寝床の中でうとうとしていた。するとそのときである。飛行場の方向で銃弾の音が、ダダダ……ダダダと連続して聞こえてきたのである。私はガバッと飛び起きた。

宿舎の庭には愛用のカメラ、コンタックスを持った加藤戦隊長の姿が見えた。どうやら早く起きて庭で写真を撮っていたらしい。戦隊長は私の姿を見ると、

「おい、やられたぞ！」

と、いかにも残念そうであった。

飛行場の方向から聞こえた銃弾の音は、まったく油断していたところへ米義勇軍のトマホーク戦闘機六機が来襲して連続攻撃を加えてきたものであることがわかった。トマホークは航続距離が短いので、まさかこのタイ領まで来れるはずがないと思い込んでいたので、第三中隊の防空搭乗者も油断していたらしく邀撃しているようなようすは見えず、街の民家の屋根の上に敵機の腹がチラリチラリと見えるだけであった。

まもなく竹内中尉と本山中尉が、動き出した自動車に飛び乗って飛行場へ向かった。そして同時にやっとそのころになって、友軍の高射砲が火を噴きはじめた。だが、邀撃のための出動はムリであった。敵は、目下、対地攻撃中であり、もしもいまこちらが離陸すれば、待っていましたとばかりに敵の攻撃を浴びることとなる。それにたとえ空中に上がったとしても、速度がないから、やっと浮いたところを射撃されれば、撃墜されるのは必至である。しかも敵六機のうちの二機は上空に、四機が地上攻撃を行なっている。敵ながら基本通りの戦法をとっている。じっとしている以外にはなかった。

やがて、敵の二機が高射砲にやられて煙を吐いて落ちていった。そして、敵のパイロット一人を捕虜とした。これがせめてもの戦果だが、わが方は、地上にあった「隼」三機が炎上し、大破、中破、小破あわせて十数機の損害をだした。戦闘隊の恥辱この上なかった。

後で判明したことだが、敵は以前から、われわれを攻撃する準備をすすめており、前夜のうちに、タイに最も近い飛行場へ前進し、翌早朝、攻撃をかけて来たものであった。しかし、敵の攻撃にも大きな齟齬があった。敵はその主力をもって、わが方のランパン飛行場を攻撃し、一部をもってチェンマイ飛行場を攻撃する予定だったのである。そのため、われわれの駐屯していたチェンマイ飛行場に来襲した敵機の数が少なかったのだ。

ところが、敵は主力の方が大きなミスを犯した。英語の書き違いか、発音の誤りか、ランパンとランプーンの地名を間違えた結果、敵の主力は、格納庫しかないタイのランプーン飛行場に、執拗な攻撃をくりかえしただけで、引き上げていったのだ。もしも敵が、その命令どおりランパンを攻撃していたら、日本軍は甚大な打撃をこうむったはずであった。なぜなら、当時ランパン飛行場には第七飛行団司令部があり、飛行第十二戦隊の重爆撃機三十数機がいっせいにカバーをはずし、早朝から、午後のアキャブ攻撃に備えて整備点検中であったからだ。

この日の午後、加藤戦隊長以下、われわれは予定どおり基地を飛び立った。敵の空爆を免れた十一機で、午前中の名誉挽回とばかり張りきってチェンマイ上空で爆撃機隊と合流し、大編隊でアキャブ飛行場を急襲した。それまでの数回にわたるわれわれの連続攻撃で、もはやアキャブには敵は皆無と思っていたが、どこから出てくるのか敵が出没してくるので、不思議でならなかった。その日も、邀撃してくる敵機の数は少なかった。私たちは優勢な機数にものを言わせて、喰い下がってくる敵を、二機、三機と血祭りに上げた。

だが、どう考えてみても不思議であった。飛行場には一機も残っていないのに、どこからか敵機が現われてくるのである。

そこで帰還後、司令部偵察機がアキャブ周辺の偵察を行なった。その空中撮影写真をしらべてみると、なんとアキャブ飛行場の北西約十キロの畑地に秘密飛行場があり、十数機の機影も確認できた。

さっそく爆撃隊と出撃した。ところが、いざ、その周辺上空に来てみると、敵の偽装が巧みで、その正確な地点が発見できない。何度出撃してもカラぶりに終わった。

さすがに、ふだんは冷静な加藤戦隊長も気が気でなかったようで、控所で、「よし、やろう」と呟いていた。

三月二十七日、加藤戦隊長は独力でアキャブ秘密飛行場を攻撃する決心をし、戦隊全力の十八機をもって、十一時四十五分、チェンマイ飛行場を発進した。

この日の戦闘配備は、第二中隊が攻撃任務につき、丸尾中隊長には本山中尉と小林伍長（少飛六期生）が僚機としてしたがった。

私は、後藤、三砂の両曹長を連れて攻撃に向かった。

第三中隊が攻撃支援、戦隊長と第一中隊が上空掩護という戦闘配備であった。われわれとしては、今日こそ存分に暴れることができる、と胸をおどらせていた。

チェンマイから北西に針路をとり、ビルマ中央部を横断すると、やがてアラカン山脈上空に至る。このアラカン山脈を越えるとアキャブはもう真近い。目的地に近づいたころ、加藤戦隊長はいきなり急降下して、椰子の木の梢すれすれの超低空飛行に移った。それはいまにも椰子の木に衝突するかと思われるほどの大胆な低空飛行だった。私たちもそれにつづいた。

先頭の加藤戦隊長の飛行機を見ていると、自分の飛行機が椰子の木に衝突するような気がするので、眼前に気を配らねばならず、また上空の敵機も警戒しなければならず、ただただ緊張の連続であった。

長い時間がたったように思えた。眼下に、あまり大きくない川が見えてきた。カラダン川であろうか。生い茂る両岸の木立ちにかくれて川の流れが細くつづいている。その川面に小舟が一艘さかのぼっていた。戦隊長の飛行機が船頭のもっている竿に引っかかったのではないかと思えた。それほどの低空であった。村の上空では畑仕事中の農民が手を休めて、私たちの編隊を見上げていた。ますます超低空でアキャブ市街の東側を通過したが、秘密飛行場らしいものはなかなか見つからなかった。

十四時二十分、加藤戦隊長機がさっと地面すれすれに舞い降りて、ダ、ダ、ダッ、と一連射して急上昇に移った。それは敵の秘密基地の所在をわれわれに教えて上空掩護に移ったのであった。よく見ると、そのあたりの畑の中に、大型機一機と小型戦闘機十機が分散して隠してあるのが見えた。地上銃撃に入る前に上空を見ると、敵のハリケーン二、三機が戦隊長機に追い回されていた。上には戦隊長と第一中隊がいるので大丈夫と思い、私は僚機の後藤曹長と三砂曹長に合図して、ただちに攻撃に移った。

まず、飛行場の側方から攻撃を加えるべく、敵機の翼の先端から先端に向かって横切るように撃ち流した。と、敵戦闘機のエンジンの下から、赤い炎の舌がぺろっと出た。その瞬間、ガソリンに引火したらしく、ぱっと爆発するように燃え上がった。

――よし、今度は掩体内の一機だ！

と、急旋回して、前方から右翼の付け根を狙って弾丸を撃ち込み、機首を掩体すれすれに引き起こした。身体を愛機から乗りだして右下を見ると、ものすごい黒煙をふいて燃え上がっている。やったぞ、と快哉を叫びたい思いだが、やっと見つけた宿敵である。ここで攻撃の手をゆるめるわけにはいかない。ふと上空を見ると、戦隊長は敵を撃墜したあと、ゆうゆうと旋回しながら攻撃を掩護してくれている。

私はさらに上昇反転して大型機を狙った。ちょうど敵機と真正面に向き合うように水平に下がり、肉薄して、ダ、ダ、ダッ、と一連射を浴びせた。敵機のプロペラにつっかかるかと思うほど下がっていたのだが、かまわずそのまま敵機の上を通り抜けようした。すると、狙いたがわず敵機の翼の付け根付近がぶわっと爆発して燃え上がった。一瞬、爆風に機体が揺れた。

上空を見てみると、大胆にも宙返りで攻撃し、引き上げては、ふたたび宙返りで反復攻撃をしている飛行機がある。強引さと射撃の名手として定評のある竹内中尉であった。

私も負けてはならじと、さらに闘志を燃やして、やつぎ早に攻撃し、五機を完全に炎上させた。これで、もうすべて炎上しつくして目標がなくなった。上空では加藤戦隊長が、「攻撃やめ、集合」の合図に、翼を大きく左右に振っている。私は、畑の中に十一条の火煙がまっすぐに立ち昇る中を、戦隊長機に合流し、意気ようようと帰途についた。

この季節のチェンマイ周辺は煙霧が多く、そのためレーダーに依存できない防空は、爆音で敵機の襲来を判断するしかなく、非常に困難であった。

加藤戦隊長は、去る三月二十四日の払暁に来襲してきた米国義勇飛行隊タイガー部隊は昆明付近を本拠として、ビルマのシャン高原のヘホ、ロイレン、ラシオなど、タイに近い飛行場を機動飛行場として使用していると判断し、その旨を、第七飛行団長山本少将に進言し、これらの飛行場を爆撃により破壊して、反応を見るよう意見を具申した。山本飛行団長は、さっそく加藤戦隊長の意見を受け入れて、三月二十八日、二十九日の両日、重爆隊により滑走路等を破壊した。ところが、どういうわけか敵はそれをまったく補修するようすがなかった。

――なぜなのだろう?

その謎を解くには、先に奇襲攻撃をかけてきたときの米義勇軍の捕虜のパイロットから情報を聞き出すのが一番いいとして、加藤戦隊長はバンコクへ出かけていった。ところが、たまたま夕食の時間に帰ってきて食卓についたが、いつもと違っていくぶん興奮気味で、

「だいたい、なっていない。残念だ」

と言うので、そばにいた安間大尉が、

「戦隊長、何かありましたか?」

と尋ねると、戦隊長は、吐きすてるように、

「捕虜の尋問がなっておらんのだ。捕虜が喋る英語を、タイ軍の将校が聞き、それをまた夕

イ語で話し、さらにそれを通訳が日本語になおして日本の参謀将校に伝えるという始末だよ。情けない参謀将校だよ」

と、憤慨してこうつづけた。

「だいたい敵性語を嫌わずに、いちだんと勉強して捕虜の尋問ぐらい自分で出来る国軍の将校であって欲しいものだ」

加藤戦隊長は、幼年学校、士官学校とフランス語を専攻したので英語に精通していなかったのが、いかにも残念そうであった。戦隊長は、この後、捕虜の尋問の結果について話してくれた。それによると、

「米義勇軍は、ラングーン以来、相当活躍し、日本機撃墜のたびに日の丸のマークを胴体につけ、勲章を胸にいっぱいぶら下げているそうだ。しかし、いまでは生き残りは数名で、戦力としては大したことはないそうだ」

とのことであった。

しかし、捕虜の尋問というものは、当時、加藤戦隊長も言っていられた通り、言葉の問題だけではなく、その捕虜の言が真実かどうかを、その表情などから見ぬくことが必要であった。ところが、この捕虜の通訳された言葉を信じたがために、悲運に見舞われることになるのだが、そのときはまだ神ならぬ身の知る由もなかった。

戦隊はその後、連日のようにラシオやその周辺の飛行場を攻撃した。そして、まもなく陽春の四月一日を迎えた。

チェンマイ飛行場のピストは、屋根も壁も大きな木の葉でつくられていた。内地で見る煙草の葉のように大きく、団扇を貼りめぐらしてあるようであった。

飛行場はタイ軍と共同で使用するので、われわれにとっては、いわば仮住まいであった。タイの兵士たちは飛行場近くの自宅から、毎朝、出勤して来た。魚や牛肉や豚肉、それに野菜などを藁でしばり、ぶら下げて衛門を潜ってくる。それはのどかな出勤風景であった。

飛行場の中を、タイの少女が大きな房のバナナを天秤棒で振り分け荷物にして、売り歩いている。

タイの民族衣装に身をつつみ、裸足であった。その牧歌的な光景は、とても激しい戦争が現実に行なわれているとは信じられなかったほどだった。

また昼近くになると、毎日のように、三、四人のタイ軍の兵隊が私たちのピストに、「休ませてくれ」と言って、ピーナッツのようなものも持って来て、それをわれわれにくれる。

「どうしたんだ?」

と、手マネでたずねると、わかったようすで、しきりに親指をだし、つぎに小指をだして寝るマネをする。どうやら、彼らの隊長の奥さんがバンコクからチェンマイに面会に来たので、お前たちは外へ出ろと宿舎を追いだされて、行くところがないので、われわれのピストに来たのだという。まったくのんびりしたもので、タイ軍は日本軍にくらべると軍紀など皆無に等しいように思われた。だが、内に秘めた闘志だけは満々たるもので、旧式の飛行機でもいいから、われわれも一緒に出動させろ、とせがんでくるのには驚かされた。

また、飛行場の片隅に置いてあったドラム罐に入った燃料が、付近を流れる小川の川底に沈められて盗まれたりした。タイ軍には、とにかく奇妙なことが多かった。

私は、ある日、街へ出て、前に坂井菴少佐からもらったジャンパーの肩のあたりが風圧でやぶれているので補修をしに洋裁店へ行ったところ、「なぜこんなやぶれたものを使うのか、捨てろ」と言って手をつけてくれないのには閉口した。エースから、何か身につけていたものをもらい、その人にあやかろうとする「縁起かつぎ」は、外国では通じないものであった。

弔合戦の日

四月二日、第五飛行集団長小畑英良中将がチェンマイに視察に来られた。小畑中将は、私どもが明野陸軍飛行学校で学んだときの校長であった。

その日、中将は、終始、笑顔で加藤戦隊長にたいして、開戦以来のわが部隊の功績を讃えられ、言葉をつくしてほめられ、われわれとしては想像に絶する面目をほどこされた。

中将の帰還にさいして私は、一コ編隊を指揮し、小畑中将搭乗の輸送機を掩護してラングーン飛行場まで送ったが、その帰途、悪天候に遭遇し、九死に一生を得てチェンマイに帰還した。ところが、悪天候にさんざん振り回されたお蔭で心がずたずたに疲れ果て、足取りも重く宿舎へ向かった。とにかく、ひとかけらの救いが欲しかった。ちょうどそういうとき、宿舎への道すがら、チェンマイの街を通ると、映画館から、「愛染かつら」のレコードが流暢に流れてくるのを聞いて思わず懐かしさいっぱいになり、それで気分がすーっとしてきた。

このころになると、しばらく鳴りを静めていた敵の航空部隊が、わが地上兵団の前面にふたたび蠢動しはじめていた。そこで地上兵団の作戦の進捗が阻まれては一大事と、抬頭する敵空軍に一撃を加えるべく、四月五日、加藤戦隊長を先頭に、アキャブ飛行場を急襲することとなった。その当日はチェンマイへ到着して以来、はじめての雨の日となった。

が、われわれは、悪天候を衝いて、つぎつぎと離陸していった。その私たちを、雨の中に立って、いつまでも手を振って見送っていたのは、竹内、本山、平野の三中尉と、小林伍長らであった。彼らは、前日、新編成される飛行第六十八戦隊に転属命令が出ており、今日の出撃からはずされたのであった。ちなみにこの飛行第六十八戦隊は、昭和十七年三月三十一日、満州国ハルピンで三式戦闘機をもって編成されたが、のちにニューギニアで活躍し、そのほとんどが全滅した。

転出する四人のうち、とくに竹内正吾中尉は五十二期生ただ一人の生き残りで戦隊戦力の根幹であり、安間中隊にとっては大黒柱と目される撃墜王でもあった。また本山明徳中尉は私と同期生で喜びも悲しみもともにしてきた仲であった。とくに八田中尉の戦死後は、私と二人して第二中隊を支えて来た盟友である。彼は熊本県出身の九州男児でその豪快な気性に、私は励まされることも多かった。そして、平野登中尉は、陸士五十四期生でまだ実戦に参加することはなかったが、訓練を積み、これからの戦力として期待されていたパイロットであった。それに加えて私たちの中隊の小林仙一伍長も少年飛行兵第六期生として、初陣も果たし、中隊の戦力として大切な操縦者であった。

　こうした異動は、あくまでも航空本部の指令によるものではあったが、そういう場合、加藤戦隊長という人は、つねに優秀な者を選定して転属させる信念をもっていたので、このような人事となったが、戦隊長もこの人選には大いに苦慮していた。つまり戦隊にとっては、この者たちの転出により、たちまち戦力に低下を来たすことは明らかだったからである。

　私は機上で、寂しさと別離の情たえ難く、攻撃に向かっていることもしばし忘れて、ひとり感傷にひたっていた。

　が、そんなことにおかまいなく戦隊は、一路アキャブへ向かう。

　その日、アキャブ飛行場上空に敵機の姿はなかった。

　飛行場を見下ろすと、大型機一機と小型機一機が飛行場の同じ側に列べて置いてある。

　加藤戦隊長はひらりと左急旋回で急降下に移り、この地上の敵機に銃撃を加えた。と、たちまちガソリンに引火してパッと燃え上がった。私もすかさず残る一機に襲いかかり、無性に寂しい気持をまぎらすために、思い切り、ド、ド、ドッ……と撃ち込んだ。

　基地に帰還後、この日は少し早目の夕食で、竹内中尉と本山中尉、平野中尉の三将校の送別会が行なわれた。安間大尉の乾杯の音頭についで、加藤戦隊長が三中尉に送別の辞を贈った。

「長い間、寝食をともにして戦って来た君たちと別れることは、まことに残念でならない。しかし、新しい部隊の基幹となることを思えば、国軍戦闘隊のためにも私は喜んで君たちを送りだそう。改まって言うことはないが、日頃いっているとおり一人残らず全員が心を一つの目的に振り向けてその任務をやり遂げることが、いつ、いかなるときでも、どこの戦場でも忘れてはならない指揮官のつとめである。要はすべて真心であることを、念頭から離さないよう頑張ってもらいたい」

宴はなかなか尽きそうにもなかった。別離の悲しみを、この日のように味わったことは初めてであった。戦争は青年の心を感傷的にするものである。

翌日、戦隊長以下、われわれ一同が見送る中を転出する竹内中尉以下の将校、下士官のパイロットたちは後ろを振り向き振り向き、いくども頭を下げたり、挙手の礼をしたり、手を振ったりしながら遠ざかっていった。じっと見送っている戦隊長の顔は、いつになく寂しそうであった。

こうして、四月八日を迎えた。

この日、戦隊は一日中、飛行機の整備点検に当てられていた。そのため私は、前夜から、あすはゆっくり休養がとれるぞ、と、思っていた。ところが、その矢先、朝早く、起床したとたん戦隊長に呼び出された。

「きみ、ご苦労だが、今日は爆撃隊が敵司令部の所在地メイミョウの軍事施設を攻撃するので、整備の日だが、編隊を指揮して掩護にいってくれんか」

「はあ、了解しました」

と私が答えると、戦隊長はさらにつづけた。

「ああ、それから帰りに、ヘホとロイレンの飛行場の弾痕修理が出来ているか、いないか、偵察してきてくれ」

私はただちに飛行準備にとりかかった。この二つの飛行場は、敵がわが方を攻撃するときに、機動飛行場として利用していたのである。私は僚機二機を率いて離陸し、まもなく爆撃隊の大編隊と空中集合して北部ビルマへ向かった。この季節には珍しく、いつになく煙霧のない、爽やかな快晴で、太陽の光が眩しく輝き、編隊を組んでいる爆撃隊が絵のように美しかった。われわれ掩護の戦闘機はわずか三機ではあったが、爆撃編隊の左側上方に位置して敵戦闘機の攻撃に備えていた。

途中、敵戦闘機の姿は見えず、一路、メイミョウの市街の上空に到達すると、爆撃隊はただちに爆撃を敢行し、たちまちにして目標の地上一面が爆煙につつまれてしまった。目的を達した爆撃隊はただちに反転して帰途についた。われわれは、それを途中まで掩護し、もう大丈夫と見定めた地点で翼を振って爆撃隊と別れ、ヘホ、ロイレンの偵察に向かった。このとき、もちろん敵戦闘機の姿はまったく見えなかった。また、これと同じ時刻ころ、別の場所で、敵の戦闘機隊と、わが戦隊主力が決戦を交えようとしているなどとはゆめ知るはずもなかったのだ。わが編隊の三機の「隼」は、ヘホ、ロイレンの両飛行場上空に達するや、高度を下げ、超低空で見て回った。

しかし、敵飛行場は弾痕の跡も修理せず、牛がのろのろと歩き回っているだけであった。私はそれを確かめると、少し速度を増して基地チェンマイへの帰還の途につき、いつもより少し早く基地上空に帰って来た。ところが、チェンマイ飛行場の上空に達して、なにげなく下を見ると、整備中の飛行機が数十機あるはずなのに、一機も見えないのだ。不思議に思いながら着陸して、飛行機から降り立つと、中隊の中尾国広中尉（航士五十三期、整備班長）や庄子軍曹、布川兵長、大原兵長らが駆けつけてきた。

「おい檜、みんなローウィンへいったぞ」

中尾中尉はプロペラの爆音の中で怒鳴るように言った。

「何時ごろだ？　まだ間に合うか？」

と聞くと、中尾中尉は、

「なあに大したことはなさそうだ。なんでも偵察機からの報告で、敵の戦闘機が二十機ぐらい飛んでいる、と言って来たそうだが、たぶん、鳥か何かと見まちがえたんじゃないか、出かけてもう四十分にもなるよ」

と言う。それでは、これから出かけてもとても追いつかないだろう。私は出撃を諦め、くわしく事情を聞いてみた。

なんでも、偵察機からの報告によると、いままで一度も雲で姿を見せなかったローウィン飛行場の上空が珍しく快晴で、飛行場がはっきり展望できたという。高度六千メートルに在空敵機四機、地上には戦闘機十五機がいることを確認したというので、ただちに出動したのであった。しかし、このとき、出撃していった全員の胸中には、先に尋問した捕虜の言葉の先入感が強く、敵の戦闘機が沢山いるはずはなく、中尾中尉のいうように鳥か何かと間違えているのだろうとして、その報告を本当とは受け取らなかったのではなかろうか。

第三中隊長の安間大尉でさえも、

「おい、今日は慣熟飛行のつもりで行こう。そうだ初陣の者も連れていってやるぞ」

と、まだ一度も実戦の経験のない第三中隊の高橋俊二中尉（陸士五十三期生）と武村太郎中尉（航士五十四期生）を、また丸尾中隊長は、初陣は私が連れていくと約束していた黒木忠夫中尉（航士五十四期生）をも出動させたと言うのだ。私はこれを聞き、なんとなく胸さわぎをおぼえた。

やがて夕闇があたりに迫ったころ、北方のローウィンの方向をにらんでいると、爆音が聞こえ、友軍機が一機また一機と、夕映えの中に豆つぶのように目にうつった。

——あ、何かあったな！　と私は思った。編隊を組んで帰還しないのは、なにか重大なことが起こった証拠なのだ。そばにいた中尾中尉を見ると、彼も不安そうな表情になっていた。

まっ先に爆音をとどろかせて低空で着陸態勢に入った一機は、胴体が油で真っ黒になっている。戦隊長機だった。相当に被弾しているようすに、私は思わず、どきんとした。しかし、鮮やかな着陸ぶりではあったが、いつもとは違っていた。準備線に持ってくる地上滑走も乱暴であった。

飛行機から降りると戦隊長は、そばへ行って迎えた私を一瞥したまま、急ぎ足でピストへ行き、いつもは航空帽をすぐに脱ぐのに、航空帽もつけたままで、椅子にどっかと身を投げかけるように腰を下ろした。そして、沈痛な表情で前の机に肘をつき、両手で頭をおおい、その場につっぷしてしまったまま、何ごとも語ろうとはしなかった。私は戦隊長のこのようすに呆然として、なす術もなく立ちつくしていた。しばらくして、やっと立ち上がった戦隊長は、

「不覚であった！」

と小さく呟いて、悲しみに堪えていた。

この出撃で、陸軍航空の至宝・安間克己大尉が帰ってこなかったのだ。安間大尉は、昭和十三年、飛行第二大隊の加藤中隊に配属され、蘭封上空の空中戦で敵のイ・15型戦闘機を撃墜して初陣を飾り、その後、ノモンハン事件で大活躍し、明野陸軍飛行学校甲種学生では恩賜の成績で卒業した。加藤少佐が飛行第六十四戦隊長として着任いらい、第三中隊長として加藤戦隊長を補佐し、戦隊長の片腕として絶大な信頼を受け、ともに太平洋戦争を戦い抜いてきた逸材であった。また、この出撃で帰ってこなかったのは安間大尉だけではなく、ノモンハン以来の歴戦の猛鷲で、船団掩護の際も、終始、加藤戦隊長のそばを離れなかった少年飛行兵第二期生の和田春人曹長も帰らなかったし、私の中隊の黒木中尉も初陣の華と散り、奥村宗之中尉も初陣にして帰らなかった。

チェンマイ飛行場は、一瞬にして憂色に閉ざされた。

あの尋問のときに捕虜のパイロットが言った「友軍の戦力は大したことはない」という言葉は偽りであり、米義勇軍はまさに健在そのものであったのだ。

この日の戦闘は友軍偵察機の情報によって急遽、出動したことではじまった。それは私が

爆撃隊掩護任務を終え、ヘホ、ロイレン両飛行場の偵察に向かった時刻であり、任務を終えて基地に帰る少し前の十三時五十分に、「敵は大したことがない」という先入感から、初陣の者たち多数をふくめて至極軽い気持で出動していった。約二時間後、高度四千メートルで、白く十字に浮き出た滑走路を左下に見ながらローウィン飛行場上空に進入し、敵を索《もと》めて旋回をつづけたが、敵機の姿はまったく見えなかった。飛行場には大型機一機と小型機二機が片隅に、しょんぼりと並んでいた。ただちに戦隊長は翼をふって攻撃を下令し、一挙に急降下してまっ先に地上銃撃に入った。第一、第三中隊の順につづき、在地敵機の全機を炎上させて上昇姿勢に移った。

ところが、上空掩護の任務についていた第二中隊の丸尾中隊長は何を勘ちがいしたのか、上空掩護の任務にありながら、ついその戦果に釣りこまれて急降下し、対地攻撃に入ろうとした。このため戦隊の全機が低空でひしめく結果となり、この状況を近くの山の盆地で旋回しながら待ち伏せていた米国義勇軍「タイガー部隊」の発見するところとなり、トマホークP-40二十数機が、好機いたれりとばかり、突如として、わが戦隊の頭上からおおいかぶさってきたのである。

相手は賞金稼ぎの老練なパイロットの集団である。まったく不利な戦闘で苦戦は免れなかった。安間大尉はやっと敵の重囲から脱し、後方を振りかえると初陣に連れてきた部下が敵に追われている。大尉はそのようすを見ると、ふたたび敵中に突入していった。しかも、このようなことが幾度かくり返され、そのつど敵数機とわたり合い、部下を追撃していた敵機は撃墜したものの、ついに愛機にも敵弾を受け、壮烈な戦死を遂げたのであった。

この日、加藤戦隊長はまっ先に上昇に移ったため、比較的に高度をとれた。が、やはり苦戦中の友軍機を救助しようと戦闘圏のまっ只中へ突入していったところ、敵機の集中攻撃を受けて被弾し、エンジンオイルが漏れ出したため、止むをえず戦場を離脱して、やっと基地に辿りついたのであった。

黒木中尉も奥村中尉も初陣であったのと、着任後まだ日も浅く、苦しい戦闘の中で悲しむべき戦死となった。惜しみても余りある最期であったというべきであろう。また、ベテランの和田曹長も帰らぬ人となったが、この人は生来、人の面倒見がよく、俠気に富んでいたので、初陣の人たちを、最後まで救助しようとして奮戦し、壮烈な戦死を遂げたものであった。

これも初陣で九死に一生を得て帰還した高橋俊二中尉は、帰還後、こう言っている。

「上空の敵機を見たには見たが、何が何だかわからず、がむしゃらに宙返りばかり三十回ぐらい連続してやっているうちに、ふと気がつくと戦場を離れていて、敵が来る気配がないので、安心して帰ってきた」と。

その日、ふだんは剛毅で物事に動じない加藤戦隊長も、悲しみを隠すことは出来なかった。戦隊には日頃の活気は見られず、ただ、ひっそりと静まり返っていた。転属のため部隊を離れていった竹内中尉や本山中尉らがいてくれたら、このようなことは避けられたかもしれない、と思うと、運命のいたずらがうらめしく思えてならなかった。

その夜の夕食時は灯の消えたようであった。誰もが戦死者へ思いをはせて、食欲もなかった。

ところが、私はその夜、この夕食のときに不用意な言葉を発してしまった。

「戦隊長、残念ながら打つ手がありませんですね」と。

すると、加藤戦隊長がしばらくして、私にともなく、自分自身にともなく、呟くように言った言葉を、私はいまに忘れることが出来ない。それはつぎの一語であった。

「檜、おれはかならず、きょうの恨みを晴らして見せる。いいか、人間はいかなる困難にぶつかっても、投げてはいかんぞ。方法はきっとあるものだ」

戦隊長の顔にはいつもの自信に満ちた表情がもどってきていた。切り換えも早い戦隊長であった。

その夜から、戦隊長の部屋には、夜遅くまで灯がともっていた。戦隊長は、はやくもローウィン攻撃のための作戦計画をたてはじめていたのであった。

つぎの日は、気象班の上田国太郎少尉が、何度も呼ばれていた。

気象観測の気球が、朝、昼、夕と揚げられるようになった。上空の天候を観測することで、山岳地帯にあるローウィンの気象状況を知るためであり、このために気象班の将校の協力を、熱心にもとめていた。

そうこうしているうちに加藤戦隊長が言い出した。

「おれは、月齢二十三日までは自信がある」と。

どうやら戦隊長は寡をもって衆を制する方途は奇襲による以外はないところから、夜間航法による奇襲を考えているらしい——とわかった。月齢二十三日と言えば四月十日である。それを過ぎれば月のない闇夜となり、しばらくは攻撃の機会がなくなるところから、戦隊長はその四月十日の夜を想定しているらしいと察せられたとき、私は非常に不安を感じた。いかに戦隊長が神技に近い能力があっても、昼間でも航法の困難な山岳地帯を、ましてや暗夜に、目的地まで六百数十キロの距離を計器類の不備な戦闘機で飛ぶことは、とうてい無理な話であった。しかも横風による偏流の誤差を少なくするのと、敵地上空の飛行時間を短縮するために、全速力でぶっ飛ばすというのである。

戦隊長が、この四月十日の攻撃計画を正式に初めて打ち明けたのは、前日のことであった。私たちはおおむね予想していただけに、この決行をそれほどには驚かなかった。だが、不思議なことに、正式にそうと知らされた瞬間、それまで私の脳裏に渦巻いていた不安は、きれいに消えてしまった。それどころか、恨み重なる米義勇軍を相手に、亡き安間大尉以下の弔合戦をやる日がきた、という思いが大きく、闘志が湧き立つのをおぼえるほどであった。

第五章　ベンガル湾の波間に消ゆ

愛機はわが生命

いよいよ四月十日がやって来た。

「檜中尉どの、三時であります」

という当番兵の声に、私はハッと目を覚ました。

「よし、分かった！」

すばやく洗顔して宿舎の食堂におもむいた。すでに戦隊長は起きていて、コーヒーを美味しそうに飲んでいる。挨拶すると、「やあ！」と、加藤戦隊長の笑顔が返ってきた。自信にあふれ、落ちついた表情であった。私はそれを見ると、ふしぎに大船に乗ったような気分になれた。食卓にはコーヒーとパンが並べられていた。バン食の嫌いな私は米のメシが食いたかった。ひょっとしたら、これがこの世で最後の食事になるかもしれないのだ。それならメシをゆっくりと賞味して、三途の川を渡りたいと思った。だが、そんなわがままは許されない。戦隊長は夜間攻撃に備えコーヒーのカフェインによる刺激の効果を考えて、そうした献立に気を配っていたのである。朝食をとると、深夜の街を自動車で飛行場へ向かった。すでに飛行場では深夜の静けさをやぶって、試運転の爆音が轟いていた。青白い排気ガスの炎と自動車のライトが交錯してプロペラを照らし、夜の闇の中に浮かび上がらせていて、夜間攻撃寸前の緊張と熱気が伝わってくる。

加藤戦隊長は戦闘指揮所で気象班の将校から、熱心に敵地の気象状況を聞いていた。私は当時まだ深夜の飛行経験に浅く未熟ではあったが、心中ひそかに期するところがあった。しかも今日は、加藤戦隊長の僚機としての大任があった。タイ国の午前三時は、時差二時間を考えれば真夜中である。パイロットも整備兵も、心配そうな顔を、暗い電灯の下に集めて話し合っていた。

やがて加藤戦隊長は整列した私たちに、命令を伝えた。

「命令!」闇をつらぬく凛とした声。今日はまたいちだんと冴えわたっている。おそらくは加藤戦隊長自身もまた期するところがあったのであろう。

「戦隊はただちに出動、夜間航法をもって、ローウィン飛行場を攻撃。敵機を地上において捕捉撃滅せんとす。航法だに成功すれば奇襲し得るの確信を有す」

凛々とした声がひびきわたる。

五時四十五分、夜陰をついてまっ先に、戦隊長と、僚機として従う私の二機が滑走に移り、空中に飛び上がった。後には、第一中隊大谷大尉、第二中隊丸尾大尉、第三中隊遠藤中尉の戦隊の全力がこれに従うことになっていた。上昇し、しばらく飛んで、ふと後を振り向いたが、友軍機の機影は暗夜の中に溶けこんで、見えなかった。戦隊長の方を見ると、これも黒い影がかすかに見えるだけであった。黄色い、眉毛みたいな二十三夜の下弦の月が、地平線のかなたに傾いて見えている。

編隊はエンジンを最大限にふかしての全速飛行であった。小刻みの振動が、全身に堅く伝わってくる。人機ともに必死である。私は戦隊長の翼灯をたよりに、夢中でついていった。やがて戦隊長の大きな頭の格好がぼんやりと見えはじめた。頭上から左側面の東の空にかけて、かすかに白みかけて来ている。が、地平線から下に目を移すと、そこは漆黒の闇である。

戦隊長機は、サルウインの河ひだを低空で縫うように飛び、帯のように霧がたなびいている山と山の間を巧みに旋回して飛行していく。私にはずいぶんと長い時間、飛んでいるように感じられた。そのとき、突然、戦隊長機が翼灯を消した。私もすぐにそれにならって翼灯を消し、さらに戦隊長機に近寄っていった。

戦隊長の顔がはっきり見えてきた。ふたたび後を振り向くと、第一中隊の片岡正志中尉の指揮する一コ編隊三機がつづいている。残念ながら第三編隊は遠藤中尉機がエンジン故障、ついで横井軍曹機も安田曹長機もエンジン不調で相ついで引き返し、残るは戦隊長機以下の五機である。

八時五分、高度三百メートルで、薄靄につつまれたジャングル地帯の一角に、滑走路を発である。

見した。めざすローウィン飛行場だった。さすがに戦隊長の航法は寸分の狂いもなかったの

戦隊長は敵飛行場を眼前に見ると、さっと翼をふって攻撃を下令し、まっ先に突進してい

った。なんとそこには、トマホークP‐40が二十三機、カバーをかぶせたまま一列横隊に並んでいた。私も戦隊長につづいて急降下し、ダ、ダ、ダ、ダッ、と一撃をかけて上昇した。

戦隊長機のほうを見ると、戦隊長はしきりに手を前後に動かして、「いけ、いけ」と私に突っ込む合図をしている。私は右手を上げて、それに応えると、ふたたび突入し、地上四、五メートルまで降下して、つぎつぎと攻撃を加えた。この攻撃はなんとも小気味のいいものだった。攻撃のたびに、地上にある敵機群の胴体や翼に、大きな穴がボスボスとあく。しかし、敵機はいっこうに炎上しなかった。

これはたぶん、燃料を抜いてあったためらしい。飛行場から五百メートルほど離れたところに、細長い宿舎のような建物があった。その前に、敵のパイロットらしい影が人垣をつくり、われわれの攻撃を見ている姿が見えた。地上からは何も撃ってこない。この奇襲をまったく予期していなかった証拠でもあろうが、この地で八時五分と言えば、まだ薄暗く、だれもが眠っている時刻である。私は気がすむまで何度も反転し、並べてある敵機に銃弾を撃ちこんだ。片岡編隊もそれに負けじと存分に暴れていた。

ほとんど全部の敵機に被害を与えたのを確認すると、私はもう、いいだろうと思い、戦隊長機のほうを見上げた。すると戦隊長機も翼を大きく振って集合の合図をしている。私はた

だちに戦隊長の右側方、僚機の位置にぴったりとついた。すると戦隊長が私のほうを振り向いて、白い歯を出してニッコリと笑った。

こうして帰還の途についたのだが、サルウイン河を越えた山岳地帯の上空にさしかかると、戦隊長は、ダ、ダ、ダ、ダと試射をはじめた。

——ははあ、さては残弾の点検かな？　と思い、私もそれにならって、数発、ダ、ダ、ダッ……と試射をした。だが、どうして、こんなところで残弾の点検をするのか、私には理解できなかった。

基地にもどって戦隊長に、報告する際に、私がくだんの試射のことを尋ねると、戦隊長は苦笑しながら説明してくれた。それによると、戦隊長は攻撃決行の前に翼灯を消したが、そのとき、メーンスイッチも切ってしまったのだ。そのため、いざ攻撃の際に弾丸が出なかった。しかし、敵地上空ではそのことにまったく気がつかずに機関砲の故障とばかり思いこんでいた。ところが、いざ引き上げ時になって初めてメーンスイッチを切っていたことがわかり、それで試射してみたというのだった。

つまり戦隊長は、この日の攻撃で、一発も発射していなかったことになる。これは戦隊長の気性として、その無念さやおして知るべしであった。

帰還してピストにいってみると、丸尾大尉も大谷大尉も、離陸のときに砂塵のために方向を誤って土手に衝突するという事故を起こして出撃できなかったのだが、二人とも、いかにもくやしそうに白い包帯姿で私たちの帰還を待っていた。

私はさすがに激しい疲労をおぼえていた。安間大尉以下の仇討ちに成功したという安堵感と、一時も休むことのない長い戦闘の連続に、身心綿のごとく疲れ、六十キロの体重もわずか四十五キロに痩せてしまっていた。そして、その日、帰還後、私は、ふいに激しい嘔吐に見舞われた。原因はわからなかったが、戦隊長にその旨を告げ、宿舎にもどって休養することにした。

さて、二時間ほどの休養で少し気分が落ちついたころ、戦隊本部からの連絡で緊急集合を命じられた。ただちに本部前におもむいてみると、もうそこには加藤戦隊長が立っていた。その姿を見たとたん、私は身勝手に休養をとったことを後悔した。戦隊長には、私以上に疲労の色が濃かったからである。だが、戦隊長はそれを押しかくすようにして、

「今朝方は、ご苦労であった。ただ今より命令を下す」

と、整列した私たちに言った。いつものように右手で航空帽の右側を持ち上げるようにして、

「命令、これよりただちにローウィンに第二撃を指向し、残敵を空中にもとめてこれを撃滅する」

戦隊長は、ここで私たちを見回すと、

「細部を指示する。本日は九機編隊が爆撃編隊と思わせるように密集隊形で航進し、敵を空中に引きつけてこれを撃滅する。檜編隊は攻撃、遠藤編隊は支援、予は第一中隊を率いて上

空掩護に任ずる」

と、力強く淡々とした口調であった。

しかし、私と遠藤中尉は、なにを思ったか、同時に顔が合った。

いったんピストに帰った私は、なんだか腹立たしく、気分がすぐれなかった。

やがて私は整備員に支えられながら愛機に搭乗した。愛機はわが生命である。ちょっとした飛行機の癖も知りつくしている。その愛機に乗ると、たちまち人間が変わったように、しゃんとしてくるから不思議である。それは、「これから出撃するのだ!」という使命感のためかもしれない。

闘魂烈火と燃えて

ふたたび飛行場は爆音につつまれた。戦隊長編隊の離陸につづいて、私の編隊も地上を離れた。戦隊長の僚機には、私の中隊の後藤曹長と第一中隊の近藤曹長がつき、私の僚機には、二番機に三砂曹長、三番機に佐伯軍曹が従っていた。最後に離陸してきた第三中隊の遠藤編隊の三機が飛行場上空で集合すると、がっちりと一団に固まって爆撃機の編隊のように見せかけて進航に移った。遠藤編隊には安田曹長と横井軍曹が従っている。これで敵を空中におびき寄せ、一挙に決戦をいどむ作戦であった。約十分も進撃したときであった。突如、戦隊長編隊が翼を振って百八十度旋回し、飛行場へ引き返して行った。

——いったい、どうしたのだろう?

とっさに判断がつかなかった。そのため戦隊長にならって全機が引き返した。私はピストにどっかと腰を下ろして、これできょうの攻撃は中止なのか？ と思いつつ連絡を待っていると、戦隊本部からの電話で、戦隊長機の故障で引き返したが、飛行機を取り替えてすぐ出発するとのことであった。

いまから出撃すると、帰りは夜になる。正直なところ、私は、屠所にひかれる牛のように気が重かった。なんとなく嫌な予感がする。十五時零分、ふたたび飛び立った加藤戦隊長以下、われわれ九機は、がっちりと編隊を組み、ローウィンめざして全速で駆けていった。任務必達のためには私事を考えぬのが、加藤戦隊長の信念である。が、それがこの日は妙に私にはつらかった。

一時間半ほど飛行をつづけると、やがて北部山岳地帯の赤膚の山々が真下から、あたかも槍でつき上げてくるような感じで見えはじめた。あと、おおむね四十分で目的地に到達する。私は機上で、加藤戦隊長の黒眼鏡をかけた顔が、くるりと私のほうに振り向いたのを見た。そして、戦隊長の歯がキラリと白く光ったとき、突如として私の胸に反省の気持が湧いてきた。そして、戦隊長の姿を見ているうちに、目頭が熱くなってくるのをどうすることも出来なかった。

敵はいくら地上でやっつけても、飛行機さえ補充すればいいので、いまこれでやめれば、いままでの苦労は水の泡となるのだ。要は敵の空中勤務者をやっつけねばならない。

——おれはいま二十二歳だが、加藤戦隊長は四十歳。しかも、いままでの戦闘の連続に、戦隊長は休んだこともなく、たとえ飛行機が一機の場合でも、みずから出動して行かれている。おれたちとは身心の疲れも比較にならない。それなのに、おれはなんたる意気地なしか、恥を知れ！

と私は、われとわが心に鞭を打った。

ローウィンの敵の飛行場も間近に迫って来た。翼に白欅の加藤戦隊長機は、闘魂烈火と燃えて突き進んでゆく。

十七時五分、飛行場をはるか斜め左に見ながら、高度六千メートルでローウィン飛行場上空に進入した。

この地方は、山岳地帯のこともあって天候の変化がことのほかに激しかった。午前の攻撃のときは雲ひとつない快晴であったのに、いまはローウィン付近一帯が無数の断雲におおわれて、視界をさえぎっている。

戦隊長以下、われわれは密集隊形から戦闘隊形に入るべく、しだいに高度を下げてゆき、雲の間を縫って三千メートルぐらいになったときである。ふと上空を見ると、なんと今度は高度六千メートルくらいの雲の間から、われわれの前方を横切るように接近してくる敵の戦闘機四機を発見した。敵はひさしく訓練を積み重ねたという二機、二機のペアによるロッテ戦法でやってくる。

早暁のわが方の攻撃で、腹を立てて怒りに燃えている敵の操縦者は、きっと粒よりのパイロットに違いない。

私はいそいで翼を振って、編隊を少しひろげるようにして戦闘隊形をとり、急上昇に移った。戦隊長編隊が左側に、少しおくれて遠藤編隊が右側を、三つの列をつくって上昇をつづけた。敵は帯のように長く一列に連なって、いきなり先頭機から左旋回に入り、鮮やかな急降下で、右端の遠藤編隊に攻撃をしかけてきた。私はわれを忘れて、「遠藤編隊をやらせてなるか」と、とっさに機首をこの敵に向けた。

しかし、遠藤編隊はまだこの危急に気づいていないらしく、平気で上昇をつづけている。もう猶予はならなかった。全馬力で追撃しつつ敵の前方を狙って、ダダダッ……と赴援射撃を行なった。

さすがに敵も優秀なパイロットであった。こちらの攻撃にすばやく気づき、遠藤編隊への攻撃を断念するや、ものすごい速度で急降下していった。私は機を失せず、この敵の後を追って編隊群長機に迫っていった。敵の編隊長機を狙ってやっつけることは、結果においてわが方の損害を少なくすることになり、戦闘を勝利に結びつけるが、同時に非常な危険を伴うものである。それは、日頃の訓練に際して、敵も味方も編隊長機を補佐するように教え込まれており、空戦中に編隊長機を攻撃してくる敵があれば、僚機は全力をふるってそれを救援するように義務づけられていたからである。

しかし、私はなおもこの急降下して逃げる敵の編隊長機を追った。そして、いざ射撃しようとすると、敵はたくみに雲の中へスポッと消えてしまう。私ももちろん雲の中へ突入する。

出たり入ったりを十回以上もくりかえした。後を振り向いても乳色の雲がひろがっている。いくらペアの訓練を積んできた米義勇軍でも、これだけ何回も雲を突っ切ってまでついてくる敵の僚機はあるまいと思った。が、これがそもそもの油断であった。

雲から雲への追っかけっこのくりかえしで、いつのまにか高度もしだいに下がってきた。そして、最後の大きな雲の中に入った。それは黒い雲で、翼の両端が見え隠れする。その雲の中から、すっと出た瞬間、なんと敵の黒ずんだ巨体が、こんどは私の眼前にあった。その距離三、四十メートル！　とっさに射撃しようと思い、念のためにちらりと後方を見た。しかし、たしかに渦巻く白雲しか見えなかった。

——よし！　と一瞬、照準眼鏡を見た。はみ出すように大きく映る敵機めがけて、私が、ダ、ダ、ダッ……と一連射するのと、ほとんど同時であった。カン、カン、カンッ……と私の機体に弾丸の砕ける音がした。

——しまった！

それが私のすべてであった。私の叫びでもあった。まったく突然に、左の腕と、左の臀部に、樫の棒でパシッと殴られたような衝撃を感じた。ほとんど同時に、頭の上をまっ黒な影が掠《かす》め去った。私を撃った敵機である。正面の計器盤が敵弾で砕け、計器のガラスの破片に反射している私の顔は血だらけであった。

右翼を見ると、ひとかかえもあるようなガソリンの洩れる大きな白い条《すじ》が、長く尾を引いている。もはや発火寸前である。排気の炎が引火すればそれで最後である。

このとき私は、ガソリンの噴煙は燃えているものとばかり判断していた。それで、とっさに敵の飛行場へ機首を向けて、格納庫に向かって突っ込んで行った。ところが、この最後の瞬間にいたって、どうしたことか、私の脳裏をかすめたのは、なんと二日前に戦死した安間大尉以下の四機の「隼」撃墜の戦果放送を、敵が誇らしげに流していたことであった。

――どこで死んでも同じだ。高度はあるし、山の中へ行って死のう。

とっさに私の気持が変わった。

操縦桿を引いて機体を引き起こし、山の方へ向かって飛んだ。

落ちついて、左手で顔をぬぐうと、べっとりと血がついて来た。

右翼のガソリンは、全部が排出してしまったのかもう洩れなくなっている。幸い引火は免れたらしい。私を見つけた敵機が、後方から追いかけて来たが、僚機の三砂曹長と佐伯軍曹が、この敵機と入り乱れて戦闘をまじえている。私は翼を振って訣別を告げ、正面を向いてまっすぐに飛んだ。

そのとき、一機の敵機がまっ正面から射撃して来た。激しい火衾《ぶすま》が、霰のごとく私の機体をつつんだ。しかし、私はどうしたことか、旋回して回避する気もしなかった。ただ呆然として、カンカンと翼に弾丸が命中する金属性の音を聞いているだけであった。

翼の両端は、敵弾で砕け、風圧でひらひらと捥《も》げてしまっている。

敵機はもう追って来なかった。

下を見ると、サルウイン河の交叉点の上空である。ここが戦闘終了後の集合点であった。

この河の水がずっとタイ国まで流れているのだ。これに沿って帰れば基地に行き着く。それに、あの激戦で、加藤戦隊長は、私の僚機は、どうなっているか。もしや、との不安が出て来た。私が帰還のための集合点へ来ていることは、なにかの暗示ではないのか。そう思うと、死んではならない、生きようと決心した。どんなことがあっても、生きよう。基地へ帰って、戦隊長の安否を確かめようと思った。

翼の両端は、さらに破壊され、激しくぴらぴらと風に煽られている。尻の方が血でべっとりする。いやな感触である。少し気分が落ち着いてくると、だんだん生への執着が湧いて来た。

そうなると、燃料が心配である。右翼内タンクは敵弾のために排出して一滴もない。左翼内タンクにも弾丸が一発命中して穴が開いている。角度が浅くてタンクの上の方を貫いておれば、タンクの底に燃料が貯まっているが、果たしてどれだけ残っているか。しかも、その残っている燃料だけが生命の綱である。

空気抵抗を避けるために天蓋も閉めた。座席の中は、強い太陽の光が容赦なく照りつけて、かえって孤独の寂しさを感じさせる。

基地までは二時間の長い飛行である。それは死への不安と、生きる欲望との戦いでもあった。

エアポケットの動揺にも、どきんとした。もうエンジンが止まるか、もう燃料がつきるかと、時計とにらみ合わせて、神に祈りつづけた。そして、多くの人から贈られて左胸のポケットに入れてあるお守り袋をそっと手で押さえると、その人たちの励ましの顔が、次々と現われては消えていった。

左の翼内タンクにコックを切り換えてあるが、これでどこまで飛べるかが勝負であった。弾丸が貫いた箇所が、タンクの上層部でありますように、少しでも多く燃料が残っておりますように、と祈らずにはおれなかった。私の眼はいつも弾痕を見つめていた。不時着しても助からない峻険な山の連続であった。

長い長い時間を飛んだような気がしたとき、前方にチェンマイの飛行場が見えはじめた。タイに入ったのだ。私は急に目から涙がほとばしり出るのをどうすることも出来なかった。

飛行場上空で旋回に入ったとき、燃料が完全に切れた。止まったエンジンで滑空飛行に移り、着陸した。待ち受けた中隊の人たちや飛行場大隊の千葉正中尉ら大勢の人が、どっと駆けつけて来た。私は生還できたのだ。奇跡的に、助かったのだ。さきほどまでの空中戦は、まるで夢のようであった。

私の飛行機には敵弾が二十一発も命中していた。また奇跡としかいいようのないのは、左の背中、心臓の真うしろで、敵の徹甲弾が落下傘の縛帯に深く喰い込んで止まっていたことだった。

加藤戦隊長は、私の編隊と遠藤中尉の編隊の攻撃開始と同時に、上空掩護にうつり、後藤曹長と近藤曹長を引き連れて旋回しつつ、われわれの戦闘を見守っていたが、そのときさらにその上空から、敵のトマホーク戦闘機が戦隊長機を襲って来た。そこで、戦隊長は、この敵機を格闘戦によって撃墜し、十七時四十分まで、十五分間にわたる激闘がつづいたという。

戦隊長はもはや敵影もなくなったので、僚機二機に合図して帰途についた。

五分ほど飛行したとき、後方から、あやしい飛行機一機が追ってくるのを、戦隊長が発見し、急旋回でこの敵に回り込んだが、かなり離れて後につづいていた後藤曹長はそれに気づかなかった。戦隊長が懸命になって赴援射撃して敵に迫ったが、如何ともし難く、後藤力曹長機は敵弾を受けてローウィン東南十キロの地点に壮烈な戦死を遂げた。

また、私の僚機の三砂曹長機が帰って来なかった。開戦以来、直接の僚機を失ったのはこれが初めてであった。しかも私の油断と不注意で私が被弾してしまったために、私に向かって攻撃してくる敵機を追いはらおうとして、ついに壮烈な戦死を遂げたのであった。

——三砂、すまない。

悲しみと責任感が、ひしひしと私の心を痛めつけた。

一方、敵の攻撃開始を、私の編隊の赴援射撃で難をのがれた遠藤編隊は、混戦乱闘の中で安田曹長が敵を追いつめて一機を撃墜した。

思えば、無数の断雲の中での戦闘で、敵は地形をよく慣熟しており、わが方は馴れていないために終始、不利な空中戦を交え、苦戦したのであった。

何事も思うように運ばないのが世の常とはいえ、あの断雲さえなければ、けっして不覚をとる相手でもないものをと、無念でならなかった。

私は、さっそく柴田軍医中尉を呼んでもらった。柴田中尉は外科の専門であったので、私

が、

「尻に入っている弾丸は、傷をたどって行けば、取り出せますか?」

と聞いてみると、案外あっさりと、

「大丈夫ですよ」

と言うので、飛行機の下へ莫蓙を敷いて横になった。レントゲン等はあるわけもなく、柴田中尉は私の弾丸の入った痕を手さぐりにメスを入れて切りすすんでいった。

時間はどんどん経過し、柴田中尉も、額から玉のような汗を出している。

しかし、ついに弾丸は見つからなかった。

「もっと探して下さい」

と私が督促すると、ますます見つからなくなってしまった。

その上、出血は激しくなるばかりで、柴田中尉もとうとう、「どうも駄目です」と、匙を投げてしまった。しかし、このときには弾丸の入っている方向から反対に十センチもメスで切り込んでしまった後だった。若き日の柴田軍医中尉の失敗であった。

私はこのため左臀部に受けた盲管銃創と、後からの傷が膿をもち、その夜から激しい痛みが出て来た。しかし、それでもこのまま休養するにはしのびず、飛行機に乗ろうとしたが、座ると痛んでどうしようもなかった。

仕方なく宿舎で休んでいた。

夕方になって、飛行場から戦隊長が帰って来た。廊下の足音でそれとわかった。戦隊長は

帰ると、まっ先に私の部屋へ見舞ってくれた。前夜は傷の痛みで一睡も出来なかった。戦隊長は私の顔を見るなり、

「おや、これはいかん、熱があるんじゃないか」

と、私の額に手を当てた。

「いや、大丈夫です。早く飛ばないと……」

と私が言うと、戦隊長はさとすように、

「無理するな。熱があるではないか。戦争は一応かたがついた。しばらく入院して、なおして来い。わしが飛行機を準備してやろう」

と言われた。こうして、自分の疲れも忘れて気を配ってくれる戦隊長に、まことに申しわけないという気持でいっぱいであった。

戦闘機の部隊は人員を運ぶ輸送機を持たないので、戦隊長は飛行団司令部の輸送機をたのんでくれたのであった。

四月十四日の朝、加藤戦隊長をはじめ、戦隊の人々に見送られて、私は輸送機に乗ってチェンマイ飛行場を離れた。バンコクの陸軍兵站病院に入院するためであった。私の入院した後の第二中隊は、中隊長の丸尾大尉と佐伯軍曹だけとなった。入院そうそうから、早く帰らなければ、早く帰らなければ、と気ばかりあせった。

このころ、第五十五師団の竹内兵団は、ビルマ中央部をヤメセンに向かって急進撃をつづけ、第十八師団の牟田口兵団は、トングー以東の地区をマンダレーに向かい、その右翼を、

第五十六師団の渡辺兵団がラシオに向かい急進しつつあった。

また、最左翼を進撃する第三十三師団の桜井兵団は、ビルマ西部のエナンション油田地帯に向かっていた。すでに数次の航空撃滅戦で、制空権は確保できたが、ときどき来襲する敵機は、遠くインドに根拠地を持つ航空部隊であった。

四月十七日、この日はタイ国へ派遣されているイタリアの駐在武官が兵站病院へ慰問に見え、慰問の言葉と結構な慰問品が傷病兵全員に贈られた。

そうこうしているうちに、私のレントゲン写真の結果も出た。破片が尻に喰い込んでおり、それがあまりにも深いので手術は困難であると判定が出た。また柴田軍医中尉の手術は、破片と反対側へ深く入っており、しかもこれが化膿していて治癒までに相当の月日を要するとのことであった。ただ左腕に入っていた破片は、手術で取り除くことができた。

この数日、タイ国の宮廷から通ってくる篤志看護婦ユーピンという少女が、非常に親切に世話をしてくれた。

四月十八日の朝、戦隊より連絡の者が来て、昨日から最後の航空撃滅戦を準備している由を知らされた。私は自分の武運のないことを嘆いた。しかし、一日も早く傷を癒すことに専念するほかはなかった。

また、この目重大なことが知らされた。それは、本日零時三十分、米陸軍のB‐25爆撃機十数機が東京、横浜、名古屋を空襲し、その上、中国大陸へ遁走したという驚くべきニュースであった。日本本土を侵されることは、当時の私たちにとっては、筆舌に尽くし難い屈辱であったのだ。

このことに関連して四月二十一日、ビルマにいた独立飛行第四十七中隊（通称新選組）は、即時、内地の防空任務に転用されることとなった。この部隊は、開戦以来、マレー、ビルマ戦線を「鍾馗」と呼ばれた二式戦闘機で活躍していた部隊であったが、同時にその部隊員であった黒江保彦大尉（航士五十期生）が安間大尉の後任として、加藤戦隊の第三中隊長に発令された。

飛行第六十四戦隊の加藤戦隊長以下の戦隊全員もチェンマイを撤去して、四月二十日、ビルマのトングー飛行場に移動した。四月二十三日、新しく戦隊に着任して、わが中隊付となった中村三郎中尉（航士五十四期生、昭和十九年、戦死し二階級特進）と清水伍長（少飛第六期生）が入院先の病院へ私を訪ねてくれた。

中村中尉は稀にみる美少年で、いかにも闘志あふれる典型的な戦闘パイロットに思え、意を強くした。そしてまた、この中村中尉といっしょに坪根康祐軍曹（少飛第五期生）が第二中隊に着任して、中隊の新しい戦力となった。

ちょうどこのころ、南方軍最高司令部では、パレンバン作戦で功績をあげた落下傘部隊を、ビルマの最終的な撃滅戦に使用することを決定していた。

四月二十三日、加藤戦隊長がラングーンの第五飛行師団司令部（集団を師団と改称）へ出頭して、落下傘部隊をラシオ付近に降下させる作戦会議に加わった。ラシオを目標に進撃中の第五十六師団は、四月二十九日にはラシオに突入できると判断されたため、ラシオに対する空挺作戦は、四月二十九日に決行とさだめられた。また、第五飛行師団は、佐藤正一参謀長の後任として着任した三好康之参謀長によって、四月二十九日の空挺作戦前にローウィン付近の米義勇軍の残敵に対して一撃を加えることが計画された。

その日が四月の二十六日、二十七日の両日であった。加藤戦隊長の率いる戦隊主力は、ローウィンに進攻したが、敵影はまったく見当たらなかった。ついで四月二十八日には、第十二戦隊の重爆隊を掩護して、加藤戦隊長の指揮する「隼」二十機が出動し、ふたたびローウィンを急襲した。この日、戦隊はトマホークP・40四機を撃墜する戦果を挙げたものの、開戦以来、中隊長代理としてシンガポール、ジャワ攻撃で活躍しつづけた戦隊の至宝片岡正志中尉を失った。

病院で片岡中尉戦死の報を聞いた私は、親愛なる同期生を失ったということ以上に、同じ中隊長代理として、おたがいに励まし合いながら闘って来た日々が思い出されて、しばらく言葉もなく、全身の力が抜けて行くのを感じた。

翌二十九日はラシオ突入決行の日である。空挺作戦掩護のため加藤戦隊長は、戦隊全力の十六機を率いて、トングー飛行場を出発した。挺進部隊を乗せた輸送機、物量を搭載した第九十八戦隊の重爆撃機などとトングー上空で集合し、北進を開始した。ところが、北進するにしたがい、シャン高原付近から、雲がだんだんと厚くなり、ラシオを目前にして、天候はますます険悪となり、ついに攻撃は断念するにいたった。

しかしながら、地上の第五十六師団は、二十九日の正午ごろ、予定通りラシオ市街に突入してラシオを完全に占領した。このため落下傘部隊降下作戦は中止され、その後もビルマでの使用の必要がなくなって、挺進部隊は後方に下がることとなり、仏印のプノンペンに帰還した。

一方、この日、ラシオを攻略した第五十六師団は、敵の退路を遮断すべく北進をつづけ、五月三日には、バーモを占領した。

わが戦隊は、これに呼応して敵空軍の蠢動をおさえるために、恵通橋の北東にある保山飛行場を攻撃することとなり、五月四日、飛行第九十八戦隊の重爆隊を掩護して出動した。このときの戦闘で敵機二機を撃墜し、例によって、加藤戦闘隊長の果敢な対地銃撃で敵七機を撃破した。さらに引きつづいて、翌五日にも出動して、保山市街の爆撃に向かう重爆戦隊を掩護し、敵の一機を撃墜して任務を果たした。

こうした連日の攻撃で、地上軍進出地域上空の制空権は確保できたのであったが、逆に敵の爆撃機も、白昼、ラングーン地区まで来襲するようになった。このことから、敵の発進飛行場が、かなり遠くにあるものと判断された。

そのころ、バーモを占領した地上軍は、各要地をつぎつぎに攻略し、五月八日には、ミイトキーナを占領した。ミイトキーナは、ラングーンを起点とするビルマ鉄道の終点に当たり援蔣ルートの要衝であった。

このような現下の状況から、わが六十四戦隊は、攻撃目標をビルマ北部からビルマ西部へと方向を変えることとなり、かくて戦隊は一時も翼を休めることができなかった。

五月八日、九日の両日にわたって、わが戦隊はインド領（現在はバングラディシュ）のチッタゴン飛行場を、重爆と同行して攻撃し、在地の敵機を銃撃して七機を炎上撃破した。ベンガル湾に臨んだチッタゴンは、古くから開けた港湾市街地で、当時、敵の最前線根拠飛行場として、ラングーン攻撃のために使用されていた。

小畑第五飛行師団長は、このとき一挙に、カルカッタの爆撃を計画していたという。しかし、爆撃機の消耗は激しく、戦闘隊もわが六十四戦隊のみでは、機数二百機を擁するといわれるカルカッタに進攻することは困難と判断され、中止された。

このころの加藤戦隊長は心身ともに疲労の極に達していた。開戦以来、一度も休むこともなく常に先頭に立って戦ってきたが、いまやその疲労が重なり、精神力のみで支えている状態だった。

ちょうどそういう時期に、戦隊内にデング熱患者が続発した。デング熱は、四十度以上の高熱が一週間以上もつづき、食欲はなくなり、体力が非常に消耗する病気で、「南方のはしか」といわれ、だれしも一度はこの病気にとりつかれるというものであった。

ジャングルに生息する蚊が媒体となるもので、症状は一週間ぐらいの潜伏期間があり、頭痛、全身倦怠からはじまり、さらに二、三日後に、悪寒をともなう高熱と発疹、そして疼痛に襲われる、というものであった。

加藤戦隊長も、極度の疲労で抵抗力が弱くなっていたこともあって、とうとうデング熱に罹《かか》った。

このことを知った第五飛行師団長も、山本第七飛行団長も、青木第十二飛行団長も、またその他の各戦隊長も、異口同音に、

「かえっていい機会だ。このさい、加藤戦隊長に休養してもらおう」

という声が盛り上がった。そして、小畑飛行師団長の強引な説得で、戦隊長は、マグウエ陸軍病院に、しぶしぶながら入院した。さらにラングーン兵站病院へ移送されたが、戦隊長は、少し熱が下がると退院をせがんだ。

しかし、小畑師団長は戦隊長の身を案じ、シャン高原の涼しい保養地で二週間ぐらいの休養をとるようにと、すすめるために参謀を病院に行かせた。ところが、戦隊長は、

「ご厚意はありがたいが、戦隊を留守にすることは出来ない」

と言い張って聞き入れない。もちろん参謀も後へ引かず、

「しかし、師団長閣下も大変に心配しておられますので、しばらく休養されるようにと、宿舎までご用意されました。涼しくて、静かないいところですから、せめて、そこで二週間でもご静養していただきたいと思います」

と熱心にすすめた。すると戦隊長は、

「もう勘弁してくれ。熱は下がったのだし、大丈夫だよ」

と、なおも聞き入れない。しかし、参謀も、師団長の命令を受けて来ているのだから、やすやすと引き下がるわけにはいかない。

「しかし、熱は下がったといわれましても、戦隊長、ご無理なさらぬ方が……」

と言うと、戦隊長は声を高くした。

「俺はな！　飛行機に乗る方が、ズッと静養になるんだよ、明日は帰りたい」

戦隊長の気迫におされて、参謀はそれ以上すすめることができなかったという。

五月十二日、加藤戦隊長は、一週間の入院もそこそこに退院して、戦隊へ帰ってきた。

このころビルマ攻略作戦の第十五軍は、ビルマ方面の全作戦が終了したことを宣言した。

地上軍はラングーンを攻略してからトングーまでの進出は、制空権がとれずに渋滞したが、トングーからミイトキーナまでの千二百キロは約一ヵ月間で踏破し、一日に約四十キロという快進撃であった。これもわれわれと共に戦った飛行第五師団隷下の制空権確保の下に行なわれた結果であった。

加藤戦隊長は、退院後、ただちに飛行師団司令部に小畑師団長を訪ね、入院中に寄せられた厚意に対して感謝の意を表した。戦隊長はまたその席上で、三好参謀長に意見具申をした。

「参謀長、これからはビルマの平和建設になりますが、敵の爆撃機がたえずやって来て、都市を爆撃されては、ビルマの人心は離反するでしょう。私の戦隊は敵の爆撃機に対する攻撃訓練をかねて、アキャブに前進したいと思います。われわれがアキャブにいると、敵はそこばかり攻撃してくるでしょうから、少しはお役に立てると思います」

と、熱心に説いた。

アキャブは、ビルマの最前線であり、インド攻撃の基地ともなる拠点であり、敵はかならずここを重点に攻撃してくることは明白であった。また、戦隊長は、人よりも数段先を読む人であったから、進攻作戦の終了によって、わが軍は全面的な防御作戦となり、そうなったときの戦闘隊の任務は、来襲してくる敵の爆撃機に対する攻撃が主体となることを洞察していたのであった。

三好参謀長は、病も完全に癒えたとはいえぬ疲労の色の未だ濃い戦隊長が、私心をはなれて大局的な見地から述べている責任感の強さを垣間見る思いがして感激をおぼえたという。と同時に、加藤戦隊長に、将来を見越した深い考えのあることには思いおよばず、ごく軽い気持で加藤戦隊にアキャブ防空の命令を下した。

加藤戦隊長は、わずか一週間たらずの入院中も、将来に予想される敵の大型爆撃機に対する攻撃をいかにすべきかということで頭がいっぱいであったようだ。それまでの戦闘の経験から、火力の劣る「隼」が、いかにして、強靱な防弾装置を持つ敵の高速爆撃機を撃墜するかが、その重要な課題であったのだ。

戦隊は、飛行師団命令に基づいて、さっそく整備員をトングーからアキャブに空輸した。そして、戦隊長自身は、十六日、デング熱に罹《かか》っていない一部の操縦者を連れてアキャブ飛行場に前進した。

しかし、このころ戦隊のデング熱患者は、かなりの勢いで増加しており、その中には、着任そうそうの黒江大尉や丸尾中隊長もふくまれていて、操縦者の大半が寝込んでいるありさまであった。

しかし、現実はきびしく、「隼」戦闘機がアキャブに前進したことを知った敵は、早くもインド領の基地から爆撃機を差し向けて来た。
十七日、早くも敵のロッキード爆撃機がアキャブに攻撃をかけてきた。ただちに戦隊長自身が邀撃し、はやくもその一機を撃墜した。

大いなる転機

一方、そのころまだ入院中の私の傷は、化膿の方は少しよくなっていたが、全治するまでには、なお相当の期間が必要だということであった。そうこうしているうちに、わが航空部隊が、雨季の到来する六月までに、インドのカルカッタを攻撃するという情報が、病院の私の耳にも入ってきた。そこで私は、回診に来た担当の中間軍医少尉に事情を話し、退院させてくれるように頼んだ。しかし、中間軍医は、まだ全快していないということと、全快しない者を退院させることは軍医としての責任上できないと断わられてしまった。こうなったらもはや強行退院しかない。ちょうどこのとき戦隊から見舞いに来てくれていた者がいたので、その者に、

「退院が近いから、バンコクのドムアン飛行場に隼を一機、準備してくれ」

と頼んだ。そうしておいて、傷の癒えないままに強行退院の機をうかがうことにしたのだ。

ところが、こうなると、どうしたことか、私は戦隊長にむしょうに会いたくなった。

いよいよその日が来た。五月十八日、私は中間軍医がサイゴンへ出張したのを機会に、好機到来とばかり病院をぬけ出した。そして、その日の正午すぎ、ドムアン飛行場へ駆けつけ

て、ひさしぶりに愛機に乗り込んだ。病院へは空中から挨拶して、一路、トングー飛行場へ向かった。約一ヵ月にわたる長い入院を終えて、戦隊長をはじめ、戦隊の人々に会えると思うと、胸がおどって、子供のように気持がはずんでいた。私の顔を見て、きっと喜んでくれるであろう戦隊長や中隊の人たちのことを想像するだけでうれしくなって来て、ひとり機上ではしゃいでいた。

飛行機は、一路、トングーへ、トングーへ飛んだ。まもなく、焼け果てた街から少し離れたところにあるトングーの飛行場が見えて来た。上空では、あちこちで空中戦の訓練をやっている。

やがて私は着陸し、地上滑走もまどろしく感じながら戦隊本部前に飛行機をつけた。だが、喜んで迎えてくれるはずの戦隊長や中隊長の姿が見えなかった。不思議に思っていると、しばらくして、日焼けした私の中隊の石橋利美曹長や坪根康裕軍曹、それに整備の石田周三准尉、内村等軍曹（少飛第七期生）や栗原軍曹らが駆けつけて来た。

「やあ、ご苦労さん、戦隊長や中隊長は……？」

と私はまっ先に聞いてみた。

「戦隊長どのはアキャブに行かれ、中隊長どのや中尾中尉どのは、デング熱で寝ています」

と言う。私は止むを得ず、その日のうちにも戦隊長に会いたい気持をおさえてトングーで一泊することとした。宿舎へ行って見ると、丸尾中隊長が顔をまっ赤にして寝ている。その横で、いままで会ったことのない、太って頑丈な体躯の人が横たわっていた。私の姿を見るなり、元気に床へ起き上がった。この人こそ安間大尉の後任として戦隊に来られた黒江保彦大尉であった。私にとって黒江大尉は初対面の人であった。中尾中尉が上衣の胸を大きくひらいて、ひょろひょろと部屋に入って来た。私もいずれはこのデング熱にやられるのかと思うと、嫌な気分であった。

夜の明けるのも待ち切れず、私は一機で戦隊長のいるアキャブへ向かった。座席に長く座っていると、傷口から膿が滲み出て、尻の筋肉がガサガサし、やはり気持が悪かった。アラカン山脈を越えて西海岸に出ると、果てしなくつづくインド洋が、いかにもわれわれの前途を暗示するかのごとく、深い濃緑色の中に眠っているようにさえ感じられた。やがて、海岸ぞいにしばらく北上すると、アキャブの街が目の当たりに見えて来た。攻撃に来たときに見た街並みは、気味わるく感じたが、いまこうして見るアキャブの市街は絵を見るような美しさであった。

もうすぐに戦隊長に会える、それは何十年ぶりかに肉親に会うような喜びであった。

私は遠くの方から翼を振って、敵機とまちがえられないようにして近づいていった。着陸して見ると、中央の天幕の下で、戦隊長がただ一人で立っている。私は小走りに戦隊長のところへ行った。私の顔を見るなり、戦隊長は大きく笑いながら天幕から出て迎えてくれた。

私は戦隊長の正面に立って、不動の姿勢で申告をした。

「檜中尉、入院加療中のところ、昨十八日、退院いたしました。謹んで申告いたします」

と口ばやに報告した。

戦隊長は相好をくずして喜ばれ、

「ずいぶん早く帰ったじゃないか。もうすっかりよいのか」

と、自分の天幕の下に私を案内した。私は用意してきていた英国製のタバコ「スリーキャッスル」を、落下傘袋から出して、みやげにと差し出した。

「檜！　きみは煙草すわなかったなあ。ありがとう、ありがとう」

と、いかにも煙草をすわないのによく気がついたな、と言わぬばかりの喜びようであった。

そこで私は、もう一つ、私が病院にいる間に現像したパレンパンで写した、あのときの戦隊長の半刈りの写真を差し出した。これには、百万の敵もおそれぬ戦隊長もびっくりして、

「おい、檜、これはいかん、原版はどうしたか」

と、子供のように追いかけて来た。

その後、天幕の下の椅子は長椅子が一つしかなかったので、その一つの椅子に私は戦隊長とならんで腰を下ろした。戦隊長とこうやって肩をすり寄せて座るのは、私には初めての体験であった。私は戦隊長に、

「戦隊長、なぜこのアキャブに来ているのですか」

と聞くと、戦隊長は、

「この任務はこっちでたのんでやらしてもらっているんだ。ビルマは安定工作に入って、これからが問題だ。うちの戦隊がここにいると、敵は痛いから、ここを狙ってくる。そうする

と、ビルマの都市爆撃が減るというわけだ。それからな、檜！　これから先は防御となると、戦闘隊も敵の爆撃機に対する攻撃が主体となる。これを見なさい」

といわれ、戦隊長は撃墜した爆撃機の風防ガラスの破片を机の上から取り上げて見せてくれた。それは四センチ以上も厚みがあるのに一点の曇りもなかった。防弾ガラスである。その科学の進歩と、人命尊重のやりかたに、私は驚きをおぼえた。この風防ガラスから判断しても、敵の爆撃機の防弾装置の強度が推察された。戦隊長は、

「ここへ、どんな爆撃機が出てくるか知らんが、訓練と研究になるんだよ」

と話してくれた。

私は、デング熱で病み上がりの戦隊長の横顔を、じっと見つめた。爆撃機攻撃の研究訓練といっても、私が十二月八日の開戦の日、マレーで敵のブレニム爆撃機を撃墜したとき、防弾装置に阻害されて、尾部が砕けて飛び散るまで落ちなかったばかりでなく、高山中隊長も、私も被弾したことを思い出していた。

――こんな危険なことを、なんでこの戦隊長はみずから買って出るのだろうか。

私は俗なことを考えたりした。

戦隊長は陸軍大学校を出ており、このまま生きていれば、無条件で将官は約束されている。それればかりか、戦隊長は、北支以来、すでに度重なる功績で、六度も感状を受けているので昇進は間違いない。それに転勤があるのではないかとの噂も聞いている。それなのに、この戦隊長はなんという人なのであろうか。

私には、加藤戦隊長という人は、われわれの住む世界の人ではなく、遠い世界にいる人のように思えた。

戦隊長はどう見ても正常な体調とは見えなかったので、私はこう言ってみた。

「戦隊長、今日はトングーへ帰りましょう」

すると、戦隊長はちょっと間をおいてから答えた。

「そうだな、檜が退院したんで、今日はトングーへ帰ることにするか」

こうして、戦隊長と私は、そろって、夕方にはトングーへ帰ることとなった。

やがて雑談しているうちに昼食のときが来た。

「檜、きょうは御馳走してやるぞ」

と、戦隊長は天幕から出て行った。そして、しばらくすると、戦隊長が沢山の罐詰を、両手で胸に抱いて、ニコニコして運んで来た。重そうだったので、私が手助けしようとすると、顔を左右に振って、机の上へどかんと置いた。それから、それを楽しそうに机の上に、一個一個ならべた。

「どれがいいかな？　檜、ソーセージを食べるか」

私が、はい、と言うと、戦隊長は下を向いて腰の袋を開けている。戦隊長の腰の袋は、以前から戦隊全員の関心の的であった。中にいったい何が入っているのだろうか。戦隊長は罐切りとフォークをその袋の中から取り出した。私が覗くと、マッチや磁石といっしょに、お守り袋みたいなものが入っていた。こうして、この袋の中身は私が一番最初に拝見する光栄に浴した。

この袋は、戦隊長が内地でスキーに行くとき、騎兵が馬に食べさせる「人参袋」の便利さを見て、腰にぶら下げたのがはじまりであったと聞いている。

戦隊長は、万が一、敵地へ不時着でもした場合、用意のマッチで飛行機を焼却した上で自決する日ごろの心構えでいるのだろうか。私は、皿の上に戦隊長が山盛りにしてくれたソーセージやコンビーフを、貸してもらったフォークで競争するように食べた。戦隊長も病み上がりで、食欲はものすごく旺盛であった。

食事がおわると戦隊長は、ふたたび敵の防弾ガラスを手に持って、真剣な目つきで、いつまでもくるくる見回しながら言った。

「檜、日本の飛行機も、この方面まで手が回らなかったが、これからはこの研究を進めなければいかんな」

戦隊長は、かつて航空本部で飛行機の審査研究をしていたときのことが、このとき頭の中に浮かんでいたにちがいない。それにしても、戦隊長は、マレーの基地でも、パレンバン飛行場でも、捕獲機や破壊機があると、かならずその敵機を見に行った。バッファローやハリケーン戦闘機などと、油だらけになってとり組んだ。そして、われわれに、

「どこが強くて、どこか弱点か、こうして調べるとすぐにわかる。どこを狙って撃ったらよいか、よく研究しておけ」

と言っておられた。パレンバン飛行場にいた当時も、ハリケーン戦闘機で高等飛行を行な

って、われわれを驚嘆させたが、かつて寺内元帥の随員としてドイツへ行ったときも、ドイツの新鋭戦闘機を無造作に乗りこなし、ドイツの高官たちを驚かせたと聞いている。しかし、加藤戦隊長とてけっして超人でもなければ、天才でもない。こうした日ごろからの細心の注意と、たゆまぬ努力が、時に当たって不可能と思われるようなことを、りっぱになし遂げさせたのであろう。

この日は、二人で長い間、話をしていたが、敵機の来襲はなかった。残飯を求めて群がる鴉の多いことは、ビルマ特有とはいえ、この鳴き声だけでも何か気分をかき立てられるような気がした。目の前に下りてくる鴉の接地は不器用で、飛行機乗りの最も嫌う着陸のバウンドであった。下手な鴉になると、二、三度、さらにそれでもたりなくて四度も、ぴょんぴょんとバウンドするのもいる。笑って見ていた戦隊長も、天幕の外へ出て、小石を拾って鴉に投げている。私も小石を拾って鴉を狙って投げた。接地の下手な鴉も、小石を避ける動作は非常に機敏であった。飛びたっては降りてくる鴉の群れも、ついに残飯を食いつくしたのか、どこかへ飛び去っていった。

私はもう頃合いと見て、

「戦隊長、出発しましょうか」

と、戦隊長に、縛帯を後ろから肩に乗せてあげた。私も準備を終わり、戦隊長にしたがって天幕を出た。そのとたんに、戦隊長の前面、三十メートルぐらい離れたところに、大きな砂煙が舞い上がった。私たちの乗る「隼」のエンジンの音で、敵の爆音が聞こえなかったたために、敵機の奇襲を受けたのであった。幸いなことに飛行機はぶじであった。上空を見ると、ウエリントン爆撃機が三機、編隊でゆうゆうと北上している。

戦隊長はそのまま左へ向いて離陸した。私も戦隊長につづいて、敵機を追って飛び立った。

戦隊長の後を追って敵影を見失わないように全速を出した。時計は十六時を指していた。

しかし、どうしたことか、敵機とは雲で遮られ、戦隊長機との距離もだんだん遠くなっていった。どうしたことだろうか。飛行機の性能が、戦隊長と同じ「隼」であり、そうちがうはずがない。レバーは全開である。しかし、速度計がぜんぜん上がって来ない。

そのうちに、戦隊長も敵機も見えなくなった。なおも不思議に思い、座席の中を見ると、計器盤の脚の出入りを示す灯が青い〝出〟のままになっている。しまった、馬鹿げたことだが、私は脚を入れるのを忘れていたのだ。入院ぼけしていたのである。脚を入れると、ぐっと速度が出た。よし、もしかすると、敵はチッタゴン飛行場に着陸しているかもしれないぞ、と着陸している敵機を縦横に掃射している図を頭に描きながら、入院中の借りも返そうと、まっしぐらに飛んだ。

チッタゴン港の近くの飛行場へ、逐次、高度を下げて迫っていった。上空を、一、二回、旋回したが、敵の着陸している気配どころか、水牛が飛行場の真ん中をのこのこ歩いているだけで、人影すら見えなかった。私ががっかりして、港の方を見ると、手頃な艦艇の甲板が目に映った。行きがけの駄賃とばかり煙突にふれるくらいまで急降下して、一連射を、ダ、ダ、ダッ……と撃ち込んで、トングーの基地に引き上げてきた。

すでに時刻は夕食のときであった。私は肩をすぼめて、食堂に入ると、戦隊長が真正面でニコニコして、食卓についている。

「おい、いくら知らせてやっても、平気で両脚をつっぱっていたではないか。入院ボケだよ、少し若い者の訓練でもしてやりな、ハハハ……」

とひやかされてしまった。これで私の明日からのアキャブ行きは駄目になってしまった。この食事が戦隊長との今生の別れになろうとは、神ならぬ身の私はまだ知る由もなかった。

翌日の朝、戦隊長はトングー飛行場を出発して、ふたたびアキャブへ向かった。

それから少したったころ、アキャブ新飛行場のピストでは、遠藤中尉と整備班長の新美中尉が戦隊長の到着を待っていた。

「新美！　戦隊長は何時ごろ来られる予定だ？」

一つしかないベンチに新美中尉と二人で座っていた遠藤中尉は、南の空に目をやりながら聞いた。

「十二時だそうだが……」

新美中尉は短く答えて、腕時計を見た。

「じゃ、そろそろ帰って来られる時間だ」

南の空を見ると飛行機の影が小さく映り、だんだんと近づいて来た。

戦隊長機かな、と思って二人は立ち上がり、外へ飛び出した。しかし、五、六歩すすんだとき、新美中尉が爆音の違いに気がついた。すぐに「敵襲！」と叫んで傍の防空壕へ飛び込んだ。ロッキード爆撃機一機が超低空で侵入してきた。敵は大胆にも後方座席の射手が対地銃撃をしている。大崎長英少尉（副官）も頭から壕に飛びこんだが、尻だけが外に出ていて、敵弾に掠められてしまった。

敵機は旋回して第二撃をかけて来た。みんなは壕から頭を出して、「畜生ッ」とくやしがった。しかし、みんな壕の中にいたのでは応戦する術もない。

そのときだった。一機の「隼」が飛んできた。戦隊長機であった。みるみる近づいて来た戦隊長機は、鮮やかに直上から、ロッキード爆撃機に攻撃をかけた。戦隊長の攻撃で敵機は発火し、飛行場のはずれに激突して、ものすごい紅蓮の炎となって燃え上がった。敵機に痛めつけられていた整備員たちは、戦隊長を凱旋将軍のような気持で迎えた。

翌二十一日の十一時三十分ごろ、ふたたびロッキード爆撃機が一機来襲した。いちはやく飛び立った安田曹長が、これを追い、高位置から、執拗に攻撃をかけて撃墜した。ところが、この日の午後二時ごろ、突然、キイーンと甲高い爆音が聞こえて来た。レーダーがないので、敵機の爆音を聞き分けるか、敵機の姿を見ない限り離陸できなかった。

私たちは緊張して聞き耳を立てた。すると、戦隊長が大きな声で、

「敵機だ！」

と叫んだ。見ると旧飛行場の真上近くで敵の爆撃機三機が乱舞している。

どうやら、敵機はベンガル湾の海上からアキャブの東方を大きく迂回して近づき、旧飛行

場をまさに攻撃しようとしている。新飛行場から見ると、敵機は、ウエリントン型爆撃機であった。

「よし、出撃用意！」

戦隊長はピストから出ると、右手を上げて輪を描くようにぐるぐると回してエンジン始動の合図を送りながら、愛機へ向かって走った。

「チャンス、チャンス！」

と、戦隊長は二声どなるように叫び、いきなり飛行機に飛び込むように乗りこんだ。砂塵を蹴立てて戦隊長機がまっ先に離陸した。遅れてはならじと大谷大尉、遠藤中尉、それに清水武准尉と、ほかに二機がこれにつづいた。

ダーン、ダーンと地ひびきが起こった。敵機が旧飛行場に爆弾を投下したのだ。

だが、敵機はわが戦闘機の舞い上がったのを知ると、あわてて方向を変えて全速力で、チッタゴン方向へ遁走しはじめた。

——逃がしてなるか！

戦隊長以下の各機が、すかさず追撃に移った。しかし、チッタゴンの手前にはどす黒い断雲がたなびいていた。場所は、チッタゴンの南方百キロ、コックスバザーの東方十キロ付近の上空であった。

敵機はたちまち編隊を組んだまま、この断雲の中へ逃げこんで機影を没してしまった。だが、われわれは執拗に敵を雲間に探し求めた。しかし、ついに敵機を発見することはできなかった。

戦隊長は止むなく機首を返し、翼を振って集合を命じ帰途についた。このとき戦隊長につづいた清水准尉機が、地上からの射撃で被弾したのか、突如として、隊列から離れた。そして、さらにわるいことに、ポッと飛行機からまっ赤な炎が見えた。しかも高度を下げはじめた。

「おい、清水、どうした？」

戦隊長機が機首を回す暇もなく、清水機からパッと白いものが飛び出し、見るまに大きく開いて、ジャングルの中に吸いこまれていった。落下傘降下はしたが、清水准尉の生死は不明であった。

加藤戦隊長は、広東以来親しんだ歴戦の勇士を置き去りにするには、忍びなかったのだろう。何回も何回も、上空を旋回して探し求めたが、見つけることは出来なかった。緑濃いジャングルは、何ごともなかったかのように静まりかえっているだけだった。

「清水、きっと探しに来るからな。待っていろよ」

戦隊長は後を振り返り、振り返り、ジャングルに思いを残して基地へ帰った。まずアキャブの旧飛行場へ着陸してみた。

敵機の投下した爆弾は戦隊本部に一弾、準備線に数弾が見つかった。しかも準備線の一弾は、いつも戦隊長が愛機を繋留している位置であった。そして、戦隊本部へ落とされた一弾は、いつも戦隊長が座っている場所であった。しかも、この日の朝、戦隊長の意向で、全員が旧飛行場から新飛行場へ引き移ったばかりであったのだ。もしもそのまま旧飛行場に残留していたら、いまごろは、全員が生命を失っていたに違いない。

「わたしは悪運が強いのう……」

戦隊長は感慨深そうに、ぽつりとそう眩いた。

アキャブには新旧二つの敵の建設した飛行場があった。海岸寄りの旧飛行場と、それから奥地に入ったのが新飛行場であった。敵はこの二つの飛行場をわが軍が使用して、インド攻撃の前進基地とすることを恐れてか、執拗にアキャブ飛行場を攻撃して来た。

加藤戦隊長は休むまもなく、明二十二日の昼ごろ、アキャブを出発して、いったんトングーへ帰る予定となっていた。ところが、そういうときに清水准尉が生死不明となったのである。戦隊長は、すぐにビルマ義勇軍に対して清水准尉の捜索を依頼した。

「明二十二日の正午までに、ご返事いたします」

ビルマ義勇軍を指導している南特務機関の田中征六郎中尉が、こう答えて帰っていった。

この返事が加藤戦隊長の運命の大いなる転機になろうとは、このとき、いったい誰が予想し得たであろうか。

その日の夕食は二十時三十分、例によって、宿舎で戦隊長以下、全将校が会食することになっていた。ちなみにアキャブ在住当時の食事は、朝は茄子《なす》の塩汁に茄子のおしんこ、昼は茄子の煮つけ、夜は茄子の塩汁と茄子のおしんこ、それに茄子の煮つけと、毎日、朝から晩まで茄子攻めだった。しかし、だれもこの献立に、不平ひとつ言う者はいなかった。だが、この夜は、太田中尉からビールの差し入れがあって、ひさしぶりに乾杯が出来た。会食後、大谷大尉と遠藤中尉が戦隊長に呼ばれて寝室に入った。戦隊長は非常にご機嫌だった。ふだんでもけっしてむっつりしているほうではなかったが、口かずはあまり多くなく、むしろ人の話をよく聞く聞き上手の人であった。

ところが、この夜に限って、つぎからつぎへと話題を変えてはとめどもなく話しつづける。当然のように話題は、その日の敵機による旧飛行場爆撃のことになった。

「敵はまるで、戦隊長をつけ狙っているかのように、爆弾を落としましたですね」

と、遠藤中尉が言うと、戦隊長は、

「今日は悪運が強かったな」

と、しみじみと言って、天井を見上げた。

「アキャブ飛行場は、敵が自分の手でつくったところですから、何もかも知っています。わが方の犠牲を少なくするために、敵の知らない、新しい飛行場をつくったらどうでしょうか?」

と、遠藤中尉が意見を出すと、戦隊長はそれに耳を傾けた。

「そうだな、君の話はもっともだ。ところで、遠藤、きみはその候補地を知っているのか?」

「はい、いつも上空を飛んでいて、これならと思ったところが、ないでもありません」

「よし、わしは明日の午後、トングーへ帰るが、午前中に新飛行場の候補地を空中偵察してみい」

公務上の用件がすむと、ひとしきり世間話となった。

昭和十四年七月に、寺内元帥の随員となって神戸を出港してドイツとイタリアを訪問したときの話も出た。

「ドイツへ行ったとき、ヒトラー総統ご自慢の戦闘機を見せてもらったが、ちょっといじってみたら大体わかったので、その場で乗って飛んだら、ずいぶんびっくりしたらしいよ、向こうはね。日本には無茶なヤツがいるってさ、ハハハハ」

朗らかに笑ったりして、ときのたつのも忘れているようであった。いつのまにか時刻も二十三時になっていた。

「あまり遅くなっては……」

と、大谷大尉と遠藤中尉が辞し去ろうとすると、

「まあ、まだ早い、もう少し話していけ」

と、戦隊長はこの夜に限って、しきりに話相手を欲しがっていた。

「なあ、だいたいスパゲッティというものはイタリアの名物料理だが、あれを食うときには、フォークの先へ、こう引っかけてクルクル巻いて食うのだ。それが通の食い方だそうだ。ハハハハ」

と、楽しそうに、いかにも食べているかのように手まねまでして話をしている。時計の針はまもなく十二時をさそうとしていた。しかし、戦隊長はなおも話に花を咲かせた。大谷大

尉と遠藤中尉は、戦隊長の話がつづくので立ち去ることが出来なかった。

夜明けの静けさをやぶるように、そのときトッケイが鳴いた。その鳴き声を聞きつけると、戦隊長は、しんみりした口調で、

「国の方では〈桜鳥〉と呼ぶのだが、雀を少し大きくしたようなやつさ。それが家の屋根に巣をつくってね。子供のとき、その巣をのぞくのが、楽しみでねえ。雛をそっと手の上にのせると、柔らかくて、ポーッと暖かいんだ」

と、戦隊長の郷里である旭川の幼少のころの話も出た。

大谷大尉と遠藤中尉は、今晩の戦隊長はどうしたのかなと思いながらも、珍しい話をお伽噺を聞くように聞きほれていた。

時間はどんどん経過し、とうとう翌日の午前一時を迎えようとしていた。その夜更けの静けさをやぶるようにトッケイがしきりに鳴いている。

「子供がね、手紙をよこしてね、トッケイを送ってくれと言って来たが、どうも、これはどうすることも出来んでね、ハハハハ」

外ではいままでより激しくトッケイが鳴いた。

すると戦隊長は、やおら腰を上げた。

「ああ、今夜はずいぶん長話をしたなあ、さあ寝ようか」

大谷大尉と遠藤中尉は顔を見合わせて、

「戦隊長、それでは失礼いたします」

と、自分たちの部屋へ帰った。しかし、戦隊長の部屋では、なおしばらく灯がともってい た。

運命の日の朝

こうして、いよいよ運命の日、五月二十二日の朝が訪れて来た。八時半が朝食の時間だった。朝食は、飛行場のピストでとることになっていた。

遠藤中尉はピストの中の食卓に向かったが、まるで食欲がない。ひどい悪寒がする。朝、起きたときからそうだったのだが、だんだんひどくなるような気がする。それでも、少し食べておこうと、いったんは箸を手にしたが、やはり食欲がなく、箸箱に納めてしまった。食後にはかならず煙草をすうのが癖になっているので、無意識に一本くわえ、一口、二口すうと、胸の中がムカムカして来た。

——やられたかな。

胸の奥にいやな予感があった。デング熱では？という危惧だが、別にどこが悪いというわけでもない。

——飛行機に乗れば、元気も出るだろう。

と、愛機のそばへ行った。昨夜のうちに手配しておいたので出発準備は出来あがっていた。

やがて遠藤中尉は愛機を駆って空へ舞い上がった。

朝日が輝かしい。アキャブ飛行場をぐるりと取り囲んでいる椰子林、コーヒーの樹の森が、すがすがしい緑色に映えている。ミユ河、コラディ河、レミユウ河が、三匹の銀蛇のようにうねうねと白く光って流れ、その合流点にアキャブの街が、夜の眠りからようやく目覚めかけていた。

遠藤中尉は高度をぐんぐん下げて、アキャブの街の四囲をぐるりと大きく旋回した。かねがね見当をつけて調べておいた新しい飛行場の候補地が、すべて満足な状態にあることを確認して、中尉は飛行場にもどってきた。さっそく地図に詳細を書きこみ、それを加藤戦隊長の食卓の上にひろげた。戦隊長は目を輝かせて、その地図を見つめながら遠藤の説明を聞いていたが、

「ご苦労だった。今日の午後、トングーへ帰り次第、上司に報告して決裁していただく」

と、非常に満足そうに言った。

食卓の上には、遠藤中尉の食膳がまだそのままに置いてあった。

戦隊長はそれに気づいて、

「遠藤、食事しないのか？」

と、心配そうに聞いた。

「はい、今朝はなんだか寒気がしまして、食欲が全然ありません」

遠藤中尉の顔色は青く、返事も苦しそうであった。戦隊長は遠藤中尉の前に歩みよると、無言で額に手を当てた。

「遠藤、ひどい熱だ！　これは、デングだ、デング熱だぞ。早くトングーへ帰れ！　ここで

は薬も氷もない。苦しいのは、わしがよう知っとる。早く行け！」

　戦隊長は遠藤中尉の身を案じてせき立てた。

「いえ、戦隊長も今日はお帰りになるので、お供させていただきます」

「いや、わしは清水准尉の捜索報告を待って昼ごろまでいるから、君はすぐ帰れ、身体がだいじだ」

「しかし……」

　遠藤中尉がなにか言いかけると、戦隊長はきっぱりと、

「これは命令だ！　すぐに帰れ」

と、二人のやりとりはつづいたという。それほど遠藤中尉はこの日にかぎって、戦隊長と離れ難かった。戦隊長ひとり残して引き揚げることがどうしても出来なかった。

　そのうちに十一時半になった。あと、二、三十分、頑張れば一緒に帰れる。遠藤中尉は自分の荷物を落下傘袋に詰めながら、早く十二時になるのを待っていた。戦隊長もしばらくアキャブを離れるので、戦隊長の荷物もまとめておこうと思って探してみたが、戦隊長の荷物はなにもなかった。戦隊長は、日ごろから質素な生活をしているので所持品といえば、ドイツに行ったときに買ったコンタックスぐらいのもので、それに、仏印進駐のときに海防で購入したサンダルと半ズボンだけであった。つねづね戦隊長はこう言われていた。

「航空部隊の生命は機動力である。百パーセント機動力を発揮するためには、われわれはいつでも身軽に出動できるように、身の回りの品をそろえて置かなければならない。所持品は、

できるだけ簡単に……」

その言葉通り戦隊長は、陣中に寝巻きさえ持っていなかった。白木綿の袴下にランニングシャツ、これが戦隊長の寝巻きであった。これでどこでもごろりと寝る。ただ愛用のコンタックスだけは飛行機に乗るときを除けば、いつも肩にかけていた。

さて、正午までに、報告すると昨日約束して帰ったビルマ義勇軍の田中中尉は、なかなかやって来ない。しかし、遠藤中尉はなおも頑張っていたが、ついに戦隊長に見つかってしまった。

「遠藤！　まだぐずぐずしているのか！　身体を粗末にしてはいかん。早く帰れ！」

と、戦隊長は叱るように言った。が、その声には部下思いのやさしいひびきがあり、遠藤中尉の胸に、じいーんと熱いものがこみ上げてきた。

「あと三十分もすれば、わしも帰る。義勇軍の将校が正午にくると言ったのだから、わしはどうしても待たにゃいかん。あとから離陸しても、追い抜くから、早く行け」

こうまで言われては、もうかくれているわけにもいかなかった。

「はい、参ります。それでは、お先に失礼させていただきます」

遠藤中尉は、ついにやむなく戦隊長に別れを告げて愛機の方へ急いだ。

「遠藤、気をつけていけよ！」

戦隊長はわざわざ出発点まで送ってきてくれた。十一時四十分、遠藤中尉は離陸していった。地上では戦隊長がゆっくりと右手を大きく振っていた。あたかも単機で敵地へ進撃する部下を見送るように、である。

空中に上がった遠藤中尉は、デング熱のため、寒くて、ぞくぞくして、身体がふるえてくるので、天蓋を閉めた。閉めると視野がせまくなり、索敵に不都合をきたすことは承知の上だが、如何せん、その寒さは辛抱しきれなかった。離陸をしたら、基地の上空をぐるりと一施回して、エンジンの調子を見たりして、基地の人々に挨拶代わりとするのがしきたりである。だが、空中に浮かび上がった方向がちょうどこれから帰ってゆくトングーの方向だったので、そのまま一直線に、ふらふらしながら飛んでいった。下では戦隊長が、まだ手を振っておられるだろうに、振り返りもしないで……。これが加藤戦隊長と遠藤中尉との最後の別れとなってしまった。

戦隊長戦死の悲報

「明日、正午には、かならずご報告します！」

と言って帰ったビルマ義勇軍の田中中尉は、昼食が終わったころになっても現われなかった。それもそのはず、そのころ田中中尉は、ビルマ義勇軍第一連隊長のビルマ人将校（日本名・糸田中佐）と熱心に清水准尉捜索の計画を討議中だったからである。清水准尉が落下傘降下した地帯は、ビルマ人とインド人の混成集落で、しかもビルマ人とインド人とでは宗教とか、食物とか、生活様式が違っており、非常に不仲であった。牛肉を食べない民族と、豚肉を食べない民族との間の抗争は、日頃から絶えなかった。しかもこのような複雑な状況をかかえた上に、この地方はインド領の最前線になっており、英印軍の大部隊が駐留していた。

田中中尉は、加藤戦隊長の部下を思う心情に深く感動して、懸命に努力していた。ビルマ義勇軍の兵士を変装させ、潜入させて、集落の村長らに頼んでみたが、清水准尉の消息は杳《よう》としてつかむことができなかった。この特務工作には、やはり時間がかかった。なにかよい知らせをと、粘ってはみたが、時間は経過するばかりであった。

そこでビルマ義勇軍の幹部と会議をひらいた結果、賞金を出すというビラを配布してはどうか、という新しい案が出た。

さっそく田中征六郎中尉は、いそいでビラの素案をつくり、加藤戦隊長の承認を得るためアキャブに急行した。

一方、アキャブの基地では、トングーへの飛行機の準備が終わって、帰還のための出発を待つばかりになって翼を休めていた。しかし、いっこうに田中中尉のくるようすがないので、業を煮やした大谷大尉が、

「戦隊長、いままで報告のないところを見ると、義勇軍のほうは駄目らしいです。時間も過ぎましたから、出発されますか？」

と、戦隊長に聞いてみた。だが、戦隊長はまだこだわっていた。

「いや、もう少し待ってみよう」

戦隊長とすれば、清水准尉のことが諦めきれなかったのだ。

一時すぎになると、整備班から、伝令がとんできて、

「出発はどうされますか?」

という。しかし、それに対しても戦隊長は、

「もう少し待て」

と、出発の気配を見せなかった。が、さすがに戦隊長も不安がつのるのか、

「大谷、清水准尉が降下したところは、たしかにジャングルだったな。敵地ではなかったな」

と、大谷大尉に聞きただした。

「はい、たしかにジャングルですが、あのようすでは傷が深くて戦死したに違いありません」

大谷大尉の言葉に、戦隊長は目をつむって、

「そうか……」

と、軽くうなずき、あとは無言であった。

「いずれにせよ、義勇軍から、なにも言って来ないのは、結果が悪いからでしょう」

大谷大尉のこの言葉に、戦隊長もやっと決心がついたらしかった。

「じゃ、そろそろ帰ろうか」

と、いよいよ諦めかけたとき、宣伝ビラの素案をもった田中中尉が息せききって駆けつけて来た。

戦隊長は田中中尉の状況報告を聞いていたが、清水准尉の捜索が意外に困難なことがわか

った。戦隊長は、この前線地区でビラを出してよいものかどうか、判断に苦しんでいたが、万難を排して清水准尉を救出したい信念は固かった。

ところが、こうしているうちに、にわかに日がかげってきた。それまで、明るい日ざしのさしこんでいた天幕の中も、いきなり黒い幕が引き回されたように、飛行場一帯もまたたくまに薄暗く曇り出した。やがてスコールが襲ってくる気配になった。

ビルマはいま雨季に入ろうとしていた。五月末から十月末までの約半年間は、一日中、雨がじとじとと少しの休みもなく降りつづく。この鬱陶しいビルマの雨季のうちでも、とくにアキャブの雨量は最大である。アキャブの雨季の一日の降水雨量は日本内地の一ヵ月の雨量を凌ぐという大変な雨であった。

東の山々の稜線は、灰色の雨雲とぴったりとその膚を接していた。国境の空には、巨大な大理石の塑像を思わせるような入道雲が、魔像のような不気味な形そのままに、いくえにも重なり合って立ちはだかっていた。

いよいよ出発の準備も終わり、飛行機のエンジンの始動を待つばかりになっていた。

午後二時ちょっと前であった。雲の底からキイーン、キイーンと金属性の爆音が聞こえてきた。

「敵機！」

叫ぶまもなく暗灰色の雲の峰がくれに、敵のブレニム爆撃機一機が出現した。ブレニムは、海岸線からアキャブ旧飛行場上空へ向かっている。高度は約千五百メートル……。

ビラを出すべきかどうかの判断に迷っていた戦隊長は、

「帰ってから……」

と叫ぶようにして、田中中尉に、待っていてくれと手で合図しながらピストを飛び出していった。

「回せっ！」

と、加藤戦隊長が駆けながら叫んでいる。右手が大きく宙に、何回も何回も輪を描いている。エンジンを回せとの合図である。プロペラが勢いよく回りはじめた。

安田曹長の愛機は、南北にのびた滑走路の北側沿いにあった。すでにプロペラは回っており、まっ先に安田機が離陸していった。つぎは大谷大尉機、戦隊長機とつづき、さらに伊藤曹長機、近藤曹長機の順に離陸して敵機を追った。敵機はこれを見ると、飛行場の上空を半周しただけで全速力で逃げ出しはじめた。だが、もどかしく感じられたのだろう、さらに速力を増そうと急降下にうつって、海上を超低空で遁走していく。

やがて安田曹長機が追いつき、とくいの後上方攻撃をかけた、しかし、敵機の速度が速いために、角度が少し浅くなった。射距離百メートル、敵機の機影が安田機の照準眼鏡いっぱいにうつった。ドドドドッ！と安田機から二条の曳光弾が敵機に吸い込まれていった。だが、そのときだった。敵機の後方銃座から猛烈に撃ち出した曳光弾が、安田曹長機を掠めた。いちじは、安田機の撃ち出す曳光弾と、敵の撃ち出す曳光弾とが空中で交叉して火花がとび散った。この撃ち合いで、敵の一弾が安田曹長機の前面風防の左を貫き、風防ガラスが木っぱ微塵にとび散り、破片で安田曹長が傷つき、顔面鮮血にまみれた。やむなく安田曹長は、戦隊長の身を案じながら基地へ引き返していった。

敵機は、われわれの戦闘機を発見するや身軽になって遁走しようと、いちはやくあたりかまわず、ドスン、ドスンと爆弾を投下してしまっているので、爆撃機であるにもかかわらず、動きが非常に軽快であった。

敵機はなおも高度を下げる。こんどは大谷大尉機が敵機に追いついた。浅い後上方から全速力で近づいていく。ドドドドッ！と一連射、大谷機から曳光弾が滝のように流れた。と見るまに、大谷機の翼から白いガソリンが噴出した。敵弾で燃料タンクを射抜かれたのだ。大谷大尉は、火災を案じながら、機首を陸地の方へ向けて戦列を離れていった。

そのときになって、ついに降り出したのか、ベンガル湾の海上が真っ暗になった。いままでわずかばかりの青空をのぞかせていた国境の空も、濡れた布に墨汁を流したように目に見えて暗くなった。

空も、陸も、海も、暗澹たる色一色に塗りつぶされた。海上を這う敵機は、大谷大尉、安田曹長の攻撃にも屈せず、ゆうゆうと飛びつづけている。

戦隊長は、二人の部下の戦列離脱を見て、

――おのれ逃がしてなるか、部下の仇！

とばかり、肉を斬らして骨を断つ、必殺、捨て身の戦法で、後上方から肉薄攻撃をかけた。

暗い海と空に、弾道がまっ赤な尾を引いて、閃光のごとくに流れた。敵機は一瞬、ぐらぐらっと揺れた。だが、なかなか落ちない。完備した防弾装置に、敵機は救われているのだろう。苦しまぎれに敵機はぐんぐん高度を下げる。ついに海上五、六メートル。波の飛沫が翼を洗うかに見える。

ブレニム爆撃機には、下方銃座がないので、下方からの攻撃を避けるために、超低空になって懸命に逃避しようとしているのだ。

戦隊長機に従う二機の「隼」——伊藤久次郎曹長と近藤菊也曹長が、濃い緑色に彩られた波立つ海面すれすれに、敵機を激しく追いつめてゆく。

アキャブ西北方九十キロ、アレサンヨウ西方十キロの海上である。加藤戦隊長は、やや深めの後上方攻撃で、とどめの一太刀を浴びせかけるかのように、翼が触れ合うかと見えるまでに敵機に肉薄した。必殺の最後の一連射がみごとにきまった。戦隊長機の射弾が、濃い緑の海面上に二条の閃光となって流れ、一瞬の間に敵機の翼とエンジンに喰い込むように吸い込まれていった。

戦隊長機は、さっと翼をひるがえして、敵機から離脱した。そして、二百メートル上空におどり上がった。そのとき、戦隊長機もまた右翼から、とつぜん火を発した。

加藤戦隊長の顔が、ちらりと後を振り向いたようだったという。だが、戦隊長機の火は、いよいよ燃えさかった。陸地は近い。しかし、そこは敵地である。

——いまはこれまで……。

と、伊藤、近藤の両曹長に訣別の合図のつもりで振り返られたのか、それともまた、敵機の完全撃墜を見きわめようとして振り返られたのか、いずれとも知らぬ一瞥を最後に……。

ベンガル湾の波濤のうえ二百メートルの高度で浮いているかのように見えた戦隊長機が、目前にある陸地の方へは機首を向けようともせず、その低空で、いきなりくるりと反転したかと見るまに、機首を垂直に立てて海中ふかく突っ込んでいった。それは、あっけないほど、すばやい最後であった。ときに五月二十二日、午後二時三十分であった。

意外といえば、あまりにも意外な出来事に、伊藤、近藤の両曹長は、しばらくはただ呆然としていた。だが、やがて二人の目に涙があふれ出てきた。飛行眼鏡が涙に濡れて、なにも見えなくなった。このまま戦隊長の逝かれたこのベンガル湾の海底までついていこうか。そんなことまで考えながら旋回をつづけていたというが、やがてやっと気をとりなおして、いまは眼下に眠る戦隊長の冥福を祈るべく、何回も何回も、その上空を旋回した。

戦隊長機をひと呑みにして、ひとたびは渦をまき起こしたベンガル湾の海面も、いまはもうなにごともなかったかのように、ふたたびもとの静けさにかえり、濃緑色の淀みにもどっていた。そして、その海面には、戦隊長機なごりの油が、ぎらぎらと、もの悲しく波間にただよっていた。

基地に帰った伊藤、近藤の両曹長は、飛行機から降りると、ぐらぐらと崩れるように芝草の上に座りこんだ。そして、大粒の涙を流しながら戦隊長の最後を告げた。

一方、戦隊長の帰りを待っていたビルマ義勇軍の田中中尉は、ビラを手に握りしめたまま、ただ呆然と立ちつくし、北の空をいつまでも見つめていた。

戦隊長戦死の悲報は、大谷大尉らによってトングー基地に知らされた。しかし、悲報を聞いた者がただ呆然としてしまって、この悲報を、つぎつぎに伝えることができなかった。みんなが聞いたなりで、そのまま黙って放心状態に入ってしまったので、離れたところにいる者に伝わったのは、夕刻に近かった。

この悲報に、戦隊の将兵の大半が、とつぜん、デング熱でたおれてしまった。二度とふたたび、あの温情にあふれる戦隊長を見ることができないという、その実感を味わったときの衝撃は、絶大なものであった。

アキャブの基地では、責任を痛感した田中中尉が、せめて加藤戦隊長の遺体だけでも収容したいとして、最後まで戦隊長と行動をともにした近藤曹長を、ビルマ義勇軍の宿舎に伴い、一泊してもらって捜索計画をたてた。

その夜、近藤曹長から、加藤戦隊長の話を聞いた田中中尉は、航空部隊に偉大な部隊長のいたことを初めて知ったのである。アキャブの基地で部下たちの嘆きを、自分の目で見て知っている田中中尉は、なんとしてもこの捜索を、と決心したのである。そこでビルマ義勇軍の保有していた舟艇二艘を出して、翌二十三日の早朝、アキャブの海に出動した。油が見つからなければ、飛行機の背当板は軽いから浮かんでいるのではないだろうか、と一縷《いちる》の望みを抱いてベンガル湾を北上したが、雨季の間近い季節風の影響で、風波が激しく、困難をきわめた。そして、ついには、この小型舟艇二艘は転覆してしまい、計画は断念するにいたった。

私は、戦隊長の悲報を聞いたその夜から発病した。そして、高熱にうなされながら、幽明そのところをへだてた戦隊長の面影を偲び、涙とともに日記を書き綴った。

五月二十三日　日記

「十四時三十分、敵爆撃機ヲ急追撃墜セシ瞬間、国宝、我等ガ部隊長加藤中佐ヲ失イタリ、何タルノ痛恨事ゾ。豈《あ》ニ戦隊ノ損失ノミナランヤ。我ガ国ノ損失、言語ニ絶ス。比ノ部隊長ノ下ニ死ヲ誓イシ身、亦モ残ル。只コノ上ノ責務ハ軍神部隊長ノ任務必達ノ精神ニ生キンノミ」

加藤戦隊長が軍神として陸軍省から発表されたのは、この二ヵ月後のことであった。しかるに戦隊長戦死のその夜、私の日記には「軍神」という二文字がすでにあったのである。とにかく上官の批判をしがちな青年将校が、このような日記をしたためていることからも戦隊長の偉大さがうかがえる。

加藤戦隊長戦死の悲報は、南方の各地はもちろんのこと、日本国内にも電流のごとく伝わり、各部隊にあたえた衝撃は大きかった。

シンガポールの南方総軍司令部で、この悲報を聞いた寺内寿一南方方面軍最高指揮官は、「あの加藤が……」と天を仰いで嘆息したという。

五月三十日、加藤戦隊長に、個人感状が授与された。その文の末尾に曰く、

「部隊ノ赫々タル功績ニ関シテハ、既ニ再度、感状ヲ授与シテ顕彰スル所アリシカ、其ノ戦功ハ、一ニ中佐ノ特ニ高邁ナル人格ト卓越セル指揮統帥、オヨビ優秀ナル操縦技能ニ負フモノニシテ、其ノ存在ハ実ニ航空部隊ノ至宝タリシニ、ニワカニ壮烈ナル戦死ノ報ニ接シ痛惜極リナシ」

かくのごとき個人感状を授与されたるもの、果たして他に求められるであろうか。

昭和十三年に第一回の感状を授けられて以来、じつに七たび重なる感状であった。

加藤戦隊長が挙げた戦果は、中国戦線における撃墜五十機、撃破二機。太平洋戦争下では、撃墜百九機、炎上五十二機、撃破五十五機、その数、総計二百六十八機であった。

昭和十七年九月二十二日、加藤中佐の陸軍葬が東京築地本願寺で営まれた。

加藤中佐は、戦功により陸軍初の二階級特進の栄誉に輝き陸軍少将に任ぜられた。また特旨をもって、従四位に任ぜられ、さらに功二級勲三等旭日中綬章を賜わった。

法号は、「建勲院釈顕正」――行年四十歳であった。

あとがき

人は死して名を残し、虎は死して皮を残すと言われる。そのことで、近年、私は考えることがある。あの苛烈な戦いの中で、私は何ゆえに生き残ったのか。また、それが事実である以上、私の使命は何なのか、と。私とて、亡き戦友たちと同じく国難の前に「死する覚悟」はすでに出来ていた。

だからこそ、右脚を膝下、十センチからもがれても、なおかつ鉄脚を履いて本土防空戦に任じた。それでも私は生き残った。何故なのか。粘り勝ちとか、運がよかったなどという生易しいものではなかったはずだ。

戦後もすでに四十年以上が過ぎ、戦争体験も風化されつつある。そして、語られるべきものはすでに語り尽くされ、反省すべきものは反省し、学ぶべきものは学んだと言えよう。武将と称せられた人たちの伝記も数多く書かれた。

それにもかかわらず、わが尊敬してやまぬ、わが加藤建夫戦隊長のことについての史実は未だ世に出ていない。

これは、過ぐる大戦における航空部隊の損耗が激しく、生存する操縦者がいないことに起因している面もあるが、それに加えて、特に加藤戦隊長が生前、殊更に表面に出ることを極度に嫌われたことと、その遺志を汲んで、加藤未亡人が、つつましく多くを語らないことによるのかもしれない。いずれにしても私は、この四十年間、誰かの手によって、加藤戦隊長のことが記述されるのを、ただひたすらに待ちつづけた。しかし、その希望もむなしく、遂に今日に至ってしまった。

しかるに私も、還暦を過ぎて久しく、この先、余命いくばくかと懸念される齢《よわい》となり、焦燥の念しきりである。ここに至って思い返せば、私が今日あるはそのためであって、思い上がりを許して頂けるならば、戦隊長はベンガル湾の波濤に消えつつも、私という身近に仕えた者を地上に止めおかれて、部隊の伝統と、若くして散華した部隊員の勲《いさおし》を、後の世に伝える使命を私に課したのである。そう思いながら私は何度か筆を執ったが、その都度、躊躇された。

それは戦隊長があまりに偉大に過ぎ、それに比して私がなんと小さきことか。忸怩たる思いに、終始、貫かれながら、それでも私が生かされてあることの意味を自問自答しつつ、その偉大なる人の姿を、準《なぞら》うるが如く紙に写した。

それは登山家の峻険なる山の頂きをめざすが如く孤独な作業であり、その間中、亡き戦隊長をはじめ、多くのこれも亡き戦友たちの往時の顔が常にわが胸に彷彿として、暫し茫然たること屢々であった。

本書によって、加藤戦隊長の真の姿の一端たりともお汲みとり頂ければ、私にとっては望外の喜びであり、生き残った部下としての責務を果たし得て、長年の重圧から脱し、心の安らぎを覚えることが出来る。

昭和六十二年師走

檜　與平

単行本　平成十八年七月新装版　光人社刊

NF文庫

隼戦闘隊長 加藤建夫

二〇一六年六月 十七 日 印刷
二〇一六年六月二十三日 発行

著 者 檜 與平
発行者 高城直一
発行所 株式会社 潮書房光人社
〒102-0073 東京都千代田区九段北一-九-十一
振替/〇〇一七〇-六-五四六九三
電話/〇三-三二六五-一八六四代
印刷所 モリモト印刷株式会社
製本所 東 京 美 術 紙 工
定価はカバーに表示してあります
乱丁・落丁のものはお取りかえ
致します。本文は中性紙を使用

ISBN978-4-7698-2953-9 C0195
http://www.kojinsha.co.jp

NF文庫

刊行のことば

第二次世界大戦の戦火が熄《や》んで五〇年——その間、小社は夥しい数の戦争の記録を渉猟し、発掘し、常に公正なる立場を貫いて書誌とし、大方の絶讃を博して今日に及ぶが、その源は、散華された世代への熱き思い入れであり、同時に、その記録を誌して平和の礎とし、後世に伝えんとするにある。

小社の出版物は、戦記、伝記、文学、エッセイ、写真集、その他、すでに一、〇〇〇点を越え、加えて戦後五〇年になんなんとするを契機として、「光人社NF（ノンフィクション）文庫」を創刊して、読者諸賢の熱烈要望におこたえする次第である。人生のバイブルとして、心弱きときの活性の糧《かて》として、散華の世代からの感動の肉声に、あなたもぜひ、耳を傾けて下さい。

＊潮書房光人社が贈る勇気と感動を伝える人生のバイブル＊

ＮＦ文庫

太平洋戦争の決定的瞬間
佐藤和正　指揮官と参謀の運と戦術

窮地にあっても戦機をとらえて、奇蹟ともいえる、難局を打開した一三人の指揮官・参謀に見る勝利をもたらす発想と決断とは。

陸軍戦闘機隊の攻防
黒江保彦ほか　青春を懸けて戦った精鋭たちの空戦記

敵地攻撃、また祖国防衛のために、愛機の可能性を極限まで活かし全身全霊を込めて戦った陸軍ファイターたちの実体験を描く。

日本陸軍の知られざる兵器
高橋　昇　兵士たちを陰で支えた異色の秘密兵器

装甲作業機、渡河機材、野戦医療車、野戦炊事車……。表舞台には現われず、第一線で戦う兵士たちの力となった〝兵器〟を紹介。

蒼茫の海
豊田　穣　提督加藤友三郎の生涯

日本の国力と世界を見据え、八八艦隊建造の只中で軍縮の重い扉を押しひらいた比類なき決断と統率力の男の足跡を描く感動作。

果断の提督 山口多聞
星　亮一　ミッドウェーに消えた勇将の生涯

山本五十六の秘蔵っ子として期待され、「飛龍」「蒼龍」二隻の空母を率いた日本海軍のエース山口多聞。悲劇の軍人の足跡を描く。

写真 太平洋戦争　全10巻　〈全巻完結〉
「丸」編集部編

日米の戦闘を綴る激動の写真昭和史——雑誌「丸」が四十数年にわたって収集した極秘フィルムで構築した太平洋戦争の全記録。

＊潮書房光人社が贈る勇気と感動を伝える人生のバイブル＊

NF文庫

彩雲のかなたへ 海軍偵察隊戦記
田中三也

洋上の敵地へと単機で飛行し、その最期を見届ける者なし——幾多の挺身偵察を成功させて生還したベテラン搭乗員の実戦記録。

旗艦「三笠」の生涯 日本海海戦の花形 数奇な運命
豊田 穣

日本の近代化と勃興、その端的に表われたものが日本海海戦の勝利だった——独立自尊、自尊自重の象徴「三笠」の変遷を描く。

戦術学入門 戦術を理解するためのメモランダム
木元寛明

時代と国の違いを超え、勝つための基礎理論はある。知識・体験・検証に裏打ちされた元陸自最強部隊指揮官が綴る戦場の本質。

雷撃王 村田重治の生涯 真珠湾攻撃の若き雷撃隊隊長の海軍魂
山本悌一朗

魚雷を抱いて、いつも先頭を飛び、部下たちは一直線となって彼に続いた——雷撃に生き、雷撃に死んだ名指揮官の足跡を描く。

最後の震洋特攻 黒潮の夏 過酷な青春
林えいだい

昭和二十年八月十六日の出撃命令——一一一人はなぜ爆死しなければならなかったのか。兵士たちの無念の思いをつむぐ感動作。

辺にこそ 死なめ 戦争小説集
松山善三

女優・高峰秀子の夫であり、生涯で一〇〇〇本に近い脚本を書いた名シナリオライター・監督が初めて著した小説、待望の復刊。